"인간을 행복하게 하는 의도는
신의 창조계획엔 포함되어 있지 않다."

행복어사전 2

이병주

한길사

행복어사전 2

지은이 · 이병주
펴낸이 · 김언호
펴낸곳 · (주)도서출판 한길사

등록 · 1976년 12월 24일 제74호
주소 · 413-832 경기도 파주시 교하읍 문발리 520-11
www.hangilsa.co.kr
E-mail: hangilsa@hangilsa.co.kr
전화 · 031-955-2000~3   팩스 · 031-955-2005

상무이사 · 박관순 | 영업이사 · 곽명호 | 편집주간 · 강옥순
편집 · 배경진 이현화 유진 | 전산 · 한향림 김현정
마케팅 및 제작 · 이경호 | 관리 · 이중환 문주상 박경미 김선희

출력 · 지에스테크 | 인쇄 · 현문인쇄 | 제본 · 쌍용제책

제1판 제1쇄 2006년 4월 20일

값 9,000원
ISBN 89-356-5945-2 04810
ISBN 89-356-5921-5 (세트)

잘못된 책은 구입하신 서점에서 바꿔드립니다.

이 도서의 국립중앙도서관 출판시도서목록(CIP)은 e-CIP 홈페이지
(http://www.nl.go.kr/cip.php)에서 이용하실 수 있습니다.
(CIP제어번호: CIP2006000774)

행복어사전 2

왕국 없는 왕자들

잠자는 안민숙의 얼굴엔 스캔들의 그림자도 없었다. 눈을 감고 입을 닫으면 여자는 모두 성녀가 되는 것일까. 더욱이나 베개 밑으로 흘러내리고 있는 그 섬세한 머리칼의 가닥가닥은 멜로디를 닮았고 합쳐져선 소리 없는 심포니를 이루고 있는 것이다.

그 머리칼을 만져보고 싶은 충동을 억제하기 위해선 일어서야만 했다. 나는 세면도구를 챙겨들고 바깥으로 나왔다. 추운 아침이었다. 변소엘 다녀와 세면장으로 갔다. 거기서 하숙집 딸과 마주쳤다. 힐끔 나를 보는 그 표정엔 무슨 징그러운 동물을 보는 듯한 혐오가 있었다. 독신의 청년이 여자를 끌어들여 한 방에서 같이 잤다는 사실에 대한 나름대로의 감정표시일 것이었다.

쓴웃음이 치밀었지만 나는 태평한 얼굴을 하고 양치질을 했다. 그것은 결코 꾸민 감정, 꾸민 태도가 아니었다.

하숙집 딸은 혐오감을 담은 표정만으론 부족했던 때문인지 난폭하게 수돗물을 틀어 세숫대야에 받곤 그 물을 질금질금 쏟기까지 하면서 내 등 뒤를 돌아 자기 방으로 들어가버렸다.

양치를 끝내고 더운물을 가득 채워둔 물통이 옆에 있었는데도 찬물

만으로 얼굴을 씻으면서 나는 속으로 웃었다. 어느 모로 보나 경멸을 받을 만한 짓을 하지 않았는데도 터무니없는 경멸을 받고 있다는 사실엔 뭐라고 표현할 수 없는 쾌감 같은 것이 있다. 하물며 나를 경멸할 수 있는 주제도 자격도 없는 사람으로부터 받은 경멸이란 유머러스한 감정마저 유발했다.

남자와 여자가 어울려 놀다가 통행금지 시간이 되어 부득이 같이 자야 하는 경우를 소설이나 연극이나 영화로 꾸며놓으면 재미있어할 사람들이 현실의 상황에 부딪히기만 하면 아연 도학자적인 건식에 사로잡혀버리는 것은 무슨 까닭일까.

하숙집 딸은 누구도 유혹해주지 않기 때문에 안달이 나 있는 올드미스이다. 이를테면 똥덩어리가 장덩어리 나무라는 격이고 누운 개가 앉은 개 나무라는 격이다.

호박꽃이 장미꽃을 경멸한다면 우스운 일이 아닌가. 아니, 호박꽃은 장미꽃을 경멸할 이유가 있을 것 같다. 요염하고 우아하기만 하되 장미꽃은 결국 불모의 꽃일 따름이다. 허망한 아름다움일 뿐이다. 그러나 호박꽃은 장군의 대가리 크기만한 호박을 만들어낸다. 그러고 보니 하숙집 딸은 호박꽃도 아닌 것이다.

하여간 나는 하숙집 딸의 그날 아침의 행동을 통해 유용한 '힌트' 하나를 얻었다. 질금질금 물을 쏟기까지 하면서 세숫대야를 방으로 들고 가는 그 행동을 보지 않았더라면 나는 안민숙을 위해 양칫물과 세숫물을 방으로 가지고 갈 엄두도 내지 못할 것이니 말이다.

안민숙은 일어나 앉아 있었다. 멍청히 나를 바라보는 그 얼굴엔 도대체 일이 어떻게 된 것인가를 알고 싶어하는 궁금증이 돋아나 있었다.

"변소는 방에서 나가면 왼쪽에 있어. 그러나 변소엘 가기 전에 양치도 하구, 세수도 하구, 화장도 곱게곱게 해요."

그리고 그의 불안을 달래기 위해

"숙녀에게도 평생에 한 번쯤은 이런 일이 있어도 무방해요."

하고 밝은 웃음을 웃어 보였다. 나는 다시 바깥으로 나와 골목을 한 바퀴 돌기로 했다. 세수를 하고 있는 모습을 보는 것도 보이는 것도 쑥스러운 노릇일 것이란 생각이 들었기 때문이다.

"아침 식사는 안 할 테니 준비하지 말아요."

하는 말을 부엌 쪽으로 던져놓고 골목으로 나왔다. 골목엔 집 안의 뜰과는 또 다른 밀도로 추위가 서려 있었다.

이제 막 솟아오른 듯한 태양이 지붕과 지붕 사이의 간격을 비집고 몇 줄기 빛의 무늬를 골목바닥에 깔아놓고 있었지만 그것은 이미 색으로서의 빛일 뿐 광으로서의 열을 띤 빛은 아니었다.

엄습하는 추위를 막아내려는 듯 나는 양팔을 힘차게 폈다가 휘둘렀다가 하는 동작을 되풀이하며 자동차길까지 나갔다. 추위가 어떻건 서울은 이미 하루를 시작하고 있었다. 버스가 달리고, 트럭이 달리고, 택시가 달리고, 자가용이 달리고, 자전거가 달리고, 사람들은 모두들 총총걸음을 치고⋯⋯. 모두들 각기의 사정에 따라 저마다의 밤을 지낸 사람들이었다.

나는 어젯밤의 의미를 생각해보았다. 엄청난 의미가 앞으로 전개될 계기의 밤이었는지 몰랐다. 무의미하게 망각의 먼지에 싸여버릴지도 모르는 밤이었다. 엄청난 의미와 무의미와의 사이에 서서 이렇게도 저렇게도 할 수 있는 것은 나의 의지라는 상념에 이르자 나는 아찔한 충격을 느꼈다. 그러나 그건 순간적인 일이었을 뿐이다. 나는 모든 것을 안민숙의 의사에 맡겨버리면 그만이 아니냐는 돌파구를 발견했다. 비겁할진 모르나 그렇게 하는 것이 나의 성미에 어울리는 노릇이었다.

"어젯밤 우리 아무 일도 없었죠?"

세수를 하고 치장을 하고 난 안민숙은 언제나와 꼭 같은 안민숙으로 돌아가 있었다.

"물론 아무 일도 없었지."

나는 활달하게 웃으며 유쾌하게 말했다.

"아무 일도 없었던 것이 그렇게나 기분이 좋아요?"

그 질문은 나를 당황하게 했다. 안민숙의 표정을 살폈다. 눈꼬리에 보일락말락한 웃음이 있었다. 나는 안심하고 답을 꾸밀 수가 있었다.

"기분이 좋다뿐이겠소. 더욱이 당신을 위해서 기분이 좋은 거요."

"꼭 해보고 싶은 말이 있지만……."

안민숙은 말끝을 흐렸다.

"뭔데요, 해보세요."

안민숙은 장난스러운 얼굴을 하고 고개를 살래살래 흔들었다.

"미스 안, 그럼 나갑시다."

"서 선생도 나가시려구? 전 집으로 가겠어요."

"오늘 우리 아침식사는 조선호텔에서 합시다."

"조선호텔?"

"호화스런 밤을 지냈으니 호화스런 아침이 있어야죠."

"우리가 뭐 호화스런 밤을 지냈나요?"

"추잡한 밤은 아니었지 않소."

"조선호텔에서 식사를 하면 호화스런 아침이 되나요?"

"아무려나 조선호텔은 한국에서 제일가는 호텔이 아닙니까?"

"미스터 서는 뜻밖에도 형식주의자로군요."

"따지지 맙시다. 따지면 호화구 아름다움이구 죄다 휘발해버려요."

"따지는 게 내 병인걸요."

안민숙은 입을 삐죽했다.

나와 안민숙은 같이 나들이에 나서는 신혼부부처럼 나란히 하숙집 대문을 나왔다. 등 뒤에 그 집 딸의 빈축이 담긴 시선을 느꼈다.

"나를 화냥년으로 아는 모양이죠?"

골목을 반쯤 걸어 나갔을 때 안민숙이 한 말이다.

"누가 말입니까."

"그 집 딸인 것 같던데요. 아까 화장실엘 가는데 문틈으로 나를 째려 보지 않겠어요? 나두 째려봐줬지."

"아아, 그 여자!"

"그 여자 미스터 서한테 관심이 있는 것 아녜요?"

"관심이야 있겠지. 경멸의 대상으로서의 관심이지만."

"미스터 서를 경멸해요?"

"그 집 전체가 나를 경멸하고 있는걸요."

"어머나, 그런 집에 어떻게 하숙을 하고 있죠?"

"다른 집은 별수가 있겠소? 그런 경멸 속에 살고 있는 것도 좋습니다. 남을 얕잡아볼 아무런 근거도 없는 사람들로부터 경멸을 당하고 있다는 것은 그다지 나쁜 기분이 아니거든요."

"그거 무슨 소리죠?"

"경멸 또는 박해를 받으며 산다는 기분엔 비장미가 있어요. 육체적인 고통만 없으면 견딜 만도 해요. 순교자적인 기분이랄까……."

"서재필 씨는 이상한 취미를 가지셨군요."

"이 하숙집 사람들에겐 고등고시에 합격한 사람이거나 재벌회사의 사원이거나 한 사람만이 사람이지 그밖의 사람들은 안중에도 없는 거죠. 그러니 신문사의, 그것도 기자도 아닌 교정부원쯤이야 사람으로 치겠어요?"

"불쌍한 속물들이군요."

"그런데 그 속물들이 사회의 중추를 이루고 있는데야 어떻게 합니까."

"반발을 느끼지도 않으세요?"

"반발? 무엇 때문에 반발을 느끼겠소. 순교자적인 기분인데."

"어떻게 그처럼 너그러우시죠? 다방 이름이 마음에 안 든다고 투덜대고, 유행가의 가사가 돼먹지 않았다고 신경질을 부리는 사람이 말예요."

"사람은 일정량의 신경질을 배급받아 있는 것 같애. 그런데 그 신경질이 내 경우엔 엉뚱한 방향으로 쏠리는 거죠."

"그래요, 엉뚱해요. 미스터 서는 엉뚱한 사람이에요."

안민숙은 스스로의 마음속에 새겨넣으려는 듯이 자꾸만 엉뚱하다는 말을 되풀이했다. 그럭저럭 자동차길까지 나왔다. 택시를 잡았다. 왜 택시를 타느냐는 푸념이 서린 안민숙의 표정을 보고는 타이르듯 말했다.

"버스를 타고 조선호텔에 갈 수야 없지 않소."

나로선 세 번째 와보는 조선호텔이었다. 첫 번째는 누군가의 결혼식에 참석하기 위해 왔다. 휘황하고 화려한 분위기에도 물론 놀랐지만 그때의 인상으로서 가장 컸던 것은 화장실의 육중한 도어였다. 수월하게 열고 닫히는 그런 것이 아니었고 약간의 힘을 보태야만 겨우 열리고 닫히는 조선호텔 화장실의 도어는 분명히 비프스테이크를 상식하는 종류의 인간들을 위해서 만들어진 것이란 생각을 자아내게 했던 것이다.

두 번째는 미국에서 갓 돌아온 친구로부터 그곳에서 아침식사를 같이하자는 초대를 받고 왔었다. 그 기억이 없었더라면 안민숙을 그곳으로 데리고 갈 아이디어가 솟았을 리 만무하다.

미끄러지듯 들어서는 고급 자가용차들의 틈에 끼어, 남이 보기엔 초라하겠지만 우리로선 호사일 수밖에 없는 택시가 조선호텔 현관 앞에 멈췄다. 먼저 내린 나는 공손히 손까지 잡아주며 안민숙을 모셔 내렸다. 그리고 안민숙을 앞세우고 스윙도어를 거쳐 로비에 들어섰다. 외국 영화의 한 장면에 들어서는 그런 기분이 일었다. 그 기분은 또한 코스모폴리턴에의 향수와 통하기도 해서 가슴이 설레기조차 했다.

동양인들도 많았지만 특히 서양인들의 모습이 눈에 띄었다. 서양풍으로 된 그 로비엔 역시 서양 사람들이 어울리는 것이다. 나는 실례를 무릅쓰고 서양 남녀들의 푸른 눈을 주의 깊게 바라보면서 로비를 걸었다.

서양인들의 그 푸른 눈은 세계의 많은 곳을 보아온 눈일 것이었다. 너무나 많은 것을 본 그 깊고 넓은 기억들이 침전해서 그처럼 눈이 파래진 것인지도 몰랐다. 깊은 물은 하늘빛을 닮고 높은 하늘은 물빛을 닮는다.

나는 로비의 구석진 곳을 안민숙에게 가리키며 속삭였다.

"사정만 허락한다면 나는 매일 몇 시간씩 저 구석에 앉아 있고 싶소."

"뭣하게요."

"먼 외국을 방랑하고 있는 고독한 나그네처럼 앉아 있을 참이지. 그리고 서양 사람들의 푸른 눈을 보는 거요."

"그래서?"

"그들의 눈은 세계 각처의 많은 것을 보았을 게 아닙니까. 킬리만자로의 눈도, 북해의 고도도, 남극의 펭귄도, 아프리카의 코끼리도, 인도네시아의 극락조도, 사하라의 사막도……. 그런 것을 본 눈을 내가 또 본다, 이 말이오."

"센티멘털리즘?"

"그렇지, 나는 센티멘털리스트죠. 세계를 구경하진 못할망정 감상은 할 수 있지 않겠소."

아침식사를 하는 곳엔 '인형의 집'이란 이름이 붙어 있다. '입센'의 『인형의 집』이 아니라 벽장 속에 인형을 진열해놓고 그래서 인형의 집인 것이다.

인형의 집은 붐비고 있었으나 우리들이 앉을 자리는 있었다. 먼저 안민숙을 앉히고 내가 앉았다. 앞앞이 놓인 녹색의 냅킨이 있기에 내 앞에 있는 냅킨을 펴서 안민숙에게 주고 안민숙 앞에 있는 냅킨을 들어 내 무릎 위에 놓았다.

"재필 씨, 퍽이나 자상하시네요."

그런데 안민숙의 그 말엔 시니컬한 빛깔이 없었다.

우리 왼편 탁자엔 중년의 백인 남녀가 자리를 잡고 있었고 오른편엔 흑인 청년이 홀로 앉아 있었다. 건너편 탁자엔 일본인으로 보이는 사람들이 셋 둘러앉아 목하 흥겨운 이야기가 진행되고 있는 것 같았다.

웨이트리스에게 주문을 해놓고 나는 찬찬히 왼편 탁자의 백인 부부를 곁눈질로 관찰했다. 여자는 얼굴에 정맥이 솟아있을 정도로 창백하고 허약해 보였다. 그런데 곰 털을 방불케 하는 털이 무성한 손을 가진 남자는 얼굴도 억세 보였거니와 체격도 우람했다. 나는 선뜻 그들의 섹스 장면을 상상했다. 억센 사나이의 팔에 안긴 허약한 여자의 육체! 부자연스러울 만큼 그 여자의 입이 큰 것은 섹스 때마다 입이 째지도록

14

비명을 올린 때문이 아닐까. 이러한 상상이 내 얼굴에 이상한 빛을 돋게 한 모양이었다. 안민숙이 발로 내 정강이 근처를 건드렸다.

"서씨, 이상한 얼굴 하지 말아요."

나는 그때의 내 상념을 설명할 수도 없어 겸연스럽게 물을 마셨다. 물맛이 좋았다. 안민숙은 나를 따라 글라스의 반쯤이나 물을 들이켜더니 말했다.

"식사를 하기 전에 냉수를 마시는 버릇은 좋은 버릇이죠?"

"식사할 때 냉수를 마시는 건 금붕어와 미국인뿐이라고 프랑스인들은 빈정댄다지만 냉수 마시는 버릇이 나쁠 거야 없겠죠."

"프랑스인은 뭣을 마시나요?"

"포도주겠지. 헌데 프랑스는 물이 나빠서 예사로 냉수는 못 마신대요. 안심하고 냉수를 마실 수 있는 나라는 미국하고 우리나라, 그리고 일본 정도라나요."

"그러고 보니 서재필 씨 꽤나 유식하네요."

"삼십 세에 가깝도록 들은 풍월이 있으니 약간은 유식하지, 치사스럽게."

"걱정 말아요. 치사스러울 정도로 유식하진 않으니까요."

식사가 왔다. 오렌지주스가 입 안에 향긋한 내음을 남겼다.

"캘리포니아의 바람 맛이 나죠?"

내가 물었다.

"캘리포니아의 바람 맛을 어떻게 아세요?"

안민숙의 반문은 시니컬했다. 에그 프라이는 정교한 세공품을 닮아 있었다.

"이 달걀도 미국 켄터키에서 온 거랍니다."

그 위에 후추와 소금을 치며 내가 또 한마디 끼웠다. 햄도 돼지의 살을 베어낸 거라곤 상상할 수 없을 만큼 청결했다. 그리고 살큼 소금 맛을 풍기며 입 안에서 녹았다.

"이 햄은 아마 시카고에서 왔을 거요. 어쩌다 댈레이 시장의 입으로 들어갈 것이……."

"서씨, 그만해둬요. 치사하게 유식한 사람 되겠어요."

안민숙은 포크로 나를 위협했다.

토스트도 맛이 있었다. 버터를 바른 위에 딸기잼을 듬뿍 얹어 입 안에 넣으니 빵과 버터와 딸기잼이 한꺼번에 어울려 코로부터 서양 냄새가 물씬했다. 이어 커피를 마셨다. 입 속에 남은 그 복합된 음식의 맛이 찌꺼기 하나 남기지 않고 깨끗하게 가셔지는 것이 아닌가.

"저 흑인, 굉장히 외로워 보이지 않아요?"

안민숙이 커피를 한 모금 마시다 말고 나직이 말했다.

"그러나 의젓한 데가 있구먼. 아마 아프리카 어느 왕국의 왕자쯤 되는 모양이지."

"검은 빛깔?"

"검은 빛깔?"

하고 나는 잠시 생각했다.

"누런 빛깔보단 낫지 않을까? 악센트가 있는 그만큼 말요."

하다가 나는 언젠가 어떤 선배로부터 들은 얘길 상기했다. 그래서 그 얘길 시작했다.

"어떤 사람이 흑인을 보고 물었대요. 당신들은 왜 그처럼 검은가 하구요. 그랬더니 흑인의 답은 너무나 벅찬 꼴을 줄곧 당하고만 있어 그 슬픔을 카무플라주하느라고 애쓰다가 보니 이렇게 검게 되었다고 하더래요. 그러고서 덧붙이는 말이 우리가 검기 때문에 그런 고통을 당한 건지 고통을 당하다가 보니 검게 된 것인진 알 수가 없다는 것이었대요."

"재필 씨, 좋은 얘길 외고 계시네요."

정이 느껴지는 그런 말투였다.

"그러나저러나 호칭 통일을 합시다. 서씨, 서재필 씨, 미스터 서, 심지언 서 선생님, 이렇게 호칭난맥해서야 어디."

나는 부러 투덜대봤다.

"그 가운데 어떤 호칭이 제일 마음에 들어요?"

안민숙의 말투에 다시 장난기가 되살아났다.

"뭐라도 좋아요. 하나로만 통일하면."

"생각해보죠."

안민숙은 특혜를 베풀 자격을 가진 사람처럼 의젓이 말했다. 디저트로 사과파이와 아이스크림까지 먹고 나니 엘리자베스 여왕과 대등한 아침식사를 한 셈이 되었다.

자리에서 일어섰다. 카운터로 가서 빌을 내밀었다. 카운터의 아가씨는 익숙한 솜씨로 계산기를 딱딱 치곤 종이조각을 끄집어내더니

"만 삼천 원이에요."

금속성 발음이었다.

그러나 나는 그 금속성의 옥타브를 잴 마음의 여유도 없이 당황했다. 내 호주머니엔 구천 원밖에 없었던 것이다. 다행히 안민숙이 내 곁에 서 있었다. 내 당황하는 기색을 보자 얼른 핸드백을 열더니 천 원짜리 지폐 네댓 장을 꺼내 내 손에 쥐어주었다.

셈을 하고 로비를 걸으면서 나는 한숨을 쉬었다

"비싸기도 하지."

"비싼 줄 이제 알았어요? 커피 한 잔 값이 칠백 원이 넘던데요."

"……."

"고등수학적으로 사는 사람들이나 올 데예요, 이곳은. 산술적으로 사는 사람들이 올 곳은 아녜요."

"민숙 씬, 고등수학 배운 적이 있어요?"

"고등수학? 전 산술도 채 못하는걸요."

"그럼 됐어."

"뭣이 됐단 말예요."

"고등수학을 익힌 엘리트들이 돈 보태기 산술밖에 못하는 사람들의 종 노릇을 하는 게 이 사회랍니다."

현관으로 나왔을 때 나는 셈을 하고 남은 돈을 안민숙에게 내밀었다.

"재필 씨 가지세요. 오늘 교통비도 없잖아요?"

"그럼 빌리는 거로 합시다."

"내 몫 내가 낸 셈으로 쳐주세요."

출근할 시간이 거의 돼 있었다. 신문사까진 걸어 무방한 거리다.

나는 어젯밤에서부터 그때까지의 일에 무슨 매듭을 지어야겠다는 마음으로 초조했다. 추위마저 잊었다. 처녀와 총각이 설혹 아무 일이 없었다고는 하나 같은 방에서 하룻밤을 지냈다면 마땅히 매듭을 짓는 무슨 말이 있어야 할 것이 아닌가. 내겐 절박한 문제로서 차성희가 있다. 몇 분 후면 차성희와 얼굴을 대해야 하는 것이다.

'잊을 수 없는 밤이었죠?'

이건 안 될 말이고,

'우리 어젯밤 일은 없었던 것으로 합시다.'

이것도 쓸데없는 말일 테고,

'어젯밤 일은 스캔들일 수가 없죠?'

하는 것도 쑥스러운 일이었다.

나는 계속 갖가지 말들을 속으로 꾸며보고 있었으나 마음의 진실과는 천리만리 멀었다. 그런데 그 내 마음의 진실이란 어떤 것인가. 그걸 표현할 수가 없으니까 안타까울 뿐이다. 나의 침묵은 이러한 내용이었는데 안민숙의 침묵 내용은 어떤 것이었는지. 안민숙은 고개를 숙인 채 묵묵히 걷고 있었다. 그 숙인 고개는 찬바람을 피해서만은 아닐 것이었다.

신문사의 정문이 십 미터쯤 앞으로 되었을 때 안민숙이 돌연 걸음을 멈췄다. 그리고 내 얼굴을 똑바로 보는 자세를 취했다.

"서 선생님이 이만저만하게 자상한 분이 아니란 걸 안 것은 기쁜 일이었어요. 그리구 꼿꼿하구요. 차성희 씬 틀림없이 행복할 거야. 차성희 씰 소중하게 하세요."

내가 무슨 말을 할 여유도 없었다. 안민숙은 몸을 돌려 세워 바쁜 걸음으로 신문사 정문으로 빨려들어갔다. 나는 선 채 멍청히 그 뒷모습을 지켜볼 수밖에 없었다. 안민숙이 멋지게 어젯밤 일을 매듭지었다는 생각이 난 것은 조금 뒤의 일이다. 정신을 차리고 걸음을 떼어놓으려고 할 즈음에,

"서 선생님!"

하는 소리가 등 뒤에서 들렸다. 추위에 지친 듯한 차성희의 얼굴이 눈앞으로 다가왔다.

"춥죠?"

얼김에 내가 한 소리였다.

"견디지 못할 정도는 아녜요. 그런데 서 선생님은 왜 이곳에 서 있는 거죠?"

나는 시계를 보았다. 출근시각까진 오 분이 남아 있었다.

"성희 씨, 다방에 가서 얘기나 좀 합시다."

성희도 시계를 보았다. 망설이는 듯하더니 미안하다는 표정을 지었다.

"우리 퇴근 후에 만나요."

정문 세 발자국쯤 앞에서 내가 물었다.

"성희 씨, 우리 행복어사전은 유산될 것 같지 않소?"

"왜요?"

차성희는 눈을 동그랗게 뜨고 되물었다.

"퇴근 후에 만나 얘기합시다."

나와 차성희는 나란히 계단을 걸어올라갔다. 그러나 서로 말은 없었다.

그날 편집국에 사건이 있었다.

나는 물론 교정부원들은 까마득히 모르고 있었지만 사건의 발단은 어제 있었다고 한다.

외신부의 L이란 기자가 중동문제에 관한 해설기사를 썼는데 그것이 신문에 게재되지 않았다. 그런데 그 기사를 위해 할당된 지면이 어떤 정치가의 기고에 먹혀버린 것이다. 그 기고는 국방문제를 다룬 것이었다. L씨는 정치가의 기고논문을 검토해본 결과 그것을 위해 자기의 해설기사를 깎아버릴 만한 내용의 것이 아니란 판단을 내렸다. 그래서 불평을 갖게 되었다.

그 불평을 정치부에 있는 S란 친구에게 말했다. 공교롭게도 S도 모 기관의 부정을 폭로한 자기의 기사를 묵살당한 바람에 기분이 나빠 있던 터라 불에 기름을 쏟은 상황이 되었다. 몇몇 선배기자들에게 의논을 했다. 모두들 편집국장이 한 처사는 용서할 수 없다는 의견이었다. L과

S는 편집국장에게 항의하러 갔다.

"정치가의 그 논문은 사에서 청탁한 것입니까?"

L이 물었다.

"청탁한 일은 없다."

는 편집국장의 대답이었다.

"그런데 어떻게 신문에 그것이 게재되었습니까?"

"어떤 중역이 그 원고를 가지고 왔기에 읽어보니 실어도 좋을 만하다고 생각했기에 게재했다."

"그것이 우리 신문에 실을 만한 논문이었습니까?"

"국방문제를 다룬 것이니 실을 만하다고 생각했다."

"국장은 내 해설기사를 읽었습니까?"

"아직 읽어보지 않았다."

"읽어보지 않고 기획된 기사를 빼버리고 엉뚱한 논문을 실은 의도가 뭡니까."

"엉뚱하다니, 국방문제를 다룬 논문이 엉뚱해?"

"국방문제가 중요한 건 어제 오늘의 일입니까. 그건 상식에 속한 문제가 아닙니까. 그리고 그 논문에 상식 이상의 것이 무엇 있었습니까?"

"기사이건 논문이건 싣고 안 싣고는 내 권한에 있어."

"만일 그것이 권력이 있는 정치가의 논문이 아니었더라도 국장은 그것을 게재했겠습니까?"

"이 친구 무슨 소릴 하고 있는 거야."

이때 S가 나섰다.

"편집국장의 반성을 촉구하고 있는 것입니다."

"뭐라구?"

편집국장은 흥분했다.

"국장, 왜 내 취재기사는 깎아버렸지요?"

S가 추궁했다.

"깎든 말든 그건 내 권한에 있다. 너희들은 국장을 어떻게 알고 있지?"

"편집국장으로 알고 있죠. 그리고 편집국장이 그래선 안 된다는 것을 알고 있죠."

"너희들이 내게 충고할 셈인가? 돼먹지 않게시리?"

"흥분만 하실 것이 아니라 왜 내 기사를 깎아버렸는지 그 이유를 납득이 가게끔 설명을 해주셔야죠."

한 것은 S였고,

"내 중동문제에 관한 해설기사를 희생해야 할 만큼 정치가의 논문이 훌륭했다고 국장은 정말 생각하고 있습니까?"

한 것은 L이었다.

"나는 편집국장이야. 기사의 선택에 관해 일일이 그 이유를 설명해야 할 이유도 의미도 까닭도 없어."

"잘못을 인정하지 않으신다 이 말씀이군요."

S는 비웃는 표정으로 말했다.

"나는 잘못한 게 없어. 정당하게 편집국장의 직무를 집행했을 뿐야."

이 무렵엔 편집국 전원의 시선이 국장에게 쏠려 있었다.

"편집국장은 신성불가침인가요?"

L기자가 따졌다.

"너희들은 나를 모욕할 작정이야?"

"그럴 작정은 없소. 잘못을 반성하고 앞으로 그런 일이 없었으면 하고 바랄 뿐입니다."

S가 한 말이었다.

"난 너희들을 용서할 수가 없어."

편집국장은 부득이 자기의 권위를 생각하지 않을 수 없는 궁지에 몰렸다.

"우리는 편집국장의 그런 태도를 유감으로 생각합니다."

S는 쌀쌀하게 말했다.

"집어치워!"

편집국장은 버럭 고함을 질렀다.

"집어치우다뇨?"

L이 흥분한 투로 말했다.

"너희들의 행동에 책임을 져야 해. 직장의 질서를 문란케 한 자들을 난 가만둘 수 없어."

"가만두지 않으면 어쩔 거요."

한 S,

"사표를 내요. 내게 불만이 있거든."

하는 편집국장,

"왜 사표를 냅니까. 옳은 말을 했다는 죄로 사표를 내요?"

한 것은 L,

"좋아, 너희들이 사표를 안 내면 내가 그만두겠다. 그러나 너희들도 이 신문사에서 쫓아내고 말겠다."

편집국장은 이 말을 남겨놓고 휙 편집국에서 나가버렸다. 이런 일이 있었던 것은 어제 오후라고 하는데 이날 오후 S와 L에게 파면이 통고된 것이다.

부장들은 부장들대로 모임을 갖고 기자들은 기자들대로 모임을 가졌다. 교정부장 우동규는 부장회의에 참석하지 않고 자리를 지키고 앉아 있다가 사회부의 어떤 기자가 우리 자리로 와서 모임에 참석해달라는 종용을 해오자,

"우리 교정부는 교정부대로 모임을 가질 테니까 그리 알라."

고 돌려보내곤 우리들은 길 건너편에 있는 화랑다방으로 가라고 명령했다. 우 부장의 명령에 거역할 교정부원이 있을 까닭이 없다. 그런데 윤두명이 이의를 제기했다.

"우 부장은 부장회의에 나가시오. 우리는 기자들 모임에 참가하는 게 좋을 것 같소."

우 부장의 안색이 단번에 변했다.

"윤두명 씨, 여기 있는 이 사람들이 기자들이오? 교정부원입니다. 교정부원은 기자가 아닙니다. 기자의 모임에 참가할 자격도 필요도 없어요."

"기자는 아니라도 편집국엔 속해 있지 않습니까. 그러니 이렇게 중요한 문제가 발생했을 땐 전체 편집국원과 보조를 같이해야 될 줄 압니다."

윤두명이 차분히 말했다.

"먼저 교정부원으로서 보조를 맞춥시다. 자, 일어서요. 모두들 화랑다방으로 가요."

우동규 부장의 서슬은 보통이 아니었다. 윤두명이 먼저 일어섰다. 우리들도 따라섰다. 염해균 씨가 일어서려고 하자 우 부장은,

"염 선생은 남아 계십시오."

하고 그를 만류했다.

화랑다방에 모두들 자리를 잡자 우 부장이 입을 열었다.

"드디어 곪은 게 터졌어. 편집국의 사태는 수월하게 해결되지 않을 거야. 신문이 요즘 같은 꼴인데도 기자들이 반발하지 않으면 그놈의 신문은 망하지 망해. 곪으면 터지게 마련야. 하마나 하마나 하고 있었더니 드디어 그날이 왔어. 그러나 우리 교정부원이 개입될 성질의 것은 아니다. 우선 기사를 써냈는데도 몰没을 당한 적도 없고, 편집국장이나 신문사 간부로부터 부당한 처우를 받은 적도 없다. 월급이 적다는 건 불만이지만 이번 사태는 월급 문제로 발생한 것이 아니다. 서툴게 행동했다간 되레 웃음거리만 된다. 못에 잉어가 뛰니까 사랑방 목침이 뛴다는 말이 있잖소. 우리는 그런 목침의 꼴이 돼선 안 돼! 마님이 새 옷 입고 소풍에 나서니까 식모아이가 새 옷 입고 들뜨는 꼴이 돼서도 안 될 거구. 요컨대 분수를 지키자 이 말이오. 교정부원으로서의 우리가 이 판국에 분수를 지키려면 입을 꼭 다물고 있어야 하오."

"기자들이 무슨 결의를 할진 모르지만 그 결의에 반대할 순 없잖습니까."

김달수가 한 말이었다.

"반대도 안 하고 찬성도 안 하면 될 게 아뇨."

정 차장이 말했다.

"결국 중립을 지키자는 말인데요. 그런 중립이 불가능할 경우가 되면 어떻게 하겠어요."

하고 계수명이 말을 끼웠다.

"그러니까 지금 다짐을 하고 있는 것 아뇨, 중립이 불가능할 경우라도 우린 냉정한 방관자가 되자구."

하고 우 부장은 굳은 표정으로 말을 이었다.

"어떤 진정서, 또는 건의서, 선언문에도 서명하지 말 것, 우리 부 이외의 모임엔 참석하지 말 것, 우리 부는 독자적인 입장을 취한다는 태도를 분명히 취할 것. 알았소?"

"기자들의 주장이 정당하고 그들이 취하는 태도나 행동에 꼭 동정을 해야만 좋은 결과가 있을 것이라고 판단이 될 땐 어떻게 하겠어요?"

윤두명이 조심스럽게 말했다.

"사태의 추이를 보아가며 또 의논을 합시다. 그러나 내 생각으론 기자들의 주장이 정당하건 말건 방관자로서의 태도를 일관하고 싶소."

우 부장의 태도는 여전히 결연했다.

"아무리 교정부원이기로서니 무기력한 태도만을 취한다는 것은……."

하고 박동수가 어물어물했다.

"누가 무기력한 태도를 취하자고 했어. 냉정한 방관자가 되자고 했지. 이런 사태엔 냉정한 방관자로서 일관하는 것이 보다 용감하고 기력이 필요한 일일지도 모르는 거야."

우 부장은 신경질적으로 박동수를 쏘아주곤 이런 말도 했다.

"생각해보라우, 편집국에 있는 기자들이 우리 교정부원을 사람 취급이나 했나? 언제나 데리고 온 자식처럼 하지 않았나. 그러구서도 이용만 하려고 드니 그 심보가 괘씸하다는 거야."

그러나 나는 그 말을 이해할 수가 없었다. 김소영의 문제를 두고 양춘배 기자로부터 받은 호의가 생각났기 때문이다. 만일 양춘배가 이번 사태로 무슨 부탁을 해온다고 하면 거절하기가 거북할 것이 아닌가 하고 생각하니 불안한 마음마저 일었다.

26

우 부장의 지시대로 하겠다는 암묵의 동의로써 화랑다방에서의 모임을 끝내고 신문사로 돌아간 것은 네 시 조금 넘어서였다.

사태는 엄청난 방향으로 확대되어 있었다. 띄엄띄엄 부장들만 앉아 있고 기자들의 모습은 보이지가 않았다. 우 부장 곁으로 와서 편집부장이 한 말에 의하면 기자들은 파면된 L과 S를 즉시 복직시킬 것과 언론의 정도에 따라 신문을 제작할 것을 요구조건으로 내걸고 그 조건이 관철되지 않는 한 신문을 만들지 않겠다고 선언하곤 모두들 어디론지 사라져버렸다는 것이다.

"성질도 급하군. 교섭도 안 해보구 당장 사보타주를 해?"

"교섭은 했지. 부장들이 사이에 서서 간부들에게 교섭을 했더니 막무가내야. 기자들이 발끈할 만큼 됐어."

편집부장은 기자들을 동정하고 있는 것 같았다.

"그래 부장들은 어떻게 하기로 했어?"

"우리들은 기자들과 달리 행동하기로 했지. 누군가 조정역할을 맡아야 할 게 아닌가."

편집부장이 빙그레 웃으며 이와 같이 말했다.

"끝내 조정이 안 되면?"

우 부장이 물었다.

"그때 가서 재론하기로 했어."

하고 편집부장은,

"내일 아침까지 사태가 해결되지 않으면 우리 부장들끼리만 신문을 만들어야겠는데 교정부가 도와주어야겠어."

하며 우 부장의 눈치를 살폈다.

"교정부는 사보타주 안 할 거니까 걱정 마슈."

"그런 게 아니라 몇 사람 편집이나 통신 정리를 거들어줘야겠어."

"기자들은 정말 신문을 안 만들 작정인가?"

"그렇게 통고를 했대두."

"그럼 사에서 그들의 요구를 들어줘야지."

"그렇게도 안 될 것 같구."

"그렇다면 신문을 못 만드는 거지 뭐."

"그럴 수도 없거든. 부장들만으로도 신문은 만들어야 하게 돼 있어. 사장의 엄명이야."

"그럼 스트 브레이커가 되는 것 아닌가."

"조정역할을 해야 하니까 부득이한 일이지 스트 브레이커는 아냐. 그래서 부탁 아닌가. 교정부원 몇만 좀 빌려줘."

"그건 안 되겠어. 교정부원은 교정 보는 일 외엔 아무 일도 할 수 없어."

교정부장은 이렇게 딱 거절했다.

"기자들과 동조하지 않을 바에야 제작을 거들어줘도 무방할 텐데."

편집부장은 의아한 표정으로 말했다.

"우리는 기자들의 사보타주에 동조도 안 하겠지만 반대도 안 할 거요. 그러니 교정부가 제작을 도와줄 것이란 기대는 아예 하지도 마슈."

편집부장은 쓴웃음을 웃고 돌아섰다. 편집부장이 멀어져가자 교정부장이 나직이 말했다.

"내일 아침엔 신문사로 직접 출근하지 말고 모두들 화랑다방으로 와요. 기자들이 끝내 신문제작을 하지 않을 사태가 되면 부원의 반만 출근하도록 합시다. 전원이 나왔다간 딴 부에 징용될 위험이 있으니까 말요."

퇴근시간이 가까워지자 윤두명이,

"오늘 밤 내가 술을 한 잔 살 테니 같이 나가지."

하고 제안을 했다.

"괜히 선동하지 말아요."

교정부장이 익살을 부렸으나 과히 걱정하는 빛은 없었다. 모두들 윤두명의 제안을 받아들이는 표정들을 지었다.

"전 빠지겠어요."

한 것은 안민숙이었다.

"되도록이면 여성동지도 참석해주었으면 하는데요."

윤두명의 말이었다.

"전 안 되겠어요. 어젯밤 과음을 했거든요. 빨리 집에 돌아가 자야겠어요."

안민숙이 하품을 손으로 가리면서 말했다.

나도 그 자리에 빠지고 싶었다. 안민숙과 꼭 같은 이유도 있었지만 차성희와 단둘이 할 얘기가 있었다. 나는 차성희 쪽을 건너다 봤다. 차성희는 얼른 내 시선을 피해버렸다. 그 태도가 쌀쌀하게 보였다. 안민숙으로부터 무슨 얘길 들은 게로구나 싶어 안민숙을 돌아봤다. 안민숙은 무표정한 얼굴로 창밖에 시선을 보내고 있었다.

퇴근시간이 되었다. 우 부장만 남고 모두들 주르르 편집국을 나섰다.

복도에서 차성희가 윤두명과 말을 주고받았다. 오늘 밤 모임에 참가하지 않겠다는 말을 주고받고 있는 것으로 보였다. 사정을 보아가며 나도 윤두명에게 사절의 말을 하려고 하는데 윤두명과 얘기를 끝낸 차성희가 내게 신호를 보냈다. 둘이는 복도 구석진 곳으로 갔다.

"우리 얘긴 내일로 미뤄요. 윤두명 씬 아마 중요한 얘길 하려는가 봐요."

차성희가 속삭이듯 말했다.

"중요하다면 그분에게 중요하겠지 나와 상관없는 일일 텐데."

나는 시무룩하게 말했다.

"그리고 전 안민숙 씨와 얘기할 게 있어요."

아무래도 차성희는 나와의 대화를 피하고 싶은 태도였다.

"우리의 행복어사전은 결국 유산될 것 같죠?"

나는 일부러 퉁명스러운 말투를 썼다.

"서 선생님은 행복어사전을 유산시키고 싶으세요?"

"천만에요."

"그럼 왜 자꾸 그런 말씀을 하시죠?"

"왜 차성희 씬 나를 자꾸 피하죠?"

차성희는 대답 대신 등을 돌려 벽 쪽을 향해 서버렸다.

"까닭이 있으면 그 까닭을 설명해줘야 할 게 아닙니까?"

"……."

"내가 무슨 잘못을 했어요? 잘못이 내게 있다면 솔직히 말해줘요."

"……."

"내가 성희 씨에게 방해가 된다면 솔직히 말해줘요."

하다가 보니 차성희는 어깨가 들먹거리고 있었다. 울고 있는 것이었다. 나는 황급히 주변을 두리번거려 보았다. 아무도 보는 사람이 없는 것이 다행이었다.

"내 말이 지나쳤거든 용서해요. 그럼 내일 만나 얘기합시다."

하고 나는 얼른 그 자리를 떴다. 정문 밖에서 윤두명을 비롯한 교정부원들이 나를 기다리고 있었다. 그 속엔 뜻밖에도 염해균 씨까지 끼어 있었다.

"전 빠졌으면 합니다."

나는 윤두명 씨에게 털어놓았다.

"서형, 왜 그러는 거죠?"

윤두명의 어조엔 다소 불쾌한 투가 섞여 있었다.

"어젯밤 과음을 해서요. 그래서 콘사이스가 좋지 않습니다."

컨디션을 콘사이스라고 하는 코믹한 표현으로 바꿔 나는 그렇게 말했다.

"잠깐 동안이라도 참석해주슈. 내 얘긴 그렇게 길지 않을 테니까요."

나는 그 제안조차 거절할 수가 없었다. 무교동에 있는 윤두명의 단골집으로 따라갔다. 그날 밤에 있은 윤두명의 말의 요지는 다음과 같은 것이었다.

"나는 우 부장의 입장을 이해합니다. 우 부장으로선 그런 태도를 취할 수밖엔 없죠. 그러나 우린 좋으나 궂으나 신문에 종사하는 사람들입니다. 신문에 종사하는 사람 치고 좋은 신문을 만들어야 한다는 염원을 가지지 않은 사람은 없을 거요. 그런데 지금 우리 신문사에선 좋은 신문을 만들어야 한다는 운동이 시작되었소. 젊은 기자들이 일어선 거요. 지금 신문의 방향을 고치지 못하면 앞일은 뻔합니다. 우린 몇 푼 안 되는 월급에 사로잡혀 노예생활을 하는 거나 다를 바가 없다 이 말이오. 이런 처진데 우리가 교정부원이라고 해서 방관만 하고 있을 수 있소? 우리 그처럼 비굴하지 맙시다. 날품팔이를 할망정 인간답게 당당하게 삽시다. 요즘 같은 그런 신문의 교정을 보고 앉았을 바에야 차라리 구걸을 해서 먹고 사는 편이 나을 거요. 내일 화랑다방에서 만나기로 돼 있으니 우리의 이런 태도를 교정부장 앞에서 밝힙시다. 오늘의 일로써 교정부장의 신문사에 대한 체면은 세워준 거나 다름이 없소. 교정부장의 속셈은 우리가 그의 주장을 반대하고까지 결연한 태도를 취해주었으면 하는 데 있을지 모르오. 설사 우리의 행동이 교정부장의 의사와 어긋난다고 해도 도리 없는 일 아닙니까. 옳고 그른 것은 판단할 줄 알아야죠. 옳다고 판단이 내려졌으면 그 방향으로 행동을 해야죠. 우리는 결코 비굴하지 맙시다……."

"윤형은 편집국장한텐 신세를 지고 있는 사람이 아닙니까?"

박동수가 불쑥 말했다.

"그렇소. 실직한 나를 취직시켜 준 사람이니까요."

"그런데 어떻게 윤형은 그 편집국장에게 항거하는 편에 설 수가 있겠소."

박동수가 거듭 한 말이었다.

"공은 공, 사는 사 아녜요? 나는 공과 사를 혼동하는 사람은 아닙니다. 설사 다시 실직하는 경우가 있더래두요."

윤두명이 분명히 말했다. 그리고 한 사람 한 사람의 의중을 묻기 시작했다.

김달수는 윤두명의 의견에 완전 동조했다. 계수명도 그랬다. 염해균 씨는,

"사태가 시끄럽게 되면 나는 신문사를 그만두겠소."

하는 대답을 했다. 박동수는,

"옳건 그르건 나는 우 부장의 의사를 거역할 수 없습니다."

하고 태도를 분명히 했다. 마지막으로 내가 남았다. 나는 차성희의 생각에 사로잡혀 있었기 때문에 사실 내 의견을 정리하지 못하고 있는 터였다.

"서재필 씨 의견은 어떻소?"

윤두명의 질문이었다.

"나는 우 부장의 의견이 과히 나쁘지 않다는 생각입니다."

내 본심과 약간의 거리가 있는 듯싶었으나 그야말로 과히 빗나간 대답은 아니었다는 생각이 잇따랐다. 윤두명은 계속 기자들과 행동을 같이해야 한다는 명분과 이유를 설명했다. 나는 그 말들이 납득되기도 하면서 충분히 납득할 수 없는 어중간한 기분으로 계속 술만 들이켰다.

우동규 교정부장이 어제 시킨 대로 우리는 화랑다방에 모였다.

"편집국장이 사표를 냈어."

우 부장이 우울하게 말하자,

"사에서 그 사표를 수리할까요!"

하고 정 차장이 물었다.

"편집국장의 각오가 단단한 모양이니까 수리 안 할 수가 없겠지."

우 부장의 말이었다.

"편집국장이 그만둔다면 기자들도 떠들 필요가 없는 게 아닙니까!"

한 것은 박동수,

"S와 L을 복직시켜야죠."

한 것은 계수명.

"사의 체면도 있을 테니까."

하는 정 차장,

"그보다도 편집국장의 입장도 생각해줘야 해. 편집국장이라고 해서 대단한 줄 아나! 경영진의 압력, 그밖에도 세찬 바람을 맞고 있거든. 그리고 편집국장은 유능한 사람야. 그런 사람을 불명예 제대시킨다고 하는 건 가슴이 아파."

이런 말을 할 만큼 우 부장의 편집국장을 생각하는 마음은 진정이었다.

"그러나 S와 L에 대한 짓은 나쁘지 않습니까?"

김달수가 볼멘소릴 했다.

"나쁘지."

하고 중얼거리곤 우 부장은 말을 이었다.

"그러나 S와 L도 국장이 놓여 있는 처지를 이해해줘야지. 국장이 자기 맘대로 그 정치가의 논문을 실었겠어? 그만한 고민은 있었던 거라. 그렇다고 해서 국장 체면으로 압력에 못 이겨 실었소, 하는 말을 하겠어? 그러니 기자들이 미리 그런 고민을 알아줄 만도 하잖아. 그런데 대뜸 반박을 하고 나서서 감정이 폭발해버린 거지."

"우 부장!"

하고 윤두명이 정색을 했다.

"그래 편집국장의 편을 들겠단 말요?"

"나는 어느 편도 들 생각이 없소. 어제 말한 그대로요. 그러나 무슨 방법이 있으면 화해를 시키고 싶어. S와 L과 편집국장 사이를 말요. 어줍잖은 일로, 아니 사소한 감정으로 평생 원수가 된다는 건 안타까운 일이거든요."

"화해를 시킬 수만 있으면 그게 상책이겠네요."

정 차장이 우 부장에게 동조했다.

"안 될 소리요."

윤두명이 흥분했다.

"이 사건을 계기로 신문사의 기풍을 쇄신해야 하오. 그들의 화해는 둘째 문제요. 언론이 요즘과 같은 꼴로 돼나간다면 이건 정말 중대한 문제요."

윤두명의 흥분과는 딴판으로 우동규 부장은 빙그레 웃었다.

"지금 언론문제 걱정하게 됐소? 나는 S와 L의 실직문제를 걱정하고 있소. 편집국장의 갈 길을 걱정하고 있소. 낸들 언론문제를 등한히 하는 건 아니지만 이건 우리 신문사의 문제라기보다 국가적인 문제요. 그걸 윤형은 어떻게 하겠다는 거요. 우리가 걱정한다고 해결될 문제요?"

"언론에 종사하는 사람들이 언론의 걱정을 안 한다면 누가 걱정해야 하죠?"

윤두명은 즉각 반발했다.

"걱정해도 소용이 없다는 것 아니오."

정 차장이 거들었다.

"해보지도 않고 미리 포기하는 건 비굴한 패배주의 아뇨? 주어진 상황을 조금이라도 나아지게 노력해야만 할 것 아닙니까. 적당한 시기의 한 바늘이 아홉 바늘을 대신한다는 말도 있지 않소. 매너리즘에 빠진 신문을 지금 구하지 않으면 앞으로 희망이 없는 겁니다."

윤두명이 열을 올렸으나 우 부장은 하품을 크게 하고 말했다.

"그러나저러나 오늘 우리의 행동 프로그램이나 작정합시다."

"어떻게요?"

정 차장이 물었다.

"우선 반수만 출근하도록 합시다. 사태에 따라서 행동하기로 하고 반수는 이 다방에 남아 있으소. 어제도 말했듯이 전원이 출근하면 다른 부에 징용당할 염려가 있으니까요."

우 부장은 덤덤히 말하고 부원들의 동의를 구했다.

"그럴 바에야 부장과 차장만 출근하시오. 다른 부와 꼭 같이요."

윤두명의 제안이었다.

"그건 안 돼요. 우리는 스트라이크를 하자는 게 아니니까. 그리고 스트라이크를 파괴하는 입장에 설 수도 없으니까."

하고 우 부장은 잘라 말했다.

"그런데 부원 반수의 결근을 부장은 회사 측에 어떻게 설명할 겁니까?"

정 차장은 그게 걱정이 되는 모양이었다.

"그거야 뭐, 구실은 얼마든지 있지. 어젯밤 회식을 했는데 전부 식중독에 걸린 모양이라고 해도 될 게구. 그리구 오전에 안 나온 사람은 오후에 출근하면 될 거구."

"나는 우 부장의 그런 태도에 반댑니다. 반수만 출근하는 따위의 그런 희미한 짓 말고 우리도 결연하게 행동합시다. 딴 부와 보조를 맞추자 이 말입니다. 우 부장의 의견은 스트라이크를 지지하지도 말고 반대하지도 말자는 얘긴데 결국 따져보면 눈 가리고 아웅하자는 것 아닙니까. 쩨쩨한 꾀를 써선 교정부원들만 굿 보이가 되자는 얘기 아닙니까?"

"그게 뭣이 나쁘죠?"

하고 우 부장은 윤두명을 건너봤다.

"어지러운 세상을 요령껏 살자는 게 나쁜 건가요? 기자들은 편집국장 배척을 하고 있는 것 아닙니까. 그런데 우리 부는 편집국장을 배척할 이유를 가지고 있지 않습니다. 물론 파면된 기자들에겐 동정합니다. 그러니까 우리의 태도가 엉거주춤한 것으로 되지 않을 수 없단 말입니다. 그리고 아무리 생각해도 교정부원이 기자들의 스트라이크에 끼일 이유도 없구요."

"교정부원은 신문기자가 아니란 말은 우리들의 처지를 겸손하게 표현하는 말일 땐 좋아도 기자들의 대결을 파괴하려는 의도로 쓰일 땐 옳지 못합니다. 우리는 편집국의 국원들이니까요."

윤두명은 일보도 후퇴할 수 없다는 태도로 나왔다. 우 부장은 스르르 화가 치미는 모양이었다.

"그럼 좋소. 어제 결정한 문제지만 이 자리에서 재론을 해봅시다. 윤두명 씨의 의견에 찬성하는 사람 손 한번 들어보시오."

"우 부장, 그건 안 됩니다. 우 부장은 자리를 비켜주십시오. 우리들끼리 결의를 할 테니까요. 어차피 우 부장은 우리와 함께 행동할 수는 없는 일 아닙니까. 이 문제는 우리들에게 맡겨주시오."

우 부장은 윤두명의 얼굴을 싸늘하게 바라보고 있더니,

"나는 그럴 수 없소. 나는 내 부원을 감독할 책임을 가지고 있고 그 신상에도 관심을 가지고 있으니 나를 따돌리고 무슨 결의를 하는 건 단연코 반대하겠소. 동시에 여러분의 의사를 속박하지도 않겠소."

하곤,

"지금 출근을 해야 하니까, 나와 같이 출근할 사람을 지명하겠소."

하며 정 차장, 계수명, 안민숙, 염해균의 이름을 불렀다. 그리고 남은 우리들을 보곤 자리를 뜨지 말고 기다리고 있으라고 했다. 그때 나는 시간이 있는 김에 강신중 변호사를 찾아가보았으면 한다는 말을 귀엣 말로 우 부장에게 해보았다.

"남들은 스트라이크를 한다고 법석인데 서형은 로맨틱 사업을 할 참이오?"

하면서도 우 부장은 허락해주었다. 우 부장과 지명된 사람들이 떠나고 나자 윤두명은,

"최소한도의 체면은 있어야 할 게 아닌가."

하고 투덜댔다.

"우 부장은 최소한도나마 체면을 지키려고 하고 있지 않습니까!"

박동수가 어름어름 말했다.

"서재필 씨!"

하고 윤두명이 나를 불렀다. 나는 고개를 그쪽으로 돌렸다.

"서재필 씬 어떻게 생각하오."

"내겐 생각이 없습니다."

"또 하나의 서재필 씬 기골이 대단했던 사람인데."

하고 윤두명이 웃었다.

"기골이 대단해서 그 생애가 파란만장했잖습니까. 나는 그와 정반대 되는 서재필이 될 작정입니다."

하고 자리에서 일어섰다.

"어디 갈려우?"

김달수가 물었다.

"강 변호사 사무실에 가봐야겠소."

"부장이 기다리라고 하던데……."

김달수의 말이었다.

"부장의 허락을 맡았소."

"네플류도프는 이래저래 고민이 많구먼."

박동수가 빈정댔다. 다방에서 나오려는데 차성희가 따라왔다. 내 표정에서 의아하다는 느낌을 읽었는지,

"저도 변호사 사무실에 갈래요."

하고 앞장을 섰다.

봄소식이 오는가 보았다. 거리에 꽉 차게 깔린 태양이 아슴푸레 따스

한 느낌 같은 것이 있었다. 바람도 없었다. 평일 오전을 이렇게 걸어보는 것이 어쩐지 간질간질한 기분이었다.

"그저께 밤 안민숙 씨와 술을 마셨다면서요?"

차성희는 나를 보지도 않고 말했다.

"실연한 사내와 그 사내를 위로하려는 친구가 어울렸으니 술을 마실 수밖에요."

나도 그를 보지 않고 말했다. 말없이 얼만가를 걸었다.

"차성희 씬 신문사를 그만두지 그래요."

엉뚱하게 말을 꺼냈다.

"……"

하는 표정이 차성희의 얼굴에 일었다.

"나 같은 놈에게 구애 말고 차성희 씬 결혼을 하세요. 이번 사건으로 신문사에 못 있게 되면 나는 교도관 시험을 치를 작정입니다. 교도관이 무엇하는 건지 압니까?"

"……"

"형무소 간수를 요즘은 교도관이라고 한답니다. 공무원 가운데선 가장 밑바닥이라고 할 수 있죠. 인생을 안쪽으로 보고 사는 것도 흥미가 있을 것 같애요. 이를테면 숱한 죄인들과 함께 같이 징역살일 하는 거죠."

"왜 그런 말을 하죠?"

차성희의 너무나 싸늘한 말투가 비수처럼 내 가슴에 찔렸다.

"나직하게 땅바닥에 붙어서 살겠다는 얘깁니다. 그러니 그런 사람을 상대하지 말라는 충고가 되는 거죠."

"충고 필요 없어요."

"그럴 테죠."

하고 나는 마음껏 빈정거려볼 작정을 했다.

"한편에 고급 자가용차를 타고 고대광실 높은 집으로 들어가는 길이 있습니다. 또 한편엔 힘겨운 저자바구니를 들고 옹색한 골목을 걸어 사글셋방으로 기어가는 길이 있습니다. 천치, 바보, 개망나니, 화냥년, 팔푼이, 찌꺼기, 그런 등속의 여자가 아니라면 택할 길이 뻔하지 않습니까. 자가용차를 타야죠. 고대광실로 들어가야죠. 환호가 있고 팡파르가 있고 꽃이 깔린 길을 걸어야죠. 교정부원의 아내가 돼보았자 저주가 있을 뿐입니다. 뉴욕에서 돌아온 엘리트 청년과 결혼을 하십시오. 나도 비록 교정부원이지만 마음은 그다지 좁지 않습니다. 그러한 차성희 썰 축복할 만한 도량은 있다구요. 닭 쫓던 개 꼴이 되어 보는 것도 과히 싫은 노릇은 아닙니다. 아니 그런 꼴이 내 격에 맞는 것인지도 모르죠……."

나는 차성희의 반발을 하마나 하마나 하고 기다리면서 어휘가 떠오르는 대로 지껄여젖혔다. 그런데 뜻밖인 반응이 나타났다. 차성희는 웃음을 참지 못하겠다는 시늉으로 입을 손으로 막은 것이다.

"왜 그러죠? 내 말이 그렇게 우스워요?"

하고 나는 신경질을 냈다.

"미안해요. 멋진 대사인데 감동을 하지 않아서요."

차성희는 계속 웃음을 머금었다.

"내가 한 말을 대사로밖엔 생각지 않습니까?"

나는 정색을 했다.

"대사가 아니면 뭐죠?"

"내 진정입니다."

"진정? 진정이 그처럼 거창해요? 진정은 잔잔한 물처럼 흐르는 거예요."

"물이 폭포가 된다는 걸 모르오?"

"낭떠러지가 있어야 폭포가 되죠. 헌데 아무 곳에도 낭떠러지가 없잖아요."

"나는 낭떠러지에 서 있는걸."

"낭떠러지에 서서 마음의 여유가 있어 자기를 배신한 여자를 축복할 수 있을까요?"

"배신이라곤 생각하지 않으니까."

하다가 나는 어떤 상념에 부딪혔다.

"그럼 차성희 씨는 내게 배신하지 않겠다는 뜻으로 지금 망설이고 있는 겁니까?"

나의 이 질문은 심각했다. 차성희도 그 심각성을 인정한 모양이었다. 얼굴에선 웃음을 거두곤,

"제가 지금 망설이고 있다고 생각해요?"

하고 되물었다.

"그렇게 생각할 수밖엔 없잖소."

"안민숙 씨가 정확하게 사정 설명을 한 걸로 아는데요."

차성희는 시무룩해졌다.

"되도록 당신에게 유리하도록 말을 합디다."

"전 지금 망설이고 있는 게 아녜요. 집안의 법석이 진정되길 기다리고 있는 거예요."

"그럼 왜 그런 얘길 톡 털어놓고 말하지 않았소."

"쑥스러운 얘길 어떻게 할 수 있었겠어요. 지나가버리면 그만인 일을 뭣 때문에 말할 필요가 있겠어요."

"그런데 난 고민을 했거든."

"저도 고민을 했어요."

변호사 사무실 근처에까지 와서 나는 차성희를 어느 다방으로 데리고 갔다. 어떻게든 결론을 내야겠다는 생각에서였다. 자리에 앉자마자 말을 꺼냈다.

"성희 씨, 곰곰이 생각해본 끝에 하는 말입니다. 가능하다면 나 같은 존재엔 신경을 쓰지 마십시오. 사람에겐 일시적인 착각이란 것도 있고 그 착각으로 인해 엉뚱한 짓을 할 수 있는 것 아닙니까. 그런 일에 사로잡혀 인간의 대사를 망칠 순 없는 것 아닙니까. 성희 씨의 행복을 위해선 나는 모든 일에 석연할 수가 있습니다."

"저의 행복?"

차성희는 쓸쓸하게 웃었다. 그리고 물었다.

"제 행복이 어디에 있는 줄 아세요?"

"당신 마음속에 있겠죠."

"똑똑히 들으세요. 제 행복은 서 선생과 함께 행복어사전을 만드는 데 있다고 생각해요. 다른 곳엔 절대로 있을 수가 없어요."

"행복어사전이 불가능하면? 아니 만들지 못하면?"

"불가능할 까닭이 없어요. 나름대로 만드는 사전인 걸요. 두 사람이 확인해가면서 만들 건데요. 우리 둘에게만 통하면 되는 사전을 만들면 되는 걸요. 그게 어떻게 불가능하죠?"

"자가용차를 타는 것이 만원버스를 타는 것보다는 행복하다, 이렇게 될 땐 어떻게 되겠소."

"만원버스를 타는 것보다 걷는 것이 더욱 행복하다로 될 수도 있죠."

"사글셋방에 사는 것보다 현대식으로 된 자기 집에 사는 게 보다 행복하다로 되면?"

"사글셋방에서도 서재필 씨와 같이 살 수 있으면 행복하다로 되겠죠."

"장난 그만합시다."

나는 공연히 부아가 났다.

"장난이라뇨?"

차성희의 얼굴에 놀란 빛이 돌았다.

"장난 아니고 뭐요. 그런 행복어사전은 만드나마나요. 차성희 씬 지금 억지를 쓰고 있는 겁니다. 뉴욕에서 돌아온 그 사람은 차성희 씨의 첫사랑이라면서요. 그 때문에 한동안 고민을 하셨다죠? 괜한 고집을 버려요. 나는 나 때문에 희생할 부분을 가진 사람은 싫습니다. 자가용차 나는 싫소. 사글셋방이라도 좋은 사람과 살 수만 있다면 그만이라고 생각도 해요. 그렇게 사는 게 내 구미에 맞기도 해요. 그러나 성희 씬 안 된단 말예요. 탄탄대로가 있는데 왜 억지로 가시덤불 길을 걸으려고 하느냐 말입니다. 그게 바로 센티멘털리즘이란 겁니다."

차성희의 눈이 글썽해졌다.

"제 진정을 그렇게 몰라주세요?"

"센티멘털한 진정은 센티멘털하게 처리할 수가 있습니다."

나는 일부러 냉정하게 말했다.

"소용없어요."

차성희는 어느덧 침착을 되찾고 있었다.

"생각해보세요. 서 선생 앞에 이렇게 애원하다시피하고 있는 여자가 딴 사내와 결혼할 수 있겠어요? 만부득이 결혼을 했다고 해요. 그럴 때 그 사내의 처지는 어떻게 되는 거죠? 얼이 빠져 있는 육체만 안고 있으란 말인가요? 물론 나는 만부득이하다고 결혼할 그런 여자는 아니지만

요. 그리고 이런 처지에서 서 선생이 나를 싫다고 해봤자 나는 그 말을 곧이듣지 않을 거예요. 괜한 연극이라고 칠 거예요."

"그것도 성희 씨의 센티멘털리즘입니다."

"센티멘털리즘이면 어떻단 말이에요. 센티멘털리즘으로 자살할 수도 있는 거예요. 그런데 서 선생은 언제부터 심리학자가 되셨죠? 남의 감정을 판정할 수 있는 심리학자가 되셨느냔 말예요."

차성희는 핸드백을 쥐더니 일어섰다.

"우리 변호사 사무실에나 가요."

"같이 교정부에 있는 차성희 씹니다."

하는 소개를 하고 나는 성희와 나란히 소파에 앉았다.

"그저께 연락을 하고 기다렸는데."

변호사의 말이었다. 나는 신문사에서 발생한 일을 대강 설명했다.

"요즘 기자들에게 그만한 기개가 있다고 들으니 반갑군요." 하면서도 강신중은,

"불행한 사태는 없어야 할 텐데……."

하고 근심스러운 얼굴을 했다.

"김소영은 어떻습니까?"

내가 물었다.

"약간 곤란한 결과가 되었소. 검사가 기소를 했소."

나는 구봉우의 얼굴을 선뜻 뇌리에 그려보면서,

"기소유예쯤으로 낙착될 거라고 하던데."

하며 아쉬운 표정을 지었다.

"그런데 김소영이란 여자는 난물이야."

강 변호사는 쓴웃음을 띠고 다음과 같이 말했다.

"잘못했다고만 하면 기소유예가 될 텐데, 김소영은 절대로 잘못했다는 말을 안 한단 말요. 생사람을 간첩이라고 신고한 짓이 잘못이 아니냐고 따지니까 자기는 그 사람이 간첩임에 틀림없다는 거요. 간첩이 아니란 사실이 밝혀졌다고 하니까 고문을 해보면 알게 될 거라고 버티거든. 생사람을 고문할 수 없다고 했더니 자기 아버지도 생사람인데 감옥에서 죽었다는 거라. 검사가 잘못했다고만 하면 풀어주겠다고 하니까 또 하는 소리가 엉뚱하지. 자기 아버지를 죽인 일을 잘못한 일이라고 하면 자기도 잘못했다고 하겠다, 이렇게 나오거든. 후회라도 안 하느냐고 물었더니 후회도 안 한대요. 아무 잘못한 것도 없는데 후회할 게 뭐 있느냐는 거지. 그렇게 나오니 검사도 기소하지 않을 수 있겠소."

나는 김소영의 심사를 대강 알 것만 같았다. 오랜만에 찾아온 삼촌을 몇 밤 재워주었다고 해서 끌려가 감옥에서 죽은 아버지의 일을 생각함으로써 굳어져버린 성정일 것이라고 짐작이 간 것이다.

"감옥생활이 고통스러운 것 같진 않던가요?"

"바로 어제 면회를 갔었지. 감옥생활이 고통스럽지 않느냐고 물었더니 자기의 평생에선 제일 편한 생활을 하고 있다는 거였소. 삼 시 세 때 밥 먹여주고, 짓궂은 술꾼들 비위 맞추지 않아도 되니까 편하다는 얘기였소."

"그렇다면 신경을 쓸 필요 없이 내버려둬야겠구먼요."

"하여간 변호사 생활 십 년에 그런 사람 변호 맡아보긴 처음이오."

"내버려두면 징역을 몇 년이나 살까요?"

"법정에 가서도 그런 태도라면 오래 살게 될지 모르지."

"삼 년? 오 년?"

"원칙대로라면 무고죄는 무고당한 죄의 형량만큼 형을 받아야 하는 거니까 훨씬 길게 될 수도 있죠. 그러나 그렇게까지야 안 될 거지만 삼 년 정도의 형은 받지 않을까 해."

"삼 년이라!"

하고 나는 생각에 잠겼다. 그동안 공부를 시킬 수만 있다면 교양 있는 숙녀가 돼서 출소할 수 있지 않을까 하는 마음도 끼었다.

"불쌍해, 아버지만 그런 꼴을 당하지 않았더라면 고이 자라 좋은 데 시집갈 수 있었을 처년데."

하고 강신중이 한숨을 쉬었다.

"게다가 어머니가 목을 매어 죽기까지 했으니 정신이 정상일 수가 있 겠습니까. 그런 엄청난 불행을 감당하고도 살아 있는 게 이상할 정도죠."

나는 극도로 우울해졌다.

"그런 불행이 어디 김소영 한 사람만 당하는 일이겠소. 전국의 형무 소엔 불행이 가득 차 있죠. 물론 형무소 바깥에도 우글우글할 테고."

"그런 불행을 조금이라도 덜어주려고 하는 직업이니 변호사는 신성 한 직업 아닙니까."

"천만에요."

하고 강신중은 덧붙였다.

"불행을 등쳐먹고 사니 변호사는 천한 직업이죠. 물론 훌륭한 변호 사도 있긴 하지만 너무나 많은 불행 속을 헤매다가 보니 불감증에 걸 려버리는 거라. 초심 어떻고 하지만 초심을 신선하게 지니기란 힘든 노 릇이오."

강신중이 차근차근 변호사란 직업이 빠지기 쉬운 함정을 설명했다. 그 첫째가 악법에의 대응문제라고 했다. 악법에 대한 반발을 심하게 하면 변호사 자신이 피의자의 공범이 되지 않을 수 없고, 그런 위험을 피하자니 악센트 없는 변호사가 되고 만다는 것이다.

그 다음은 매너리즘이라고 했다. 일에 쫓기다 보니 사건에 대한 감응력을 잃게 되고 사무적인 처리에만 급급해진다는 것인데 변호사가 사건에 대한 신선한 감응력을 잃으면 자연 타락하게 마련이란 것이다. 그런데 강신중 자신에게도 이런 현상이 일어나고 있어 아무리 그 타성을 극복하려고 해도 되질 않는다고 했다.

"그래 요전번에도 말씀드렸듯이 시골에 가서 농사를 지을 팔자나 되었으면 하는 거죠."

하고 말하기에 나는 얼마 전 그가 어떤 정치범을 변호하다가 자기 자신이 구속당할 뻔한 사실을 상기하고,

"슬그머니 겁이 난 게 아닙니까?"

하고 말해보았다.

"겁도 나죠. 아슬아슬한 줄을 타고 있는 기분이거든요."

하고 하얀 이빨을 내보이며 강신중은 구김살 없이 웃었다.

변호사 사무실에서 나왔다.

"점심 안 할래요?"

성희가 살짝 다가붙으면서 말했다.

'아, 이렇게 정다운 여자를!'

하는 감회가 울컥 솟았다. 나는 며칠 전 안민숙과 조선호텔에서 가졌던 식사를 상기했다. 어쩐지 죄스러운 느낌이 들었다.

"우리 조선호텔로 갈까?"

"조선호텔은 왜요?"

"우리 한번 호사스러워 보고 싶어서."

"호사는 그만두세요. 아까 김소영 씨의 얘기를 들으며 전 속으로 울었어요."

"울기도 잘하니까."

"빈정대는 거예요?"

"아아니."

"그럼 우리 아무데나 가요."

가까운 덴 중국집밖에 없었다. 그리로 발을 옮기려다가 말고 나는 밍설였다.

'아무리 숙녀를 저런 곳으로 데리고 갈 수야 있나.'

"사글셋방에서 궁상을 떨고 살 아낙네 후보잔데요 뭐."

차성희는 웃으며 내 소매를 끌었다.

중국집! 최소한도의 돈으로 배를 채울 수 있는 곳이 중국집이다. 두 사람은 탁자를 끼고 마주 앉아 우동 두 그릇을 시켰다. 우동이 날라져 오자 성희는,

"이것 다 먹을 수가 없을 것 같은데 반쯤 덜어가지 않겠어요?"
했다.

"좋아."

나는 삼분의 일쯤을 내 그릇에 옮기며 중얼거렸다.

"고래 창자를 가진 사내와 고동 창자를 가진 에미나이의 궁합이 맞겠나 어디."

"못할 소리가 없군요."

"이 배경에 어울리는 말을 해야지."
하고 나는 을씨년스러운 음식점 내부를 둘러보았다.

"재주도 좋으셔."

성희가 빈정댔다.

"불 끄고 우동 먹는단 말 들은 적이 있어?"

"그게 뭔데요?"

성희는 태평한 얼굴을 하고 되물었다.

"불 끄고 우동 먹는 걸 모르는 걸 보니 성희 씬 과연 구중의 처녀이구면."

"글쎄 그게 뭔데요?"

"정 떨어질려구?"

"떨어질 정이면 벌써 떨어졌어요."

"갑돌이와 갑순이는 서로들 좋아했지."

하고 나는 성희의 눈치를 살폈다. 성희는 내 말을 기다리고만 있었다.

"그런데 갑돌이와 갑순이가 서로 사랑할 장소가 있어야지. 그래 우동집으로 왔는데……. 결국 불을 끄고 우동을 먹어야 할 지경이 된 거라. 그 후로부터 젊은 남녀가 방으로 들어가면 우동집 주인이 한다는 말이 '불이 끄고 우동이 먹어하면 안 돼요.'"

그제야 성희는 알아차렸는지 얼굴을 붉혔다. 그리고 눈을 째렸다.

"짓궂긴!"

"얘기는 그것만으로 끝나는 건 아냐. 시골에서 올라온 시아버지를 모시고 며느리가 우동집엘 갔더래요. 방에 들어가 우동을 먹고 있는데 우동집 주인이 문을 덜그럭 열고 하는 말이 당신들 불이 끄고 우동이 먹어하면 못 써요."

성희는 얼굴을 붉히면서도 웃음을 참지 못했다.

"도대체 그런 잡스런 지식을 어디서 모았죠?"

"나는 원래 잡스런 사람이니까. 그런데다가 육군하고도 상병으로 제대한 용사야."

"군대에 가면 그런 얘기가 모아지나요?"

"팔도의 잡놈이 모여드는 판인데 오죽하겠소."

나는 왠지 들뜬 기분이 되어 군대에서 본 얘기 들은 얘길 다음 다음으로 피력했다.

"중대장이 신병 앞에 서서 물었지. 너의 중대장 관등성명을 말해보라고 그랬더니 경상도 출신의 신병은 '지가 기면서.' 하고 싱긋 웃너라나. 자기가 중대장이면서 왜 묻느냐 이 말이지."

차성희는 배꼽을 잡았다. 나는 신이 났다.

"하사관이 신병 훈련을 시키는데 그 구령이 이상한 거라. '앞으로 가시요잇.' '뒤로 돌아가시요잇.' 지나가던 장교가 그런 구령이 어딨냐고 따졌더니 하사관 한다는 말이 '열 중에 우리 삼춘이 있어라우.'"

"그만해요, 그만."

차성희는 웃다 못해 눈물을, 째리기까지 했다. 희노애락의 사상四相이 한 얼굴에 집약되고 보니 볼 만한 광경이었다. 그런 뜻을 말했더니 성희는,

"난 몰라요."

하고 토라졌다.

"얘긴 얼마든지 있지만 앞으로 있을 긴 세월을 위해서 저장해두지."

우동집에서 나오더니 차성희는 덕수궁 안으로 들어가자고 했다.

"어떻게 된 거요?"

"별일도 없을 테니 놀다가 가죠 뭐."

"아아, 오늘은 감시망을 뚫었다 이거구먼."

"정직하게 말하면 그래요. 신문사 근처엔 언제나 누군가가 있는 기분이거든요. 사실은 그렇지 않은지도 모르지만 만일 있어도 내가 신문사 안에 있거니 하고 생각할 것 아녜요?"

나는 잠깐 불쾌한 기분이 되었다. 덕수궁 안으로 들어서면서 물었다.

"감시가 그처럼 겁나요? 왜 당당하게 못해요."

"귀찮아서 그래요. 자꾸 신문사를 그만두라거든요. 신문사를 그만두지 않으려면 문제를 일으키지 말아야 해요."

차성희는 우울한 표정을 지었다.

"그럼 언제까지라도 이 모양일 것 아냐?"

"그러다가 지치겠죠 뭐. 억지로 나를 결혼식장에 끌고 갈 순 없을 테니까. 전 신문사에 나오는 자유만 보장받는 것이 지금의 과업이거든요."

"좋은 상대라던데 결혼하지 왜 그래."

"또 그 말이에요?"

하고 차성희는 길 한복판에 서버렸다. 덕수궁 안은 한산해서 남의 눈을 걱정할 필요는 없었다.

"성희 씨의 각오가 그렇게 단단하다면 걱정할 게 뭐 있어요."

"누가 걱정을 하나요."

"지나치게 겁을 먹고 있는 것 같아서 하는 말 아뇨."

"귀찮아서 그런다니까요. 티끌을 잡히지 않고 시일을 끌기만 하면 무난히 넘어갈 일이니까, 평지에 풍파를 일으키지 말자는 거예요. 우리 두 사람이 어디 도망갈 수만 있으면 지금에라도 무슨 수를 내겠어요. 그러나 당분간만 잠자코 계세요. 남의 속도 모르고 왜 그러시는 거죠?"

나는 할 말을 잃었다.

나와 성희는 말없이 덕수궁을 한 바퀴 돌고 뒷문으로 빠졌다. 미국

대사관저의 돌담을 끼고 도는 호젓한 길, 낙낙한 낙엽수 아래를 걸으며 나는 가슴속에서 되뇌었다.

'차성희를 그 엘리트 청년에게로 보내줘야 할 게 아닌가. 자가용차 타고 좋은 집에 사는 신분으로 만들어줘야 할 게 아닌가. 안 된다. 차성희는 내가 지켜야지. 우리는 함께 행복어사전을 만들어야지. 최소한의 공간을 차지하고 최소한의 행복을 만들어내는 기적을 마련해야지……. 그러나 안 될 말이다. 진정 차성희를 사랑한다면 내 기분에만 사로잡혀 있어선 안 된다. 가능의 길을 터주어야지, 내가 비켜서야지.'

그러나 내겐 비켜설 자리마저 없었다. 뉴욕에라도 갈 수 있다면, 파리에나 갈 수 있다면, 차성희도 납득을 하고 발길을 돌려세울 수가 있을 것 아닌가. 차성희는 초라한 나를 두곤 떠날 수 없다는 마음일 것이었다. 그러니까 배신이란 단어를 입에다 담아본 것일 게다.

화랑다방으로 돌아갔다. 아무도 없었다. 레지로부터의 전갈이 있었다. 신문사로 빨리 오라는 내용이었다. 바삐 신문사로 달려갔다.

편집국 내는 평소와 조금도 다를 바가 없었다. 태풍은 일과한 모양이었다. 그런데 편집국장의 자리는 비어 있었다. S와 L도 보이지를 않았다.

어떻게 된 까닭일까. 그러나 곧 정 차장이 그 궁금증을 풀어주었다.

편집국장의 사표는 수리되었다고 했다. S와 L의 복직은 두 달쯤 후에 재고해보겠다는 경영진으로부터의 통고가 있었다. 어제 파면하고 오늘 복직시킨다는 것은 신문사의 위신상 할 수 없는 일이 아니냐는 설명을 기자들이 납득했다는 것이다.

'결국 편집국장 하나만 희생이 된 것이로구나.'

하고 생각하니 언짢은 기분이 남았다.

"카추샤는 어떻게 되었습니까?"

계수명이 물었다. 나는 대강의 설명을 했다.

"그 여자 대단하구만."

우 부장이 혀를 끌끌 찼다.

연꽃이 피지 않는 연못

비극적인 부분보다 희극적인 부분이 훨씬 많은 것이 아닐까, 인생엔.

이런 생각을 하게 된 것은, 남의 비극을 지켜보며 실컷 남의 걱정을 하고 있었는데 바로 그동안 나를 사로잡을 선풍이 지구의 일각에서 일고 있었다는 것을 뒤에야 알았기 때문이다.

그날 나는 정식으로 결근계를 제출해놓고 아침부터 법원 근처에서 서성거리고 있었다. 네플류도프 서재필이 카추샤 김소영의 공판을 지켜보기 위해서였다.

법원이 있는 그 일곽은 서울에서도 가장 우아한 지역이라고 할 수 있다. 첫째 자질구레하고 궁색스러운 집들이 그 근처엔 없다. 법원·검찰청 건물이 하급에서 상급까지 콤비나트 형식으로 배치되어 있는데다가 부근의 건물들도 저마다 그만한 체면은 알고 있다는 듯 나름대로의 외양을 갖추고 있는 것이다.

그런데다 그 건물들 사이사이에 수목들이 의젓한 풍치를 엮어내고 있다. 총독부시대 이래의 교목들이 그 전통의 위용을 과시하고 있는 가운데 상록수의 녹색엔 윤이 나기 시작하고 낙엽수의 마른 가지에는 물이 오르고 있는 흔적이 선명했다. 총독부 아래로 뵈는 몇 그루 수양버들의 가지마다엔 보일 듯 말 듯 새 움이 터서 연록색 안개가 그 언저리에 포근한 게 상냥한 수채화를 닮았다.

이렇게 완연한 서울의 봄, 더구나 서울에서 가장 우아한 지역을 차지한 그 일곽의 봄을 그 자리에서 거부하는 듯 침울한 건물이 있고, 그 건물 속에 206호란 법정이 있었다. 그 206호에서 김소영의 공판은 진행될 것이었다.

개정시간까진 아직 십 분쯤 여유가 있었지만 나는 미리 가서 앉아 있기로 했었는데 내가 들어갔을 땐 방청석은 거의 만원이었다. 가까스로 어느 벤치 모서리에 비집고 앉았다. 김소영이란 여자의 그 주책없는 행동이 방청석을 이렇게 메우도록 세인의 관심거리가 되었을까 싶으니 이상한 기분이기도 했다. 방청객은 복도에도 넘쳐 있었고 건물 앞뜰에도 꽤 많은 사람들이 붐비고 있었던 것이다.

드디어 오랏줄에 묶인 사람들이 전면 왼쪽 입구로부터 들어오기 시작했다. 하나 둘도 아닌, 십수 명으로 헤아릴 사람들이었다. 아뿔싸, 나는 법정을 잘못 찾은 것이 아닐까 해서 두리번거렸다. 그런데 맨 마지막에 들어오는 모습이 김소영이었다.

머리를 모아 뒷목덜미 근처에서 속발을 한 탓인지 갸름한 얼굴로 되었는데 눈동자가 유난히 커 보였다. 회색 저고리에 검은 치마를 입은 차림이 농촌의 처녀 같은 소박감을 풍겼다. 그 옷을 차입한 사람은 차성희와 안민숙인 줄 짐작은 했지만 입은 것을 본 건 처음이었다. 나는 고개를 뽑아 올려 그의 시선을 쫓았으나 김소영은 나를 보지 않았다.

이윽고 정면 두 단쯤 높은 자리에 재판장이 들어와 앉았다. 왼편 한 단쯤 높은 자리에 앉은 사람은 검사일 것이었다.

재판이 시작되었다. 나는 그때사 사건마다 단독 법정에서 재판을 하는 것이 아니라 여러 건의 계루자를 한꺼번에 법정에 불러놓고 차례대로 하는 관행이란 것을 알았다.

처음의 재판은 사기 사건이었다. 자동차 부속품을 사준다고 돈 십오만 원을 가지고 가선 부속품을 사주지도 않고 그냥 착복해버렸다는 고발을 받은 초로의 사나이는 울며불며,

"사기한 게 아닙니더, 빌린 겁니더."

하고 호소했다.

"빌렸으면 차용증을 쓸 일이지 왜 보관증을 썼느냐?"

검사의 추궁이었다.

"그 사람이 보관증을 쓰라고 하기에 그렇게 썼습니더."

"부속품을 사준다고 했지?"

"예, 그러나 살 수가 있으면 사고, 없으면 돈을 돌려주겠다고 했습니더."

"사줄 생각도 없으면서 거짓말을 한 것 아닌가?"

"아닙니더. 그 부속품은 스웨덴 차의 것이라서 부속품 구하기가 힘듭니더. 제가 돈을 빌려달라고 하니까 돈을 갚는 것보다 그 부속품을 구해보라고 했습니더. 가능한 대로 구해보겠다고 한 거지 꼭 구해주겠다고 돈을 받은 건 아닙니더."

"그렇다면 돈을 도로 갖다주어야 할 것 아닌가?"

"아이가 맹장수술을 하고 여편네가 앓아눕고 하는 바람에 정신이 없었습니더. 그래 석 달만 기다려달라 했는데, 안 기다려주고 이 꼴입니더."

"보관증을 썼으면 기일 안에 돌려줘야지."

하고 검사는 증인을 불렀다. 고발인인 듯싶은 뚱뚱한 몸집의 사나이는

증언대에 서기 전에 피의자 쪽을 향해 눈을 한 번 흘겨 보였다.

"피의자에게 자동차 부속품을 사달라고 의뢰를 했소?"

"내가 의뢰한 것이 아니라 그자가 제 발로 걸어와서 그런 말을 부탁을 했습죠."

"당신은 자동차 수리업을 하는 사람이 아닌가. 그렇다면 당신이 직접 그 부속품을 구하면 될 것인데 어째서 그 사람 말을 들었소?"

"우리 공장에 '볼보'라고 하는 스웨덴제 자동차가 수리하러 들어왔습죠. 그런데 아시다시피 그 부속을 구하기란 힘듭니다. 그러던 차에 저 자가 와서 자기가 구해주겠다는 거예요. 그래서……."

"어떻게 간단히 그런 말을 믿었소?"

"저 사람 아는 사람이 볼보차를 운전하고 있습죠. 그래 혹시 허구 그 꼬임에 든 거예요. 사실 돈 십오만 원은 문제가 안 됩니다. 오늘, 내일 하고 거짓말을 하는데 질색을 했습죠. 저런 놈은 따끔한 맛을 좀 보아야 해요. 저런 놈을 용납하면 사기꾼이 판을 치는 세상이 될 거예요. 정직하게 내 살기가 딱하니 돈을 좀 달라고 하면 십오만 원이 아니라 이십만 원도 줄 용의가 있어요. 그런데 저놈 하는 짓은 그게 아니거든요. 나는 돈 십오만 원 때문이 아니라 사회정의를 위해서 의분심을 느껴 저 놈을……."

우울한 응수는 계속되었다. 나는 고발한 정의파에겐 미움을 느끼고 고발당한 사기꾼에겐 동정을 느꼈다. 보다도 돈 십오만 원을 두고 화창한 봄날의 이 시간을 더럽히고 있는 그 수작들이 역겨웠다. 나는 어느덧 공상을 가꾸고 있었다. 지금이라도 재판장이 일어서서,

"여러분! 저 창 바깥을 보시오. 봄 하늘이 무궁한 빛깔을 띠고 펼쳐져 있습니다. 나뭇가지엔 움이 트고 화원엔 꽃이 만발했습니다. 바야흐로

새로운 희망이 생동하는 이 거룩하고 아름다운 시간에 우리는 지금 뭣을 하고 있는 겁니까. 돈 십오만 원이 이 시간을 당할 수 있겠습니까. 설혹 잘못이 있다고 칩시다. 그러나 그런 건 모두 고달픈 생활이 빚은 슬픔의 파편입니다. 기껏 살아 인생 백 년! 용서하기에도 짧은 세월입니다. 벌을 주기엔 너무나 아까운 시간입니다. 자, 다들 돌아가시오. 검사는 공소를 취하하시오. 간수는 그 오랏줄을 푸시오. 그리고 피의자들이 피의자란 그 애매한 이름을 벗고 부모·형제·친구들과 저 맑은 하늘 아래로 같이 나가도록 하시오. 따스한 햇빛을 쬐도록 하시오. 모든 죄를 용서합니다. 재판은 끝났소."

하며 외칠 것만 같았다.

그렇게 되면 이 법정 안은 환호와 눈물의 바다가 될 것이었다. 지금 내 옆에 앉아 눈물을 닦고 있는 이 할머니는 기쁨에 겨워 덩실덩실 춤을 출 것이었다. 나는 빨리 신문사로 돌아가 그 특종을 양춘배에게 제공할 것이었다…….

그러나 그런 기적은 일어나지 않았고 다른 사건의 심의로 넘어갔다.

이번의 피의자는 푸른 수의를 입고 있었는데, 그것은 옷을 입고 있다기보다 앙상한 뼈다귀에 걸쳐놓았다고 하는 편이 옳을 만큼 너무나 여윈 몸집의 사나이였다. 뒤통수만을 보아선 아직 십대를 넘기지 않은 나이인 것 같았다.

어떤 공장의 직공 노릇을 하고 있던 그는 밤일을 하다가 하도 추워 재료 창고에 들어가 그 빈 구석에 모닥불을 피웠는데 그 행위가 방화미수로 몰린 것이었다.

검사는 피의자가 방화할 범의를 가졌다는 것을 의심할 여지가 없는 것으로 단정하고,

"왜 공장에 불을 지를 마음을 먹었느냐?"

하고 그 동기와 이유만을 물으려고 했다. 피의자의 목소리는 가냘팠다.

"방화할 마음은 없었습니다."

"그럴 마음이 없었는데 왜 불을 질렀나?"

"불을 지른 게 아니라, 하도 추워서 모닥불을 피운 겁니다."

"그곳에선 담배를 피워도 안 된다고 돼 있었다는데 거기서 모닥불을 피워?"

"죄송합니다. 잘못했습니다."

"잘못한 줄을 알면 정직하게 대답을 해. 공장을 태워버릴 작정을 한 거지?"

"아닙니다. 그런 건 아닙니다."

"공장 주인에게 원한을 품고 있었지?"

"그런 일 없습니다."

"거짓말 마. 지난 음력설 때, 친구들과 어울린 자리에서 이놈의 공장 안 망하는가 보라고 욕을 했다며?"

"……."

"그런 일 있지?"

"……."

"있지?"

"그러나 그땐 설인데도 떡값도 주지 않고, 임금도 반밖엔 주지 않아서 고향에도 내려가지 못하고 해서……."

"그래서 주인에게 원한을 품었나?"

"다만 그땐……."

"방화는 국가의 재산을 불태워버리는 무서운 범죄야. 헌데 그 정도의 원한이 있다고 해서 공장에 불을 질러?"

"아닙니다. 하도 추워서 모닥불을 피운 겁니다. 내복도 안 입고 있었습니다. 손이 곱아 일을 할 수가 없었습니다."

"그렇게 추웠으면 주인에게 말하면 될 게 아닌가."

"그런 말이 통하지 않습니다. 그래 잠깐 손이나 쬘까 해서……."

"만일 그때 그 창고 문을 안 열어보았더라면 창고는 다 타버렸을 것 아니었나."

"아닙니다. 막 모닥불을 끄려고 하던 참인데 공교롭게……."

"공교롭게 들켰단 말이지."

검사는 이렇게 단정적으로 말하고 관선변호인으로 보이는 변호사는 너무 추워 모닥불을 피운 것에 불과한 것이 아니냐고 악센트 없는 질문을 몇 마디 했고 재판장은,

"그곳에서 불을 피워선 안 된다는 사실을 피고는 알고 있었느냐?"고 묻곤 "그렇습니다." 하는 대답을 받자 심의는 끝났다고 선언했다.

나는 되돌아선 그 피의자의 얼굴을 눈여겨보았다. 해골에 가죽을 씌운 듯한 얼굴에 겁에 질린 두 눈알이 톡 튀어나와 있었다. 국민학교의 표본실에 있는 골격표본이 수의를 걸친 듯한 그 몰골이 처참하리만큼 가련했다. 그런 가련한 몰골을 상대로 판사다, 검사다, 간수다 하는 위의를 갖추고 있는 것이 너무나 맹랑스러운 느낌이었다.

그 사람을 재판정으로 끌고 나올 것이 아니라, 뜨끈뜨끈하게 불을 지핀 온돌방으로 데리고 가서 따끈한 설렁탕이나 두어 그릇 배불리 먹여주고 한잠 재웠다가,

"그런 데서 모닥불을 피워선 쓰나. 앞으로 그런 일이 없도록 하라."

며 가볍게 어깨를 툭 쳐서 내보내면 될 일이 아닌가. 형무소에 가둬놓

고 먹이는 데도 다소의 비용이 들 것이고, 재판에 소요되는 종이 값과 시간의 값을 합치면 두어 그릇의 설렁탕 값과 맞먹을 것이란 엉뚱한 산술까지 나는 해봤다.

다음은 간통사건의 재판이었다.

등장한 남자나 여자는 아무리 보아도 비련의 주인공, 또는 여주인공이라고 하기엔 거리가 멀었다.

여자는 뚱뚱한 몸집으로부터 육감을 뿜어내고 있는 음부형인 중년이었고, 남자는 자기가 잘났다는 자부심을 가지고 있음직한 반들반들한 얼굴과 제법 날씬한 체구를 가진 삼십 전후의 청년이었는데 그 경박함이 체취처럼 눈에 보이는 듯했다.

진행 과정에서 짐작한 바에 의하면 여자는 변두리 목공소 주인의 아내이고 청년은 그 목공소와 거래가 있는 재목상의 점원이었는데 어쩌다 서로 정을 통하게 된 것이 상당기간을 계속하는 바람에 여자의 남편으로부터 꼬리를 밟히게 된 모양이었다. 재판은 검사의 다음과 같은 심문으로부터 시작되었다.

"서로의 관계는 언제부터 시작했는가?"

"특별한 관계는 없습니다."

청년의 대답이었다.

"토요일마다 종암동에다 방을 얻어놓고 같이 지낸다는데?"

"한 방에 같이 있긴 해도 하지는 안 했습니다."

방청석에서 폭소가 일었다.

"조서에 의하면 거의 토요일마다 오후 세 시부터 통금시간 직전인 열한 시까지 쭉 같이 있었다는데도 부인하는가?"

"그래도 하진 안 했습니다."

킬킬 웃는 소리가 이곳저곳에서 터졌다. 재판장이 방망이를 쳤다.

"조용히들 하시오."

"그럼 그 여덟 시간 동안 뭣을 했단 말인가?"

검사의 심문이 계속되었다.

"중국요리도 시켜먹고, 세상 돌아가는 얘기도 했습니다."

"그럴 정도라면 뭣 때문에 종암동까지 가서 셋방을 얻어놓았어?"

"그저 그렇게 되었습니다."

"바른대로 말해봐. 위증죄는 간통죄보다 무거운 죄야."

"바른대로 말해서 하진 안 했습니다."

"증인이 있는데도 잡아뗄 텐가?"

"누가 우리가 하는 것을 본 사람이 있단 말입니까?"

또 웃음소리가 터졌다. 여자가 재판장 앞에 섰다. 검사가 물었다.

"피의자의 나이는 몇이야."

"마흔셋이에요."

"자녀는?"

"딸이 둘이고 아들이 하나예요."

"자녀를 셋이나 가진, 그리고 엄연히 남편이 있는 여자가 그런 짓을 해?"

"아무 짓도 한 게 없습니다요."

"종암동 방세는 당신이 물었다며?"

"전에 있던 하숙이 마음에 안 든다고 날더러 방을 구해달라기에 내가 우선 입체한 거예요."

"헌데 저 사람은 그리로 하숙을 옮기지 않았잖아."

"마음에 안 든다고 해서……."

"그래 밀회장소로만 이용한 거로구먼."

"돈을 도로 내놓으라기도 무엇하고 해서요. 종종 쉬러 간 것뿐예요."

"어엿한 가정주부가 외간남자와 그런 델 쉬러 가?"

"내 동생인걸요."

"동생?"

"의동생으로 정했거든요."

"그래 아무 일이 없었단 말야?"

"없었어요."

"그런데 왜 당신 남편이 소장을 냈지?"

"그 사람은 원래 의처증이 있는 사람예요."

"당신들에게 아무 잘못도 없는데 소장을 냈단 말야?"

"허기야 우리들에게도 오해받을 만한 짓은 있었어요. 그러나 그런 일은 없어요."

"증인이 있어요, 증인이."

하고 검사는 증인을 불러냈다. 쉰 살은 넘어 뵈는 여자였다. 형식대로의 선서를 시키고 난 뒤 검사가 물었다.

"이 사람들이 당신 집 방에 세 들게 된 건 언제부터죠?"

"작년 겨울부터예요."

"당신 집에서 저 사람들이 어떤 짓을 했는가를 본 대로 말해보시오."

"시시덕거리고, 아프다고 소릴 지르고 때론 울기도 하고 그랬어예."

방청석에서 왁자지껄 폭소가 터졌다.

"정숙을 지키지 않으면 퇴장명령을 내립니다."

재판장이 으름장을 놓았다. 왁자지껄한 소음이 일시에 가셨다. 이 재미나는 구경거리로부터 밀려나간다는 건 말이 안 되는 것이다.

"그렇게 말하지 말고 순서대로 얘기하시오."

검사가 부드럽게 말했다.

"순서가 뭐 있습니까. 오기만 하면 이불부터 먼저 깔아요."

"이불 속에 같이 누워 있는 걸 본 적이 있소?"

"같이 눕지 않을 건데 이불을 왜 깔겠어요."

"보았나 안 보았나를 묻고 있는 거요."

"보았다마다요."

증인은 제풀에 흥분한 것 같았다. 그러자 앉아 있던 여자가,

"참말로 봤어? 언제 봤어, 우리가 당신 보는 데서 하더냐?"

하고 앙칼스럽게 대들었다.

"봤다, 봤지. 하도 지랄하길래 문틈으로 봤다."

"거짓말하는 아가리에 똥을 퍼넣을 끼다."

"서방 두고 서방질하는 년 아가리엔 뭣을 퍼넣을꼬."

"피의자는 잠자코 있어요. 그리고 증인은 내 묻는 말에나 대답해요."

검사가 나무랐다. 그리고 증인을 물리고 다시 간부姦婦를 불러 세웠다. 나는 흥미보다도 치밀어오르는 불쾌감을 어떻게 할 수가 없었다. 어떤 이유로도 밀실에서 행해진 남녀간의 일을 공중 앞에 퍼뜨려놓을 순 없는 것이다.

저 남녀들이 대죄를 지었다면 그것은 그들이 불륜의 관계를 맺었대서가 아니라 중인환시 속에 그 관계를 노출케 한 계기를 만들었다는 데 있다는 생각이 들었다.

정액! 오묘한 물질이다. 만대에 생명을 이어나가는 신비로운 액체이며 남자와 여자를 일체화하는 기막힌 매체이다. 그런데 그 정액이 백일하에 뿌려졌을 때 그 추악과 오욕은 견딜 수가 없는 것이 아닌가.

간통을 한 당사자보단 그걸 고발한 놈이 추악하고 그걸 고발한 놈보다 그걸 재판하고 있는 광경이 더욱 추악하다는 증거가 계속 내 눈앞에서 진행되고 있었다.

"아프다고 소릴 친 것은 무엇인가?"

"아프다고 소리를 지를 까닭이 없지 않아요. 아이를 셋이나 낳은 내가 설령 그 짓을 했기로서니 왜 아파하겠어요."

"울음소리가 났다는데?"

"세상에 슬픈 일이 한두 가지예요? 그래서 울었겠지. 하면서 운 건 아녜요."

"열몇 번을 만났고 그럴 때마다 장장 여덟 시간을 한 방에서 같이 지냈다는데 안 했다는 게 그게 말이 돼? 그런 말이 통할 것 같애?"

"통하건 통하지 않건 안 한 건 안 한 것이니께요."

나는 이런 응수를 들으며 언젠가 신문에 났던 간통사건을 연상했다. 전직 고관이며 큰 기업체 사장의 부인인 오십 세가 넘은 여자가 이십 세를 갓 넘긴 어떤 유행가수와 놀아난 사건이다. 오십 여女, 이십 남男의 그 사건은 한때 세상의 물의를 후끈하게 했던 것인데 그때도 나는 그 관계 자체보다도 폭로된 사실 그것에 반발을 느꼈던 터였다.

그때 김달수와 대판 토론을 벌였었다. 김달수는,

"그런 연놈은 개돼지만큼도 못한 것들이니 한강변으로 끌어내어 활씬 벗긴 채 꽁꽁 연놈을 묶어놓고 돌로 쳐 죽여야 한다."

하고 흥분했다. 김달수의 이런 흥분은 내가 그들을 감싸는 듯한 말을 한 데서 과장된 것이고 내 도덕감의 결핍을 비판하는 뜻도 포함되어 있는 것이긴 했지만 나는 적당히 가려만 두면 아름다운 로맨스일 수 있는 정사도 파헤쳐놓으면 썩어가는 시체처럼 추악한 모양이 되고 흉측한 내음을 풍기게 된다는 생각을 포기할 순 없었다. 로맨스와 스캔들의 차이는 사실 자체에 있는 것이 아니라 시각과 조명에 있는 것이 아닐까. 나는 언제나 윤리와 습관의 테두리를 벗어난 애욕관계의 기사를 읽으면 그런 사실을 미워하기에 앞서 육신을 지닌 인간의 슬픈 몸부림을 느끼곤 했다. 그리고 그런 문제에 관한 한 비판할 자격이 없는 스스로를 발견했던 것이다.

그러나 눈앞에 있는 그 남녀에겐 증오를 느꼈다. 암퇘지를 닮은 중년의 여자와 숫여우를 닮은 사내와의 결합은 미학적으로 혐오를 느끼게 하는 추악함이 아닐 수 없었다. 그리고 그 뻔뻔스러운 거짓말. 적어도 자기들이 고의로 꾸민 향락에 대한 책임만은 져야 할 것이 아닌가. 한 일은 했다고 해야 할 것이 아닌가. 나는 법정이 신성해야 하는 것이라면 이렇게 추악한 사건의 재판으로 법정을 모독하는 일이 없어야 할 것이 아닌가 하는 생각까지 했다.

간통사건을 마지막으로 오전의 재판은 끝났다.

오후의 재판은 두 시부터 있을 것이라고 했다.

'아무렴, 재판관도 육신일진대 점심 먹을 시간은 있어야지.'

이렇게 생각하면서도 그렇다면 오전 중엔 공판하지 않을 김소영을 뭣 때문에 미리 법정에 끌어내놓았을까 하는 푸념이 일었다.

강신중 변호사가 나타나지 않는 것을 보면 그는 오전 중엔 김소영의 공판이 없을 것을 알고 있었던 모양 아닌가.

다시 오랏줄에 묶여 퇴장하는 김소영의 상기된 얼굴이 살큼 이편을 돌아봤다. 그 찰나 나와 그의 시선이 부딪쳤다. 소영의 얼굴에 미소가 살짝 핀 듯했다. 나는 돌연 행복해진 기분으로 손을 번쩍 들어 보였다.

오후의 공판정은 오전에 비해 한산했다. 방청객의 수가 절반으로 줄어들어 있었다.

재판장이 멋진 연설과 함께 오랏줄에 묶인 피의자들을 모조리 석방해버리는 일이 있을지도 모른다는 엉뚱한 공상을 포기한 나는 공판정이 한산해진 탓도 있어 비교적 차분한 기분으로 재판의 진행을 지켜볼 수가 있었다.

불온 삐라를 살포했다는 죄목으로 기소된 어떤 청년은 그 삐라의 내용이 민족도의로 봐서 뭣이 나쁘냐고 검사의 심문에도 전적으로 나섰다. 그런데 검사의 응수는 따끔했다.

"여기는 도의론을 토론하는 교실이 아니고 유죄 무죄를 가려내는 재판정이니 오해하지 말라."

검사와 그 청년의 토론이 한창 불꽃을 튀기고 있을 무렵, 강신중 변호사가 서류 봉투를 들고 들어오더니 변호사 대기석에 앉았다.

그러고도 김소영의 공판이 시작된 것은 삼십 분쯤 지나서였다.

이른바 인정심문이란 것이 끝나자 검사가 물었다.

"직업이 뭐지?"

"술 따라주는 여자예요."

"그 직업에 몇 해나 종사했나?"

"삼 년쯤 종사했어요."

김소영의 말은 또렷또렷했고 그 태도는 침착했다.

"술집에 삼 년쯤 있었으면 대강 손님이 어떤 사람인지 알아볼 만하지 않는가?"

"알아볼 수 있습니다."

"석관식이란 사람은 언제부터 알았지?"

석관식이란 사람이 김소영으로부터 무고를 받은 사람인가 보았다.

"그날 밤 처음으로 알았어예."

"그런데 어째서 그 사람이 간첩인 줄 알았는가?"

"서울 지리를 통 몰라예. 그러면서 퍽이나 똑똑한 척하는 것이 이상했어예."

"서울 지리를 모르는 사람이 똑똑한 척하면 모두 간첩인가?"

"아니라예. 두툼한 가방이 이상해서 그 사람 변소에 간 틈에 얼른 열어봤더니 무전기가 눈에 띄었고 독침도 있었어예. 그래 간첩으로 본 거라예."

"본인은 자기가 의사라는 말을 분명히 했다는데도?"

"의사란 말이 거짓말 같았어예. 의사가 치료가방을 들고 싸구려 대폿집에 들어올 까닭이 있겠어예?"

"그 정도의 짐작으로 생사람을 간첩으로 무고해?"

"그뿐 아닙니다예. 어디 좋은 여관 소개하라고 하더니 내 집으로 같이 가자고 하대예. 그래 내가 물었어예. 여관에서 자면 임검이 겁나죠, 하고예. 그랬더니 임검을 겁내는 건 아니지만 귀찮다는 등 중얼중얼하더만예."

"그래 네 집으로 데리고 갈 생각을 했나?"

"천만에예. 데리고 가는 척하고 신설동 목로술집까지 같이 가서, 주인에게 그 사람을 맡겨놓고 나는 파출소에 가서 신고를 했어예."

"그 사람이 간첩이 아니란 사실을 알았을 때 미안한 생각은 없었나?"

"뭣이 미안해예. 그 사람은 간첩인데예."

"아니란 게 밝혀졌어. 그래도 미안하지 않은가?"

"간첩이 아니면 뭣 땜에 무전기니 독침이니 하는 걸 가지고 다니겠어예."

"무전기가 아니고 라디오야, 라디오. 독침이 아니고 그저 주사기구. 잘못을 저질렀으면 잘못한 줄을 알아야지."

"제겐 잘못 없어예."

"간첩이 아닌 사람을 간첩으로 신고하면 간첩이 받아야 할 벌을 무고한 사람이 받아야 하는 거야. 그래도 반성을 못해?"

"간첩인데도 신고 안 하면 큰일나는 것 아닙니까예. 우라부지는 그랬다고 옥살이를 하다가 죽었어예. 엄마는 그 때문에 목매어 죽고예."

"그렇다고 아무라도 간첩으로 몬단 말인가?"

"무턱대고 간첩으로 몬 건 아니라예."

"하여간 네가 신고를 한 그 사람은 간첩이 아냐. 그러니 잘못했다고 해. 그래야 죄가 가벼워진다."

검사는 김소영의 죄를 추궁하기보다 잘못했다는 말을 듣고 싶어 안타까운 심정인 것 같았다.

나는 사정만 허락한다면,

"소영이, 잘못했다고 해라."

하고 고함을 지르고 싶었다. 그런데 김소영은 또 엉뚱한 소릴 했다.

"돌팔이 의사를 가장한 간첩에 틀림이 없어예. 우라부지는 삼촌을 간첩이라고 신고 안 했대서 옥살이를 하고 그 딸은 간첩 신고를 했대서 옥살이를 해야 한다면 전 옥살이를 하겠어예."

검사는 포기했다는 듯 쓴웃음을 짓고 심문을 끝냈다. 강신중 변호사가 나섰다. 강신중은 김소영이 어느 모로 보나 석관식이 간첩이라고 판단할 수밖에 없었다는 객관적 사정에 재판장이나 방청객이 납득할 수 있도록 질문을 포개나갔다. 나는 그 광경을 지켜보며 다시 우울증에 빠졌다.

마지막으로 재판장이 물었다.

"잘못했다고 생각하지 않는가?"

"잘못했다고 생각하지 안 해예."

김소영의 대답은 결연했다.

간단한 사건이기 때문에 빨리 처결할 요량인가 보았다. 검사의 논고가 있었다. 검사는 무고죄 일반에 관한 설명을 하고 이 무고죄야말로 국민의 총화단결을 깨뜨리고 법질서를 문란하게 하는 가장 악성적인 범죄란 서두를 해놓고,

"피의자의 환경엔 십분 동정할 수 있지만 그 반성을 모르는 태도는 악질이며 만약 이와 같은 자를 엄단하지 않으면 일반에 미칠 화가 크므로 엄벌을 요구해야 하지만 그 정상을 참작해서 징역 삼 년을 구형한다."고 했다. 강신중 변호사의 변론은 다음과 같았다.

"나는 범죄 가운데서도 무고죄를 가장 미워합니다. 그러니 방금 검사께서 말씀하신 대로 피의자 김소영이 악질이라면 나는 결코 그의 변호를 맡지 않았을 것입니다. 그런데 피의자는 악질이 아닙니다. 너무나 순진합니다. 게다가 정신병원에 수용할 중증은 아니지만 정상인으로 보기엔 너무나 이상이 있는 정신상태에 있습니다. 그리고 그러한 정신상태를 감안하면 석관식 씨에겐 미안한 말이지만 석관식 씨를 간첩으로 오인할 만한 객관적 사정을 지적할 수가 있습니다. 남의 오해를 산다는 데는 당자도 얼마간의 책임을 느껴야 할 줄 압니다. 재판장께선 이런 사정을 살피셔서 무죄로 해주시길 바랍니다."

재판장은 마지막으로 할 말이 있으면 하라고 했으나 김소영은 앉은 채로 할 말이 없다고 했다. 일주일 후에 선고가 있겠다는 말과 함께 김

소영의 공판은 끝났다.

　법정 밖에서 강신중 변호사가 어느 노인을 데리고 와서 내게 인사를 시켰다. 김소영의 백부 김창식이라고 소개했다. 변호사로부터 얘기를 듣고 있었던지,

　"내 조카를 위해 많은 염려를 해주셨다니 뭐라고 감사의 말씀을 드려야 좋을지." 하고 노인은 내 손을 잡은 채 눈물을 흘렸다. 겸연스러운 기분이었다.

　"별루 염려한 것도 없습니다."

하고 쥐인 손을 빼려고 하다가 아득한 기억이 되살아났다. 그래서,

　"혹시 P대학에 계신 일이 있지 않으세요?"

하고 물었다. 김소영이 자기의 백부가 대학교수를 했다는 말을 듣고도 별반 개의치 않았던 것인데 이제 그 말이 어떤 기억으로 합쳐진 것이라.

　"그런 일이 있었죠."

　노인은 부끄러운 듯 말했다.

　"팔 년 전엔가 선생님의 강연을 들은 적이 있습니다."

　"P대학에 다녔던가요?"

　"아닙니다. 전 S대학입니다. 선생님 강연을 들은 건 제가 고등학교 때입니다. C고등학교에 오신 적이 있죠?"

　노인은 그런 일이 있었던가 하는 표정이 되었다.

　"동경 히도쓰바시―橋 대학을 나온 수재이며 우리나라 경제학계의 중진학자인 김창식 교수를 소개한다."는 교장선생의 인사말에 이어 그의 강연을 재미있게 들은 기억이 되살아났다.

　바로 그 사람이 이 노인이며, 김소영의 백부였던가, 하고 생각하니

마음이 찡하는 소리를 냈다. 왕년의 쟁쟁한 학자가 아우의 간첩행위 때문에 이렇게 철저하게 낙백하고 있는 것이다.

바로 그 무렵 신문사에선 이상한 사건이 진행되고 있었다. 사장 비서실에 있는 아가씨가 편집국으로 들어오더니 교정부 자리로 찾아왔다.

"서재필 씨란 분 계세요?"

한가한 시간이라서 계수명과 차성희·안민숙, 세 사람만이 자리를 지키고 있는 터였다.

"지금 안 계십니다만 무슨 일인데요?"

하고 안민숙이 물었다. 비서실의 아가씨는 손에 들고 있던 개봉한 채로의 편지봉투를 교정부 탁자 위에 올려놓으며,

"사장님께서 이 편지는 교정부에서 읽어야 할 거라시면서 갖다주라는 분부가 있었어요."

하는 말을 남기고 되돌아섰다. 안민숙이 그 편지를 집어들었다. 차성희와 계수명이 호기심에 찬 눈초리로 안민숙을 지켜봤다.

몇 줄인가 읽었을까 했을 때 안민숙의 얼굴이 돌연 창백해졌다. 그것이 눈에 보이는 듯했다.

"뭐요, 미스 안?"

하고 계수명이 그 편지를 빼앗으려는 시늉을 했다. 안민숙이 읽다가 만 편지를 얼른 접어 손아귀에 꼭 쥐었다.

"무슨 편지야, 미스 안? 이리 내놔요."

계수명이 다그쳤다.

안민숙은 꼼짝도 하지 않았다. 핏기가 가신 얼굴엔 표정이 없었다.

"미스 안, 왜 그래?"

차성희는 겁을 먹은 소리로 속삭였다.

"아무것도 아냐."

안민숙이 겨우 숨을 돌리고 말했다.

"아무것도 아닌 걸 가지고 왜 그래요."

계수명이 성큼 팔을 뻗어 안민숙의 손아귀로부터 그 편지를 뺏어들었다.

안민숙은 당황했지만 어쩔 수가 없었다. 멍청히 계수명을 바라보고 있었다. 계수명은 그 편지를 끝까지 쭉 훑어보너니 혼잣밀을 했다.

"서재필 씨 더럽게 걸렸군."

차성희의 눈에서 불꽃이 튀었다. 그러나 곧 평정한 표정으로 돌아가,

"서재필 씨가 어쨌는데요?"

하고 부드럽게 물었다.

"한번 읽어보세요."

계수명이 그 편지를 차성희 앞으로 던졌다.

"차성희 씬 안 읽는 게 좋을지 몰라."

안민숙이 애원하는 표정이 되었다.

"왜?"

"쇼크 먹을까봐 겁이 나서."

"내가 그렇게 연약할까?"

하고 차성희는 편지를 집어들었다. 읽기 시작하자마자 손이 떨려오는 느낌이었다. 탁자 위에 펴놓고 읽기 시작했다. 그 문면은 다음과 같았다.

'조국의 언론을 위해 주야로 수고하시는 사장님께 존경을 드립니다. 저는 평범한 시민의 한 사람으로 꼭 사장님께 말씀드릴 것이 있어 생면

부지의 사이임에도 불구하고 감히 펜을 들었습니다. 외람함을 널리 용서하소서. 다름이 아니오라 귀 신문사의 교정부에 서재필이란 사람이 있을 것입니다. 그런데 그 사람의 소행이 대단히 나쁘다는 걸 말씀드리지 않을 수 없는 것이 유감스럽습니다. 그 사람은 거의 매일 밤 술에 취해 하숙으로 돌아옵니다. 그리고 그 정도는 용인할 수 있다고 하더라도 밤중에 정체불명의 여자를 끌어들여 동침을 하곤 아침에 버젓이 같이 집을 나가는 부도덕한 짓까지 하는 데 이르러서는 도저히 묵과할 수가 없는 일입니다. 나는 그의 하숙 가까이에 사는 사람이라서 그의 하숙집 사정을 잘 아는데 점잖고 평화로운 모범가정인 데다가 결혼기를 앞둔 딸이 있습니다. 그런 집에 정체불명의 여자를 끌어들이다니 될 말이겠습니까. 그 하숙집 가족들은 모두들 관대해서 아무 말도 하지 않는 모양입니다만 이웃에서 보니 분격이 치밀어 오릅니다. 사장님의 이상이 아무리 좋으셔도 이런 부하가 있어갖곤 대사를 그르칠 염려가 있습니다. 미꾸라지 한 마리가 웅덩일 망친다는 속담이 있지 않습니까. 그런 자에게 엄벌이 내려야 할 줄 압니다. 제가 허튼 소릴 안 한다는 증거를 세우기 위해서 서재필 씨가 정체불명의 여자를 끌어들여 동침한 날짜를 좌에 명기해두겠습니다. 언론인의 체면에 이런 짓을 하는 서재필 같은 사람을 용서하신다면 앞으로 커다란 화가 닥칠 것입니다. 서재필 씨가 여자를 데리고 온 날은 ×월 ×일입니다. 그 날짜를 대고 범인에게 추궁하면 절대로 부인하진 못할 것입니다. 한 시민으로부터.'

끝까지 읽고 났는데도 차성희는 얼굴을 들 수가 없었다. 자기 자신이 오염된 것 같은, 자기 자신이 무안을 당한 것 같은, 게다가 배신을 당한 것 같은 착잡한 기분이어서 얼굴을 남의 시선 앞에 내놓을 수가 없었던 것이다. 우 부장이 들어왔다. 차성희는 그 편지를 감추려고 했으나 때가 늦었다.

"무슨 편지길래 그렇게 당황하지?"

하고 우 부장은 차성희를 건너다 봤다.

"그 문제로 사장이 부장님을 부를지 모르니 보여드려요."

계수명이 타이르듯 말했다. 차성희는 살짝 그 편지를 교정부장 앞으로 밀어놓았다. 우 부장은 읽고 나더니 상을 찌푸리고 뱉듯이 말했다.

"이런 녀석을 없애버려야 사회 정화가 되는 거야. 쥐새끼 같은 놈! 이런 고자질하는 놈을 낳아놓고도 그 어미는 미역국을 먹었을 거로구먼."

"사장님으로부터 무슨 말이 없을까요?"

계수명은 그게 근심인 모양이었다.

"이런 걸 갖고 문제 삼을 그런 쩨쩨한 사장은 아녀. 삼백 명 종업원의 품행에까지 신경을 쓰다간 사업은 고사하고 오래 못 살지."

우 부장은 일소에 부치려는 태도였다.

"그러나 드러난 문제니까요. 부장님이 미리 가셔서 적당히 무마해둘 필요가 있지 않을까요?"

"그따위 걱정은 말아요, 베테랑 박동수 씨가 건재한데……. 사장이 그 편지를 내려보낸 것 보면 우리끼리 적당히 하라는 뜻일 거야. 아무튼 서재필이 돌아오면 경을 쳐줘야겠어. 씨알머리 없이 에미나이를 하숙엔 뭣하러 데리고 가노."

그러면서 차성희와 안민숙의 표정이 굳어 있는 것이 우 부장의 눈에 띄었다.

"숙녀들은 왜 그런 표정이지? 보아하니 서재필은 요령이 나쁜 사람이다뿐이지 평균적 남성으로 나쁜 사람은 아냐. 불쾌하게 생각할 것도 없어."

여느 때 같으면 안민숙으로부터 반발이 있을 것인데 그것이 없는 것이 이상했다. 안민숙으로선 그럴 마음의 여유가 없었다. 그 편지에 적힌 날짜가 바로 자기가 서재필의 하숙에 간 날이었다.

"서재필이 오면 서동수라고 불러야겠다. 박동수, 서동수, 우리 교정부에 사무라이가 하나 붙었구먼."

우 부장이 무엇을 생각해냈는지 깔깔대고 웃었다.

"이상해."

하고 계수명이 고개를 갸웃하며 말했다.

"서재필 씬 그런 허무한 사람이 아닌데, 데리고 간 여자가 누굴까. 술집 여자를 데리고 갈 턱은 없을 거구."

"그럼 요조숙녀를 데리고 갔겠나? 요조숙녀가 총각 하숙에 따라가나?"

우 부장의 웃음은 아직 멎지 않았다.

"애인이라면, 결혼이라도 할……."

계수명은 아무래도 석연할 수 없다는 표정이었다.

"혹시 모략 같은 그런 게 아닐까요?"

차성희가 조심스럽게 입을 뗐다. 그런데 그것은 그러길 바라는 마음의 표현이었을 뿐이다.

"날짜가 명시되어 있으니 물어보면 알겠지."

계수명의 말이었다. 안민숙은 안절부절못한 가슴을 안고 평온한 표정을 꾸미고 있으려니 답답했다. 선뜻 일어서서 화장실에라도 가버리면 될 것이지만 그 동작을 일으킬 수가 없었다.

안민숙은 차성희가 조퇴하던 날 서재필과 같이 문병을 가려다 말고 술집을 돌아다녔다는 얘기를 한 김에 그의 하숙에 가서 잤다고 하려다가 왠지 망설여지는 마음에 그만두고 말았다. 그것이 후회가 되었다.

민감한 차성희가 그 날짜에 마음을 쓰지 않을 까닭이 없고 보니 어차피 밝혀질 사실이긴 한데 그 설명을 어떻게 한단 말인가. 자칫하면 그 편지 때문에 서재필과 차성희의 사이가 영영 결렬될지도 모르는 일이고 그런 비극을 피하려면 자기로부터의 결연한 해명이 있어야 한 것이고 보니 암담하고 불안한 마음의 풍경이었다.

서재필이 돌아오기 전에 서재필을 만나 말을 짜놓을 필요가 있지 않을까, 그러기 위해선 밖에 나가 그를 기다려야 할 일이 아닐까도 싶었지만 무서운 힘에 주박당한 것처럼 몸을 움직일 수가 없었다.

"여기 지금 없는 사람들헌텐 이런 일을 알리지 말도록 해요."

우 부장이 중대한 걸 잊을 뻔했다는 투로 얼른 말했다.

차성희는 그 편지에 적혀 있던 ×월 ×일이란 날짜를 마음속에 챙기고 있었다.

'그날 나는 무엇을 했더라?'

한 달쯤 전의 일이고 보니 아무리 생각해도 기억이 가물가물했다. 빨리 집으로 돌아가 일기장을 뒤져봐야겠다는 마음으로 생각을 다른 방향으로 돌렸다.

'그 여자가 누굴까? 계수명씨 말마따나 술집 여자는 아닐 테구…….
술집 여자라면 정말 불쾌해. 김소영 씨 문제도 있는데……. 아냐, 모략일 거야, 서재필 씬 그런 사람이 아냐. 허나, 없는 사실을 그렇게 쓸 수가 있을까……?'

정 차장이 들어왔다. 이상한 공기를 느꼈던지,

"모두들 왜 이래요? 초상난 집 같잖아."

하고 두리번거렸다.

"내가 한 방 기합을 넣었지. 그랬더니만 모두들 샐쭉해졌어."

이런 일이 진행되고 있는 줄을 알 까닭이 없는 나는 김소영의 백부를 덕수궁 앞 다방에 청해놓고 한가하게 얘기를 주고받고 있었다.

"그놈이 자수하기만을 기다리고 있다가 온 집안을 망쳤소."

하면서도 김창식은 아우를 원망하지 않았다. 죽음으로써 자기의 죄를 보상한 놈을 어떻게 원망하겠느냐는 것이었다.

"무슨 면목으로 친구를 찾아가겠소. 나 같은 처지의 인간에게 직장을 마련해주겠소? 이젠 늙어 노동을 할 수도 없구……. 어떻게 하든 소영이만은 행복하게 해주고 싶은데 그 방도도 막연하구……."

이런 말 끝에 나는 옛날의 기억을 더듬으며 말해보았다.

"팔 년 전, 선생님의 강연에 어떤 난경에 처해도 인간으로서의 위신을 잃지 않는 게 슬기라고 했던 말씀이 있었던 걸 기억하고 있는데요."

그는 씁쓸하게 웃었다.

"그건 내가 두고 쓰던 문자였지. 이제 생각하니 그건 철학도 아니고 한갓 센티멘털리즘이었지."

"지금도 선생님은 인간으로서의 위신을 잃지 않으신 것 같은데요."

"천만의 말씀. 조카를 술집에 내돌린 채 돌보지 못하고, 또 저 꼴까지 만들어놨는데 그런 인간이 무슨 위신을 잃지 않고 있단 말요."

그 말투가 너무나 처량하기에 나는,

"술 하실 줄 아세요?" 하고 물어보았다.

"술? 합니다. 그러나 근래는 마셔보지 못했소. 끼니를 굶는 형편인걸."

그런 가운데서도 돈을 구걸하다시피 해가지고 시골에서 조카의 공판을 보기 위해 올라왔다는 것이다.

"주무실 데는 있습니까?"

"죽은 아내의 동생, 그러니까 처남이지. 천상 그 집에나 가서 신세를

질 수밖에 없소."

　나는 김창식 노인을 데리고 술집으로 갈 작정을 했다. 그래서 오후엔 일단 신문사엘 들르려던 계획을 포기했다. 그것이 잘된 일이었는지 잘 못된 일이었는지 그땐 알 도리가 없었다.

파사데나의 청년들은 우주정복의 꿈을 꾸고 있는데

김창식 노인을 술집으로 데리고 간 것은 나로선 썩 잘한 노릇이었다. 조금 거창하게 말하면 나는 그로부터 인생을 배운 듯했다. 그의 말에 의하면 인생이란 자기는 전혀 알지도 못하고 알 까닭도 없는 사이 이 세상 어디에선가 자기를 파멸시킬 작업이 진행되고 있는 그런 것이란다. 그리고 이 세상 어디에선가란 자기의 내부일 수도 있고 바깥의 어느 장소일 수도 있다는 것이며, 그런 작업의 기점이 어떤 악의에 의한 것도 아니니 딱하다는 얘기였다.

술이 두세 잔 들어가니 김창식은 낙백한 노인의 몰골을 벗어나 교수로서의 왕년의 모습을 되찾았다.

"서군은 파스칼을 읽은 적이 있나?"

"아직은……."

"굳이 읽어야 할 건 없어. 다만 그 사람은 인생의 그런 사정을 민감하게 체득하고 있는 사람인 것 같아서 해본 말이지."

하다가 그는 이제 막 들어와 저 안쪽에 자리잡은 젊은 한 쌍의 남녀를 턱으로 가리켰다.

"저곳에선 사랑이 시작되고 있는 모양 아닌가. 느낌으로 당장 알 수가 있어. 두 사람 사이의 공기가 아지랑이 피우고 있는 것 같지 않은가."

하고 말을 끊어버리더니 중얼거리듯 덧붙였다.

"그런데 저 사랑을 파괴하려는 작용이 벌써 시작되고 있다면 겁나는 일 아닐까?"

나는 무슨 소릴 하는가고 그의 표정을 살폈다. 주름잡힌 그의 얼굴에서 감정의 자락을 잡을 순 없었다.

"어떤 사람이 악의를 품고 계획하고 있단 말은 아녀. 저 눌 가운데의 하나를 치어죽일 자동차가 지금쯤 동대문 근처를 달리고 있을지 모르고 혹시 미국 디트로이트의 자동차공장에서 조립 중일지도 모르지."

"그런 생각으로 어떻게 사람이 살 수 있습니까?"

"살 수가 있지. 나는 예외다, 하는 의식이란 게 있으니까. 당하기 전의 사람은 그런 예외 의식으로 사는 거야. 나 자신이 그랬으니까."

나는 문득 최근에 읽은 어떤 작가의 문장을 뇌리에 떠올렸다. 그 문장은 다음과 같은 것이었다.

—오월이었다. 나는 신록의 내음과 창포의 향기가 삽상한 아침공기에 서러 있는 집을 나왔다. 그때 유치원에 가는 영희의 채비를 차려주고 있으면서 경숙은 "오늘도 빨리 돌아오세요." 했다. 영희는 그 고사리 같은 손을 귀엽게 흔들어 보이면서 "아빠 잘 다녀와." 했다. 나는 의젓한 가장으로서의 품위와 아빠로서의 행복한 미소를 지니고 회사로 향했다. 평화의 상징으로서의 화재畵材가 될 만한 하늘이었다. 거리였다. 그런데 바로 그날 나는 집으로 돌아가지 못했다. 그리고 영영 그 집으론 돌아가지 못했다. 신록의 내음과 창포의 향기가 삽상한 아침공기

에 서려 있는 아담하고 단란했던 그 집! 나는 그 집으로 다신 돌아가지 못한다……. 그날 오후 나는 회사에서 체포되었다. 이로써 하나의 가정은 수라장이 되었다. 십 년 걸려 이루어놓은 나의 가정은 튼튼한 성이기는커녕 작은 유리그릇에 불과했다. 나라고 하는 중심이 없어지자 시멘트 바닥에 굴러 떨어져 산산조각이 나버렸다. 운동비다, 변호사비다 해서 집은 남의 손으로 건너갔다. 한 해가 가고 두 해가 갔다……. 영희란 여섯 살 난 딸은 급성폐렴으로 죽었다. 직접 사인은 급성폐렴이지만 영희는 내가 체포된 그 찰나에 이미 죽었다고 생각한다. 하늘보다도 높게 생각하던 아버지가 죄인으로서 묶였을 때 그 딸은 그때 죽어야 하는 법이다.

나는 내 눈앞에 있는 이 노인도 이와 비슷한 경우일 것이라고 생각하며 그의 말에 귀를 기울였다.

김창식은 자이나교의 얘기를 하기 시작했다. 자이나교는 자연스러운 방법으로 스스로를 빨리 죽이는 것을 목적으로 하는 종교라고 했다. 말하자면 약물이나 그 밖의 수단을 써서가 아니라 금욕을 통해서 생명을 단축하길 교조로 하는 종교라는 것이다.

"살기 위해 발버둥치면서 결국은 죽어가는 상황 속에서 죽기를 위해 기를 쓰고 있는 게 자이나교라고 할 수 있는데 그 교도 가운데 뜻밖에도 장수자가 많다는 거요. 그래 자이나교의 단식에 그 비결이 있는 것이라고 해서 그것을 참고로 장수법을 만든 사람이 있다고 하니 세상이란 복잡도 하지."

간단하게 말하면 오래 살려는 놈은 빨리 죽고, 빨리 죽으려고 하는 놈은 오래 산다고 하는 얘기인데 빨리 죽으려는 놈의 방법을 빌려 오래 살려고 하는 놈이 있다는 것이다.

김창식은 또 묘한 말을 했다.

허무사상이 철저할수록 생의 긍정이 강하다는 것이고 낙천주의자의 생활이 도리어 허무적이란 것은 유심론자는 생활 태도에 있어선 유물적이고 유물론자의 생활 태도가 정신적이란 이치와 통한다고 했다.

"그러니까 별 게 아닌 기라. 직업으로선 농사가 제일이고, 유식보다는 무식이 제일이고, 되도록 빨리 죽어야 하고, 뭍에 오른 물고기처럼 되는 학문은 하나마나⋯⋯."

이처럼 흐트러지기 시작하더니 김창식의 말은 취기와 정비례해서 요령부득으로 되었다. 그러나 나는 그 요령부득인 말에 더욱 흥미를 느꼈다. 사람은 자기의 정직한 사상을 말하려고 하면 부득이 남에게 요령부득인 말밖엔 하지 못하는 게 아닌가 싶었다.

그것은 내 경험이었다. 내가 성희에게 내 생각을 정확하게 전하려고만 하면 요령부득의 말이 되지 않을 수 없는데 그것을 그러지 않게 하려니까 결국 거짓말이 되어버리는 그런 느낌을 한두 번 가진 것이 아니었다.

내가 김창식 노인을 술자리로 모신 것이 잘한 짓이라고 생각하게 된 것은 그러한 공감 때문만은 아니었다. 보다 구체적인 것이었다. 나는 그 노인의 얘기를 통해 행복어사전 제1장을 얻은 것이다.

―모든 행복의 조건을 거절하라!

근사하지 않은가. 모든 행복의 조건을 거절해버리면 불행한 조건만 남는다. 그러나 그건 내가 선택한 것이니 고통일 순 없다. 실망일 수도 없다. 이를테면 불운과 불행의 습격을 받을 걱정과 공포를 배제할 수 있는 것이다. 이미 실직한 사람에겐 실직을 겁내는 두려움이 없다. 이미 병들어 있는 사람에겐 병들 걱정이 없다. 감옥에 있는 사람에겐 체포될 걱정이 없다. 자이나교는 이러한 마음의 바탕에서 성숙한 종교가 아닐까. 자이나교 만세!

나는 내일 차성희를 만나기만 하면 다음과 같이 말할 것이었다.

"성희 씨! 드디어 우리 행복어사전의 제1장이 성립되었소. 모든 행복의 조건을 거절하라! 어때요. 근사하죠? 제2장은 성희 씨가 만들 차례요."

그리고 나는 「행복어사전」이라고 큼직하게 표제를 붙인 노트를 장만할 계획을 공상했다. 차성희 서재필 공저라고 쓰고 기수장奇數章은 내가 담당하고 우수장偶數章은 차성희가 담당하도록 하면? 헌데 완성되기도 전에 「행복어사전」이란 표제를 다는 건 지나치게 어색하지 않을까. 「회색의 노트」쯤으로 해두면? 아니, 「회색의 노트」는 마르탱 뒤 가르의 소설에 있는 표제이지. 행복을 상징하는 빛깔은 무엇일까? 누가 뭐라든 그건 자색이라야 한다. 그럼 「자색의 노트」가 좋다. Le cahier violet! 그렇다, 자색의 노트라고 하자!

이런 공상으로 나는 그날 밤 편안하게 잠들 수가 있었다.

모르는 게 부처님이란 말이 있다. 만일 내가 그날 오후 일어난 사건을 알고 안민숙의 불안과 차성희의 불쾌감을 알고 있었더라면 그처럼 편하게 잠들 순 없었을 것이었다.

전조라는 건 확실히 있는 것이다. 그렇게 평안하게 잠이 들었는데 새벽녘엔 이상한 꿈을 꾸었다.

수학문제를 놓고 풀어보려고 애쓰는 꿈이었다. 문제 자체가 분명치 않다는 것을 꿈속에서도 알고 있었지만 하여간 풀어야 한다는 강박관념에 사로잡혔다.

이런 꿈은 내가 가끔 꾸는 것이긴 했는데 이번의 경우는 조금 달랐다. '지금 내가 꿈을 꾸고 있다.'는 의식이 한편에 있으면서도 좀처럼 그 꿈에서 깨어나지 못했던 것이다. '꿈에서 깨어나야지.' 하는 의식과 '아니다, 깨어나기 전에 이 문제를 풀어야 한다.'는 의식이 때론 엇갈리기도 하는 것이니 지겨운 꿈일밖에 없었다.

그런데 어디선가 무슨 소리가 났다. 막대기가 들창을 두드리고 있는 소리였다. 그 소리에 나는 꿈에서도 잠에서도 깨어났다. 머리맡의 시계는 일곱 시 얼마 전을 가리키고 있었다. 다시 들창을 두드리는, 아니 들창 바깥에 씌워놓은 쇠틀을 두드리는 소리가 났다. 나는 벌떡 일어나 들창을 열어 발돋움을 하고 골목 쪽을 내려다보았다. 뜻밖인 일이었다. 안민숙이 들창 밑에 서 있는 게 아닌가.

"대문을 열게, 조금 기다려."
하자,

"서씨가 나와요, 출근할 채비를 하구요. 빨리요. 내 요 앞길에 나가 있을게요."
하고 안민숙은 등을 돌렸다.

'서씨'란 호칭은 안민숙의 감정이 최악일 경우에 나를 부를 때 두고 쓰는 문자다.

'제기랄, 시시한 꿈을 꿨다 싶었더니만, 새벽부터 재수도 없게.'

나는 투덜대며 양치를 하고 세수를 하고 점퍼 차림으로 출근할 채비를 하곤 아침밥은 먹지 않겠단 의사표시를 해놓고 밖으로 나왔다.

골목 어귀에 서 있는 안민숙의 뒷모습이 보였다. 블루진의 슬랙스 위에 터틀넥의 다갈색 스웨터를 입고 캔버스 백을 메고 있는 그 뒷모습이 웬일인지 초라하게 보였다. 새벽에 찾아와서 '서씨'가 다 뭐냐고 푸념을 폭발시키려던 감정이 싹 가셨다.

"안군, 웬일이야."

하고 성큼 다가섰다. 안군이란 서씨라고 불린 데 대한 가벼운 보복이다.

안민숙은 대답도 않고 걷기 시작했다. 나도 따라 걸었다. 큰길에까지 나갔다. 삽상한 아침의 공기를 그만큼 쐬고 나니 의식도 육체도 완전히 깨어난 기분이 되었다.

"아침식사를 해야지 않아?"

내가 말을 걸었다.

"걱정이 있는 날엔 아침 한 끼를 굶어야 하는 거예요."

안민숙은 농담답지 않게 말했다.

"걱정이라니, 미스 안한테? 나한테?"

"서씨한테요."

아직 서씨로구나 싶었다. 뭔가 대단히 토라진 것 같았다.

"내겐 걱정이란 건 없어."

퉁명스럽게 말이 나왔다.

마침 택시가 잡혔다. 내가 먼저 탔다.

"안군, 타요."

자동차가 미끄러져나갔다.

"청진동 해장국 골목에라도 갈까?"

"난 아침 먹을 생각 없어요."

"걱정은 나한테 있다면서 안군이 왜 굶으려고 해요."

"어디로 갈깝쇼?"

운전사가 물었다.

"광화문 근처에서 내려줘요."

안민숙이 한 말이었다. 나는 안민숙이 말을 꺼내기 전엔 침묵해야겠다고 마음을 먹고 어젯밤 김창식 노인이 한 말을 정리할 참이었다.

그는 '뭍에 오른 물고기처럼 되는 학문은 하나마나한 것'이라고 했다. 그 뒤에 이어진 맥락이 없는 말에 순서를 두어 챙겨보면 김창식은 자기가 전공한 경제학을 두고 한 말일 것이었다. 강단이 없어지넌, 직장이 없어지면, 뒷받침해주는 학회나 단체가 없어지면, 글을 써달라는 편집자의 주문이 없어지면, 강연을 해달라는 부탁이 없어지면 경제학 같은 학문은 뭍에 오른 물고기 같은 것으로 된다는 얘기로 풀이할 수 있는데 그럼 그런 꼴이 되지 않을 학문이란 과연 있는 것일까, 하는 생각으로 번졌다.

철학? 문학? 농학? 공학? 수학? 아무리 생각해도 뭍에 오른 물고기처럼 되지 않을 학문이란 없을 것만 같다. 나는 언제나 하는 버릇으로 연도의 간판을 보기 시작했다. 지저분하기 짝이 없는 간판들! 겸손을 모르는 뻔뻔한 버릇! 청결에 대한 의식의 완전한 결핍! 그러다가 나는 피식 웃었다. '영보 지물포'란 간판을 '영 보지 물포'라고 읽고. 지금은 흔적이 없어졌지만 몇 해 전 사직동에서 중앙청으로 내려오는 길 오른편에 '내자 지물포'라는 게 있었다. 그것을 '내 자지 물포'라고도 읽을 수가 있었는데 그것과 대조적으로 그 간판이 우스웠던 것이다. 만일 '영보 지물포'와 '내자 지물포'가 나란히 있었다면 얼마나 재미있을까.

이런 생각을 하고 있으니 얼굴의 근육이 펑퍼짐하게 될밖엔. 안민숙은 그런 내가 못마땅했던 모양이다.

"태평하시구먼요."

"태평 안 할 것도 없지. 태양은 저처럼 눈부시고 하늘은 저처럼 맑구. 우리의 젊음은 이렇게 싱싱허구."

"곧 태평하게 될 수 없을 테니까 그동안까진 맘껏 태평해보세요."

잔뜩 궁금증이 일었으나 나는 참기로 하고 침을 꿀꺽 삼켰다. 무엇보다도 배가 살살 고파왔던 것이다.

"궁금하지도 않나요?"

"뭣이?"

"제가 새벽같이 서씨를 찾은 것, 아침식사쯤은 굶어야 할 정도로 걱정이 있다는 얘기, 곧 태평하지 못할 것이란 말 등등에 관해서요."

"인생 살다보면 새벽에 친구를 찾아가는 경우도 있을 테구, 없던 걱정이 불쑥 나타나는 경우도 있을 게구, 그러니까 태평할 수 없게 되기도 할 건데 뭣이 궁금하단 말이오."

나는 부러 이렇게 말을 꾸몄다.

"그래요?"

하고 샐쭉해지더니 안민숙은 뱉듯이 말했다.

"그럼 내버려둘까 보다."

"원하시는 대로."

택시가 화신 앞을 지날 때까지 말이 없었다. 화신 앞을 지나자 안민숙이 청진동 골목 어귀에 택시를 세웠다. 아침식사를 시켜줄 요량인가 보았다.

해장국집은 붐비고 있었다. 구석 가장자리에 겨우 비집고 앉았다. 나는 또 피식 웃었다.

"서씨, 그런 묘한 웃음 웃지 말아요."

자꾸만 서씨라고 하는 걸 보면 기어이 내 신경을 건드려놓겠다는 속셈이 분명했다. 헌데 그러한 수단에 걸려들 내가 아니었다.

"조선호텔에서 엘리자베스 여왕을 모시고 에든버러 공처럼 식사할 수도 있는 내가 여기 이렇게 앉아 있다 싶으니 묘하겐들 웃지 않을 수가 있어?"

"빨리 식사나 해요."

안민숙은 자기 몫으로 갖다놓은 식사에 젓가락을 댈 생각도 않고 나만 재촉했다. 분명 무슨 문제가 생긴 거로구나, 하는 실감이 났다. 그린데 그것이 뭣일까 싶으니 식욕이 순식간에 뚝 떨어졌다. 게다가 하는수 없이 해장국집을 찾아들었을 뿐 나는 원래 그 해장국이란 걸 좋아하지 않는다.

반쯤 먹는 듯 해놓고 내가 앞장서서 밖으로 나왔다. 그리고 그때 비로소 나는 걱정스러운 정직한 표정을 지었다

"미스 안 얼굴빛이 좋지 않은데요. 다방에나 갑시다."

내 말에 자상한 빛이 돌았다. 안민숙의 표정은 수줍은 소녀의 그것으로 바뀌었다. 근처의 다방에 들러 나는 내 몫으론 커피를, 안민숙 몫으론 달걀 반숙과 밀크를 시켰다. 그래놓고 물었다.

"도대체 무슨 일이지?"

"큰일났어요."

안민숙의 얼굴이 갑자기 어두워지는 것이 충격이었다.

"뭔데, 말해봐요."

나는 누이동생을 위로하는 오빠가 된 것처럼 다정하게 말했다. 안민숙은 어제 오후에 있었던 일을 차근차근 얘기했다. 나는 어이가 없었다.

"그게 그처럼 큰일이야?"

나는 부득이 빈정대는 투가 되지 않을 수 없었다. 그러한 나를 안민숙은 도리어 어이가 없다는 표정으로 쏘아봤다.

"사장이 그런 일을 알았으니까 혹시 내가 파면당할까 봐서?"

그런 일은 있을 수 없을 것이란 자신이 있었기에 한 말이었다.

"차성희 씨의 마음을 상상해보세요."

안민숙은 불쑥 말하고 고개를 숙였다.

"실상 아무 일도 없었던 건데 미스 차의 마음을 상상해보고 말고 할 것이 없잖아."

"아무 일 없었다는 말만으로 성희 씨가 납득하겠어요?"

"납득하지 않으면 납득하지 않는 사람이 나쁜 거지 뭐."

"서 선생님이 그처럼 단순한 분이란 걸 나는 미처 몰랐어요."

"사실을 사실대로 말했는데 그걸 상대방이 믿지 않는다면 도리가 없지, 그렇잖아?"

"성희 씨에게 어떻게 사실대로 말해요. 그걸 가능하다고 생각하시는 서 선생님이 너무 단순하다는 거예요."

그렇게 듣고 보니 나도 약간 불안해졌다. 성희가 우리의 말을 그대로 믿어준다면 문제가 없지만 만일 의심을 하고 든다면 안민숙의 입장이 곤란하게 된다. 그런데 그렇게 될 공산이 큰 것이다.

"우연히 거리에서 만난 여자를 끌고 갔다고 하지 뭐."

안민숙은 고개를 살래살래 흔들었다.

"미스 안과 미스 차의 사이를 살리기 위해선 그만한 거짓말쯤은 죄악이 아니라고 생각하는데."

"그게 아녜요. 서 선생의 그런 거짓말이 통한다고 해요, 아니 틀림없이 통할 거예요. 그럴 때 그 뒤의 일은 어떻게 되죠?"

"어떻게 되다니?"

"서 선생님과 차성희 씨의 관계가 끝장이 날지 모르거든요."

"그럴 리가 있겠소."

하고 나는 웃었다.

"아녜요. 어제 그 편지를 읽었을 때의 차성희 씨의 표정을 전 눈여겨봤어요. 얼굴이 백지장처럼 창백했어요. 굉장한 충격을 받았나 봐요. 무리도 아닌 일이죠. 나 같애도 그랬을 거니까요."

내 뇌리를 김소영의 모습이 스쳤다. 김소영과의 일까진 석연하게 이해해줄 만큼 차성희는 관대했었다. 그렇게 관대할 수 있었지만 또 거리의 여자와 상관이 있었다고 하면 이번엔 용서가 없을 것이란 예감이 가슴 한구석에서 고개를 쳐들었다. 이러한 마음의 움직임이 내 표정에 나타난 모양이다.

"불안하죠?"

하는 안민숙의 말이 있었다.

"그러나 그런 식으로 끌고 갈 수밖에 없잖아."

자신 없이 말했다.

"그런 일로 두 분의 사이에 파탄이 생긴다면 난 견딜 수가 없어요."

안민숙은 다시 고개를 숙이고 손수건을 꺼내곤 눈 언저리를 닦았다.

나는 그런 안민숙의 모습을 보기가 거북해 창 너머의 거리로 시신을 돌렸다. 거리엔 아침 해가 꽉 차 있었다. 하늘엔 흰 구름이 있었다.

이 화창한 아침에 이런 다방 구석에 앉아 이따위 걱정을 하고 있다 싶으니 불쾌한 감정이 와락 일었다. 바로 엊그제 읽은 어떤 글이 뇌리를 스치기도 했다. '파사데나의 청년들은 화성에 로켓을 보낼 요량으로 그런 포부로써 살고 있다.'는 글이다. 그들은 우주를 정복할 계획으로 뇌수의 골짜기를 메우고 있는데 나는 지금 쩨쩨하고 치사하고 메스껍기조차 한 일로 고민하고 있다니, 제기랄, 참으로 제기랄이다. 이런 감정이 말로서 터져나왔다.

"끝장이 나려면 나라지 뭐. 우리가 잘못한 게 없으면 그만 아냐?"

안민숙이 지친 얼굴로 나를 봤다.

"그따위 고동 창자처럼 좁은 도량을 가진 여자라면 끝장이 나는 편이 좋아. 하여간 나는 술이 취한 김에 어떻게 어떻게 하다가 거리의 여자와 그렇게 되어버렸다고 할 테니까. 편지에도 그렇게 씌어 있더라며? 그러니 말요, 미스 안은 상관할 것 없어. 결과가 어떻게 되건 내가 도맡아 처리할 테니까. 미스 안은 구경이나 하고 있어요."

말에도 타력이란 게 있다. 일단 이렇게 시작하고 보니 겁날 게 없었다. 그까짓 것 될 대로 되라지 뭐 하는 기분으로 가속이 붙은 것이다.

"신경 쓸 필요 없어."

나는 거침없이 말했다.

그러나 이러한 내 태도가 조금도 안민숙에게 힘이 되지 않는 것 같았다. 안민숙은 생각하고 생각한 끝에 겨우 말한다는 표정으로,

"차성희 씰 데리고 병원으로 갈까 해요. 그리고 확인을 시킨 다음, 그 밤에 있었던 일을 털어놓을까 해요."

하고 한숨을 쉬었다.

"무슨 확인을요?"

하다가 나는 선뜻 그 말의 뜻을 알아차렸다. 자기가 처녀임을 차성희에게 확인시키겠다는 뜻일 것이었다.

"창피하게."

하며 나는 일어섰다. 안민숙도 따라 일어섰다. 거리로 나와서 속삭였다.

"어쨌건 무슨 결론을 내갖고 출근해야 할 것 아녜요?"

"결론은 났어요."

"어떻게요?"

"나 혼자서 처리하겠다는 거요. 미스 안을 끌어들이지 않구."

"……."

"미스 안이 등장하면 도리어 일이 까다롭게 돼요."

나와 안민숙은 공범들만이 지녀보는 야릇한 심정이 얽힌 시선을 교환하곤 거기서 헤어졌다. 회사에의 출근은 따로따로 해야 한나는 암묵의 동의가 성립된 것이다.

마음의 탓인지 교정부의 분위기는 어수선했다. 쾌활한 체 꾸미고 자리에 앉았다. 차성희는 나를 본 체도 안했다. 그 옆얼굴이 수척해 보이는 것이 마음에 걸렸다.

그러나 나는 곧 일에 집중할 수가 있었다. 크메르, 즉 캄보디아의 운명을 다룬 기사가 내 몫으로 돌아왔기 때문이다. 캄보디아라고 하면 시아누크 공이 생각난다. 캄보디아는 전설 속의 왕자 같은 시아누크가 군림하고 있었던 곳인데 그 사람이 외유 중 론놀이란 장군이 쿠데타를 일으켰다. 캄보디아의 낙일은 그때부터 시작했다.

내가 손질을 하고 있는 해설기사의 필자는 프랑스인이었는데 그는 원래 캄보디아는 시아누크와 같은 곡예사적인 처신으로만이 봉지가 가능하고 국제적인 밸런스를 유지할 수 있는 상황이었다는 데 역점을 두고 있었다. 론놀의 반공정책이 도리어 공산세력에의 항복을 결과했다는 것은 아이러니가 아닐 수 없다는 익살도 있었다.

나는 그 기사를 고치며 적잖은 감상에 젖었다. 언젠가 한번은 가보고 싶었던 데가 프놈펜이었는데 그 희망이 영원히 사라졌다는 아쉬움을 비롯해서, 그 나라가 장차 어떻게 될 것인가 하는 내 나름대로의 위구도 섞였던 것이다.

덕택으로 나는 그 오전을 세계인적 또는 국제인적으로 지낼 수가 있었다. 내게 아무리 큰 고민이 있기로서니 한 나라의 운명이 바뀌는 일에 비교할 수는 없다. 내가 지금 이렇게 기사를 고치고 있는 동안에도 공산군의 총칼에 의해 목숨을 빼앗기는 사람이 있을 것이며 피난 보따리를 둘러메고 우왕좌왕하는 사람이 있을 것이라고 생각하니 마음이 편하질 않았다. 그건 결코 먼 나라의 얘기가 아니란 생각도 들었다. 나 자신 6·25동란이라고 하는 그 틈바구니 속에서 어머니의 등에 업혀 비행기의 폭격을 피해 이곳저곳을 헤매다 유아로서의 한 시기를 지낸 사람이 아닌가.

폭탄이 떨어지는 자리를 피했기 때문에 겨우 살아 있다는 나 자신의 존재가 캄보디아의 기사를 읽고 있는 도중 실감으로서 가슴에 괴었다.

그렇게 해서 오전의 시간이 순식간에 지났다. 점심시간이 되었다. 나는 차성희와 같이 점심식사를 할 요량을 하고 있었는데 우 부장이 내 어깨를 툭 쳤다.

"별다른 약속이 없으면 나하고 같이 점심 안 할래?"

누구의 명령이라구. 도가니탕집 구석에서 나는 우 부장을 대하고 앉았다.

"이것 한번 읽어봐."

우 부장이 포켓에서 봉투를 꺼냈다. 나는 당황하지 않고 끝까지 침착하게 편지를 읽었다. 안민숙으로부터 그 내용을 미리 듣고 있었기 때문에 당황할 필요가 없었던 것이다. 읽고 난 후 나는 그 편지를 우 부장 앞으로 밀어놓았다.

"난 필요 없어. 서형이 가지시오."

하고 우 부장은 그걸 도로 내 앞으로 밀었다.

"사장 앞으로 온 편진데요?"

나는 그의 눈치를 보았다.

"사장이 내 맘대로 처리하라고 했으니까."

우 부장이 웃었다. 나는 그 편지를 구겨 포켓 안에 집어넣었다.

"서형, 그 하숙집에서 나와버리지그래."

나도 그럴 작정으로 있었는데 우 부장의 말을 듣고 보니 생각이 딜라졌다. 이런 것을 청개구리라고 하는 건지 몰랐다.

"어딜 가나 타인의 집일 텐데요."

"그러나 악의 속에서 산다는 건 유쾌한 일이 못 되지."

"밀고자는 어딜 가나 있는 것 아닙니까."

"하여간 악의는 안 좋아. 그런 환경 속에서 살면 사람이 비뚤어지게 마련이야."

"전 도리어 악의 속에 사는 게 마음이 편할 것 같아요. 서투른 호의나 선의보다 명백한 악의가 낫지 않을까요?"

"무슨 소린지 난 모르겠군."

"악의를 확인한 이상 상대방의 감정에 신경을 쓸 필요가 없을 테니까요."

깊이 생각한 것도 아닌데 이런 말이 수월하게 내 입에서 나와버렸다.

"나는 서형을 순진한 사람으로 알았는데."

하고 우 부장은 애매한 웃음을 띠었다.

"저도 벌써 서른 살 가까운걸요."

식사는 간단하게 끝났다. 다방에 들어가는 것도 뭣하고 해서 덕수궁 돌담을 한 바퀴 돌아보기로 했다. 묵묵히 걷고 있다가 우 부장이 불쑥 말을 꺼냈다.

"우리 부에 박동수 하나쯤이면 되는데."

나는 발끈했다.

"그럼 절 아까 그 편지에 쓴 그대로의 인간이라고 생각합니까?"

"그대로라고 해서 나쁠 게 있나. 서형 말마따나 서른 가까운 독신의 사나인데."

"변명 같은 애긴 안 할 작정입니다만 그 편지는 고의의 중상입니다. 전 통금시간에 걸리지 않게 어느 숙녀를 보호해준 일은 있어도 그 편지에 쓰인 것처럼 치사한 짓은 안 했으니까요. 요컨대 스캔들은 없었다, 이겁니다."

"그런 사실은 없는데 스캔들은 있었다로 되는데두?"

"아아, 그렇군요."

"그러니 빨리 결혼을 해요. 차성희완 특별한 관계로 보였는데 내가 중신아비 역할을 할까?"

"문제는 바로 그겁니다. 차성희 씨가 편지를 보았다면 조금 난처해진 것 아닐까요?"

"사실이 그와 같지 않다면 별 문제될 것도 없잖아?"

"그런데 그 석명이 어려울 것 아닙니까?"

"그것도 그렇군."

우 부장은 생각에 잠기는 듯하더니,

"미스 차는 얄팍한 여자가 아니니까."

그리고 침묵이 계속되었다. 그 침묵이 거북해서 나는 캄보디아 애기를 꺼냈다.

"캄보디아? 그 론놀이란 놈 개자식이야. 그놈이 캄보디아를 공산군에게 팔아넘긴 장본인이야."

우 부장은 그답지 않게 흥분했다. 그는 이어 베트남의 사태로 화제를 옮기면서 약소국의 비애를 말하고,

"모처럼의 월남파병이 무슨 보람이 있었단 말인가."

하고 투덜댔다. 그리고 월남파병으로 인해 몇 개의 재벌이 생겨났는데 그 재벌들은 월남에서 전사한 군인 군속의 유가족과 전상자들의 장래를 도맡아 보장해주어야 마땅하다는 결론을 내렸다.

그럭저럭 신문사 앞에까지 왔다. 우 부장은 내 어깨를 톡 치고 말했다.

"하여간 우리 부엔 박동수 하나면 족하니까 조심하도록 해요."

불쾌했지만 나는 바보처럼 입을 벌리고 웃을 수밖에 없었다.

오후의 시간은 따분했다. 모두들 내 눈치만 보는 것 같았고, 그런대로 아무렇지 않게 꾸미려니까 어색한 말이 되고 어색한 행동이 되곤 했다. 그 지루한 시간을 겨우 넘기고 퇴근을 하려니까 계수명이 넌지시 수작을 걸어왔다.

"어때 서형! 오늘 밤 한 잔 안 하려우? 청춘사업에 관한 얘기도 듣구 싶구, 약간의 코치도 받고 싶고 한데 말요."

내 얼굴이 붉어졌던 모양이다. 김달수가 반주를 넣었다.

"얼굴 빨개졌다네."

"쓸데없는 소리들 하구 있어."

정 차장이 딱 잘랐다. 그래도 계수명은,

"서형, 한턱 살 거요, 안 살 거요? 서형이 안 산다면 내가 한턱 내지. 까짓것 수업료 내는 셈치구 말요."

하며 슬슬 내 눈치를 보았다. 나는 불쾌감을 억제할 수가 없었다.

"무슨 수업료를 내겠단 말요?"

"거, 왜 있잖소."

계수명이 능글능글 웃었다.

안민숙이 말없이 일어서서 백을 들고 나가버렸다. 차성희도 따라 일어서서 나가버렸다. 나는 오늘 안으로 차성희와 얘기해야겠다는 마음으로,

"나 오늘 좀 바쁜 일이 있어서요."

하는 말을 남겨놓고 차성희의 뒤를 쫓았다. 지하도 근처에서 차성희를 뒤따를 수 있었다.

"얘기 좀 합시다."

차성희는 멍청한 눈빛으로 나를 보더니 내 제안을 받아들이는 표정으로 변했다.

S호텔의 커피숍으로 나는 차성희를 데리고 들어가 창쪽으로 구석진 자리를 잡았다. 관광을 온 일본인인 듯한 사내들이 한국인 아가씨들과 섞여 앉아 있는 바로 이웃의 테이블이었다. 그 가운데의 여인 하나가 유독 내 눈을 끌었다. 우아하다고도 할 수 있는 생김새였고 세련된 복장을 하고 있는 젊은 여성이었다. 같이 있는 여자들은 뭔가 일본말을 지껄이면서 자리에 어울리고 있었는데 그 여자만은 무표정한 얼굴로 간신히 무료함을 견디고 있다는 태도였다. 그 여자를 보며 나는 윤두명씨의 애인도 저런 타입의 여자였을까 하는 상상을 했다.

성녀의 마스크를 쓴 창녀!

"어떻게 된 거죠?"

차성희가 먼저 말문을 열었다.

"이것 말인가?"

하고 나는 호주머니에서 우 부장으로부터 받은 편지를 꺼내 보였다.

차성희의 얼굴이 일순 상기하는 것 같더니 곧 창백한 빛으로 바뀌었다. 그 변화가 너무나 선명한 데 놀랐다.

"이건 아무것도 아냐, 중상이야, 중상."

"터무니없단 말예요?"

차성희의 얼굴이 밝아지는 듯했다.

"터무니없는 건 아니지만 그 해석이 터무니가 없어."

"어떤 여자를 하숙집까지 데리고 간 건 사실이구먼요."

"사실이지. 그러나 이 편지에 쓰인 대로는 아냐."

"알겠어요."

"뭣을 알겠단 말이지?"

"그쯤이면 알았으니까 더 이상 말씀 마세요."

"어떤 여자인가 하는 것도 알고 싶지 않은가?"

"알고 싶지 않아요."

"그만큼 내게 관심이 없어졌단 말인가?"

"그럴지도 모르죠."

"나는 꼭 석명을 하고 싶은데두?"

"필요 없다니까요."

차성희의 태도는 단호했다. 나는 시무룩하게 되지 않을 수 없었다. 무거운 침묵이 두 사람 사이를 흘렀다. 이웃자리의 일본인들과 여자들이 자리에서 일어서고 있었다. 우아하다고 할 수 있는 여자에게 백을 집어주는 일본인의 태도가 정중했다. 미국 영화를 보고 익힌 매너였을 것이란 짐작이 들었다. 메스꺼웠다.

"그것보다두요."

차성희의 말에 내 신경이 곤두섰다. 다음의 말을 기다렸다.

"오해 말구 들어주세요. 전 아무래도 안민숙 씨에게 양보할까 해요."

꽝 하는 소리가 귀에 들리는 듯했다. 가슴이 두근거렸다.

어떻게 이 여자는 그 사실을 알았을까 해서였다. 설명이 필요 없다는 성희의 말뜻을 비로소 안 것 같았다. 그러나 잠자코 있을 수는 없었다.

"오해를 하고 있는 것 같은데, 결코 그런 건 아냐. 그러니까 내가 석명하려는 게 아뇨."

"제 말을 먼저 들으세요."

차성희는 침착하게 말을 이었다.

"그 편지를 읽고 안민숙 씨가 충격을 느끼는 모양을 전 똑똑히 봤어요. 저두 그걸 읽고 충격을 받았지만 태도와 표정으로 보아 내가 느낀 정도는 문제가 아니었어요. 안민숙 씨는 그만큼 당신을 사랑하고 있는 거예요. 그런 사실을 깨닫자 전 자신이 없어졌어요."

음, 그렇구나 싶으니 내 마음은 돌연 가벼워졌다. 그러나 곧 나는 그러한 오해가 사태를 더욱 까다롭게 할 뿐이란 사실을 깨달았다.

"그런데 안민숙 씨의 충격은 서 선생이 하숙집에 여자를 데리고 갔다는 사실 때문이 아니고 그런 편지가 서 선생의 신상에 끼칠 결과를 염려한 때문이었거든요. 서 선생을 그로 인해 부원들이 멸시하게 될 것이 아닌가 하는 걱정이 또한 큰 것 같았구요. 전 그저 불결하고, 배신당한 것 같은 기분으로 충격을 받았을 뿐인데요. 곰곰이 생각해봤죠. 사랑의 질과 차원이 다르구나 하구요. 진작부터 안민숙 씨의 진실을 눈치채곤 있었지만 그래서 서 선생께 그런 뜻을 말해보기도 했지만, 그런 결정적인 사실을 알고 보니 가만 보아 넘길 수가 없다는 심정이 들었어요. 아까도 보세요. 계수명 씨가 서 선생에게 빈정대고 있을 때 제일 먼저 자리를 뜬 사람이 안민숙 씨였죠? 그런 분위기를 견딜 수 없었던 거예요. 제가 뒤따라 나오지 않았어요? 문간에서 같이 가서 차나 한 잔 하자고 하니까, 기분이 나빠 견딜 수가 없다면서 집으로 달아나버렸어요. 서 선생님, 안민숙 씨를 소중하게 해야겠어요."

"말짱 오해요. 안민숙 씨는 내게 우정 이상의 감정을 가지고 있진 않아요."

내 말이 거칠게 나왔다.

"그 정도의 우정 이상의 정이 어딨겠어요. 그 이상 가는 사랑이 어딨겠어요."

"아니라니까요."

"여자의 마음은 여자가 잘 압니다."

"너무 잘 아는 것도 탈입니다. 흥, 핑계가 생겼구먼. 뉴욕에서 돌아온 엘리트 청년한테로 가고 싶으면 솔직하게 그렇게 말해요."

차성희의 핼쑥한 얼굴에 질린 표정이 돌았다. 나는 팔을 휘두르듯 하며 이 사이로 말을 뱉었다.

"앰한 안민숙 씨를 끌어넣지 말구요."

그 찰나 휘두른 손끝에 걸려 냉수를 담은 글라스가 시멘트 바닥에 굴리 떨어져 요란스러운 소릴 냈다.

웨이터가 달려오고 있었다. 나는 그 부서진 글라스의 파편을 흥조인 양 바라보았다.

일시 주변으로부터 쏠려 들어온 시선을 피하듯 차성희는 얼굴을 숙여버렸다. 그리고 한참을 있더니 서서히 다시 고개를 들었다.

"말씀까지도 불결하시군요."

그렇게 말할 때의 차성희의 눈에서 나는 미움을 보았다. 등골이 오싹

하는 기분이었다.

차성희는 말없이 일어서더니 걸어 나가버렸다. 나는 그를 뒤쫓을 용기를 잃었다. 그 대신 가슴속에 부글부글 끓어오르는 것 같은 분노의 불꽃을 느꼈다. 하숙집 딸에 대한 분노였다.

나는 다시 커피를 한 잔 더 청해 마시고 복수의 칼날을 갈았다. 편지를 코앞에 들이대고 면박하는 방법도 있었다. 가족들 앞에 공개해놓고 망신을 주는 방법도 있었다. 가명을 썼기로서니 그 가족들은 딸의 필치를 알아볼 것이기 때문이었다.

드디어 나는 묘안을 얻었다.

하숙 근처에서 버스를 내려 푸줏간으로 가서 쇠고기를 세 근가량 샀다. 그리고 가게에 들러 술도 한 병 샀다.

하숙집에 돌아가니 식구가 큰방에 모여앉아 이제 막 저녁식사를 시작하려는 참이었다. 나는 실례한다는 변명을 하고 큰방으로 들어섰다. 하숙비를 치를 때나 바깥주인과의 의논이 있을 때는 예사로 그 방에 출입했기 때문에 별반 그런 행동이 당돌할 것도 아니었다.

"오늘 굉장히 기분 좋은 일이 있어서요. 아저씨와 한 잔 하려고 준비해왔습니다."

나는 쇠고기와 술병을 안주인에게 건네주며 너털웃음을 웃었다.

"무슨 좋은 일이기에요?"

하고 안주인이 반겼다.

"이리로 앉으시오."

하고 바깥주인은 내가 앉을 자리를 마련해주었다. 편지를 쓴 장본인인 큰딸은 무관심한 체 꾸몄고 작은딸은 인사로나마 웃는 얼굴을 보였다.

고 삼짜리와 중 삼짜리 사내들은 무뚝뚝하게 머리를 꾸벅 숙여 보였다.

"무슨 좋은 일이세요?"

바깥주인이 다시 물었다.

"술이나 한 잔 하며 얘기하겠습니다."

하고 나는 요즘 하시는 일이 어떠시냐고 묻고 화제를 돌렸다. 술에 취하지 않곤 꾸며댈 수 없는 그런 시나리오였던 것이다. 큰 글라스로 술을 두어 잔 하고 나니 나는 대담해질 수가 있었다. 포켓에서 그 편지를 꺼내 바깥주인에게 보이면서,

"사실은 이 편지 때문에 내가 큰 행운을 잡게 된 건데 이 편지 쓴 사람을 알기만 하면 상금을 드려야 하겠어요."

하고 서두를 꺼냈다. 그러면서도 나는 그 집 큰딸의 표정을 놓치지 않았다. 아무렇지 않게 꾸미고 있었지만 마음의 동요가 눈에 보이는 것 같았다.

"이게 어떻게 된 건데?"

바깥주인은 그 편지를 읽고 나더니 조금 무안한 표정이 되었다.

"이 편지를 보고 우리 신문사 사장이 발끈 화를 냈단 말입니다. 나와 사장님 조카딸과는 연애하는 사이였거든요. 이 편지 속의 여자를 딴 여자로 알구 화를 내신 겁니다. 그래 조카딸을 불렀어요. 사장님은 조카딸을 굉장히 좋아하시거든요. 자기에겐 딸이 없으니까요. 조카딸을 보구 이따위 놈허구 결혼을 하겠느냐고 야단을 치셨죠. 회사에서 당장 파면을 시키겠다고 하더래요. 그랬는데 조카딸은 자기가 바로 편지 속에 있는 여자라고 고백을 해버린 거죠. 밤늦게 놀다가 통금시간이 되어 하는 수 없이 내 하숙에서 하룻밤을 지냈다구요. 그리고 내 칭찬까지 했던 모양입니다. 아주 신사더라구요. 그 말을 듣자 사장님은 당장 결혼

을 서둘러야겠다고 말씀하시더라나요. 오늘 제가 사장님헌테 불려갔더니 이 편지를 제게 주며 하시는 말씀이 바로 이 편지가 너희들을 결합시키는 계기가 되었다고 웃으시지 않아요. 이런 일이라도 없었더라면 그 사람과 나와의 결혼은 무망했을지도 모르죠. 난 빈털터리고 그 집은 수십억대를 가진 부자인데다가 대신문사의 주주이니까요. 행운은 어디서 어떻게 올지 모르는 일 아닙니까. 바로 이 편지 때문에 나는 장차 신문사의 중역이 되고 끝내는 사장이 될지 모르죠. 그 집안에 아들이 없는데다가 내가 맏사위가 되는 거니까요. 이렇게 기쁜 일이 있겠어요? 아저씨, 한 잔 하십시다."

하고 큰 잔에 술을 따라 바깥주인에게 권했다. 바깥주인의 태도가 눈에 보이게 달라졌다. 그 술잔을 두 손을 내밀어 받는 것이 아닌가.

이번엔 안주인에게 한 방 놓았다.

"우리가 결혼하면 구십 평짜리 맨션아파트를 사주겠대요. 아주머니를 한번 청할 테니까 꼭 와주십시오. 그리고 공주님들께서두요."

하고 딸들의 표정을 쓱 한 번 훑어보았다.

"거 잘되었구먼요, 잘되었구먼요."

안주인은 안절부절 내 비위를 맞추려고 구운 고기가 놓인 쟁반을 내 가까이에 밀어놓고 젓가락을 고쳐놓는 등 야단을 부렸다.

"대신문사 사장의 조카사위가 된다면 그야말로 왔다지 왔다야."

하고 바깥주인은 중얼중얼했다. 이런 멋진 사윗감을 자기 집 울 안에 두고 놓쳐버렸다는 게 원통해서 죽겠다는 푸념으로 내 귀엔 들렸다. 내 술잔이 비자 안주인은 큰딸을 향해,

"애야, 서 선생님을 축하하는 뜻으로 네가 한 잔 따라드려라."

하고 주전자를 건네주었다. 큰딸은 뒤늦게나마 애교를 부려야겠다고

작정을 했던지 생글생글 웃으며 술을 따랐다.

나는 생글생글하는 얼굴에 술을 퍼부어주었으면 하는 충동이 갑자기 일었지만 가까스로 참고 시나리오에도 없는 대사를 지껄이기 시작했다.

"이 편지를 쓴 사람이 이웃에 있을 것 아닙니까. 그분을 찾아내기만 하면 돈 백만 원을 드릴 작정입니다. 내 애인도 거기에 백만 원을 보태 겠대요. 그럼 이백 만원을 그 사람은 얻게 되는 셈이죠. 내게 행복을 몰아다준 이 편지, 나는 영원히 기념할 겁니다. 아저씨 한번 수소문을 해 봐주세요. 누가 이 편지를 썼는가 말입니다."

그리고도 허황한 소릴 한참동안 계속했는데 좌중의 누구도 나를 의심하지 않았다. 사장님 앞으로 보낸 밀고 편지가 내 손아귀에 있고 보니 그게 결정적인 증거로 보였던 것이다. 자기의 조카사위로 할 작정이 없으면 어떻게 그런 편지를 내게 주었겠는가 말이다. 마지막으로,

"나는 곧 이사를 해야겠습니다."

했더니 안주인은,

"결혼식을 끝내고 이사를 하셔도……."

하며 적이 실망한 투로 말했다.

"내 애인이 반대예요. 당장 이사를 하라는 겁니다."

기고만장 이렇게 말해놓고 나는 내 방으로 돌아왔다. 거짓말을 하고도 이렇게 기분이 좋은 건 처음 있는 경험이었다. 나는 천장을 쳐다보고 누워 아까 내가 한 거짓말은 흰 거짓말인가, 검은 거짓말인가, 아니면 핑크빛 거짓말인가, 하고 궁리해보았다.

드디어 웃음이 터졌다. 그 웃음은 좀처럼 멎지 않았다. 아마 주인집 가족들은 그 웃음소리를 행복에 겨워 웃는 소리로 들었을 것이다.

웃음이 돌연 얼어붙는 듯했다. 동시에 구토증이 뱃속으로부터 솟구

쳐 올랐다. 씹질 않고 고깃덩어리를 삼키고 술을 큰 잔으로 폭배하고 게다가 거짓말을 하느라고 신경의 질서를 약간 바꾸어놓은 것이 그 구토증의 원인일 것 같았다.

변소로 달려가 죄다 토해내고 말았는데 토하고 있으면서도 이 토하는 소리가 주인집에 들릴까봐 겁이 났다. 그것은 곧 여태 자기가 한 말이 거짓말이었다는 것을 실토하는 거나 다를 바가 없다고 생각되었기 때문이다.

'행복한 놈이 어떻게 구토증을 일으키느냐 말이다. 행복한 사람은 돌덩어리도 소화시킬 수 있을 것인데.'

생각이 이에 미치자 나는 맹렬한 자기혐오가 치솟아 오르는 것을 느꼈다. 거짓말을 한 자기 자신이 변소의 구더기처럼 느껴졌다. 그따위 일에 그따위 거짓을 꾸밀 생각을 낸 스스로가 한없이 비소하고 추잡하다는 느낌은 참으로 견딜 수가 없었다. 거짓말 가운데도 당당한 것, 사내다운 것, 용감한 것, 한마디로 말하면 거짓말을 했기 때문에 거짓말을 한 사람을 돋보이게 하는 그런 거짓말도 있을 것 아닌가. 그런데 나는 하필이면, 하고 생각하니 어이가 없었다.

'사장 조카딸을 들먹이다니, 맨션아파트를 들먹이다니……. 아아, 얼마나 치사한 일인가.'

나는 결코 사장 조카딸, 그런 조카딸이 있는지 없는지 모르지만, 사장 조카딸과 결혼하게 되는 것을 바라는 사람도 아니고 맨션아파트에 살기를 원하는 사람도 아니다. 그런데 주인집 레벨을 끌어내리기 위한 꾸밈이었다고 하지만, 아니 그것이 꾸밈이니까 더욱 내 속에 그런 속물근성이 숨어 있었다는 얘기가 되는 것이 아닌가.

실컷 토하고 찬물로 입을 씻고 나니 뱃속은 조금 후련한 것 같았지만 머릿속은 여전히 뒤숭숭했다.

나는 그런 상황으로 방에 처박혀 있을 순 없었다. 웃옷을 걸쳐 입고 다시 밖으로 나왔다. 무작정 나오긴 했는데 할 일도 갈 곳도 없었다.

한길로 나오자 공중전화박스가 눈에 띄었다. 안민숙에게 전화를 해보자는 아이디어가 떠올랐다. 전화박스 속엔 청바지를 입은 젊은 여자가 들어 있었다. 문이 없기 때문에 박스 속에서 하는 소리가 죄다 들렸다.

"그년의 ×엔 금테가 둘렸나 뭐?"

하는 고상한 말이 귓전을 스치기에 얼른 자리를 비켜섰는데도 거리의 소음을 이겨내기 위한 그 여자의 말소리는 너무나 높았다. 그 높은 소리가 미치는 범위를 넘어서려면 다음 차례를 빼앗길 염려가 있었다. 실례가 되지 않을 만한 거리를 두고 서 있는데 그 여자의 말은 대한민국의 전화선에 태워 보내기엔 너무나 상스럽고 부도덕했다.

"글쎄 그 녀석이 말야, 남의 가게만 조져놓구 말야. 그 때문에 난 사흘을 병원에 다니지 않았니. ×도 ×같은 게 아니라서 홍콩제라나 뭐라나 한 것까지 끼워 야단을 해놓구 말야. 이제 와서 소식을 뚝 끊어버리니 말야. 그래도 좋아. 그래놓고 그년에게 가서 붙어 있어? 얘, 얘, 얘, 내 말 좀더 들어. 누구의 ×은 고무 가지고 만든 것이라든? 그년 만나거든 말야, 그놈을 당장 내게 보내주지 않으면 그년 ×에다 휘발유를 뿌려놓구 불을 지를 거라고 그래. 부지깽이로 그년 ×을…… . 뭐라구? 그년도 가만있지 않을 거라구? 가만있지 않으면 어떻게 할 텐데…… ."

도대체 어떤 여자이길래, 하고 나는 공중전화박스의 옆으로 다가가서 그 옆얼굴을 훔쳐봤다. 광선이 고르지 않은 밤거리라서 분명한 윤곽을 곧 잡을 순 없었다. 그랬는데 바로 그 앞으로 자동차가 지나가는 바람에 헤드라이트 빛으로 역력하게 그 여자의 얼굴을 볼 수가 있었다.

한마디로 말해 쇼킹한 일이었다. 여자의 얼굴은 천사처럼 아름다웠다. 나는 말소리와 말 내용으로 우락부락하기 짝이 없는 용모를 상상했던 것이다.

그리고도 한참을 기다리고서야 그 여자의 전화는 끝났다. 돌아서며 내가 거기 서 있었다는 것을 알고도 미안하다든가 부끄럽다든가 하는 감정은 일지도 않는 모양으로 천사와 같은 얼굴을 쳐들고 박스에서 나왔다.

나는 박스에 들어가며 어디로 그 여자가 가는가 싶어 돌아보았다. 여자는 전화박스가 있는 바로 그 앞의 이 층 다방으로 올라갔다. '금잔디'란 이름이 붙은 다방이었다.

'레진가? 손님인가?'

이때까지 음란스럽고 외설스러운 단어를 담뿍 들이마신 송화구를 보았을 때 께름한 기분이 일었다. 수화기를 들고 동전을 넣고 '찡'하는 소리를 들으면서도 다이얼을 돌리기가 망설여졌다. 나는 다시 수화기를 걸어 동전을 빼내고, 다시 수화기를 들고 동전을 집어넣는 동작을 두세 번 되풀이하고야 다이얼을 돌렸다.

"누굴 찾으시유?"

하는 늙은 여자의 목소리가 흘러나왔다. 안민숙의 이모인가, 고모인가 되는 부인일 것이었다.

"안민숙 씨 계셔요?"

"댁은 뉘기시유?"

"신문사에서 같이 일하는 사람인데요."

"기다려보세요. 있는지 없는지 알아볼 테니까요."

그 사이 나는 전화박스의 유리 너머로 거리를 보았다. 쉴 새 없이 지

나가는 자동차, 구겨지기도 하고 찢어지기도 하는 거리의 어둠, 그런 광경이 어이가 없다는 듯 무색해져버린 하늘. 이 밤엔 별도 보이질 않았다.

"웬일이세요?"

하는 안민숙의 목소리가 귓전을 스쳤다. 나는 내가 걸어놓은 전화라는 것을 깜박 잊었을 정도로 당황했다.

"그저, 저……."

"무슨 일이 있었어요?"

불안이 묻어 있는 말투였다.

"아냐, 갑자기 미스 안의 말소리라도 듣고 싶어서."

"쓸데없는 말씀 말구 차성희 씨와는 어떻게 됐어요?"

"S호텔의 커피숍에서 커피 한 잔 마시고 그리고 헤어졌지."

"그 사이 무슨 말이 있었죠?"

"아무 말두."

"정말 아무 말도 없었나요?"

"언어학적인 말이야 왜 없었겠소. 인생적 의미적 말이 없었으니 아무 말 없었다고 칠 수밖에."

"……."

"그건 그렇구, 난 내일 하숙을 옮겨야겠소."

"잘 생각하셨어요. 그렇게 해야 될 거예요."

"생각은 잘했는데 막상 어디로 가야 할지, 그게 문제야."

"그 문제 때문에 전화 걸었어요?"

"그게 뭐 대단한 문제라고 그걸 갖구 전화를 하겠소."

"우울하신 모양이죠?"

"우울한 정도가 아니구만. 죽고 싶어."

죽고 싶다는 말이 이처럼 수월하게 나올 줄은 나로서도 예기하지 않았던 일이었다.

"간단하군요."

"생각하니 간단하네요. 풀기 어려운 문제에 부딪히면 죽어버리면 된다. 이걸 왜 여태껏 생각하지 못했는지."

"그래 죽을 작정이에요?"

"그렇게 하면 문제가 해결되겠구나, 하고 생각했을 따름이죠."

"죽을 생각은 없구요?"

"그 일보 전이라고나 할까?"

"다음 일보를 떼놓기 위해 팔십 년쯤 걸릴 수도 있겠구먼요."

안민숙의 억누르고 있는 웃음소리가 육감의 귀에 들려왔다.

"웃지 말아요. 나는 지금 충분히 심각한 거요. 덕분에 큰 지식을 발견하기도 했지만."

"큰 지식이란 뭐죠?"

"수학과 인생과의 차이……."

하는데 전화가 뚝 끊겼다.

'이것……'

안민숙이 끊은 줄 알고 울컥하다가 아, 공중전화였구나 하고 피식 웃었다. 에라, 하고 박스에서 나오려다가 나는 다시 동전을 넣고 다이얼을 돌렸다.

삼 분 지나면 뚝 끊어지도록 공중전화를 설치하는 아이디어를 낸 사람은 얄밉도록 다부지게 사리를 생각할 수 있는 사람일 것이다.

"수학과 인생과의 차이가 어떻단 말예요?"

기다리고 있었다는 듯 안민숙의 말이 흘러나왔다.

"풀리지 않는 수학 문제는 그 문제를 찢어 없애버려도 문제는 남아요. 그러나 인생의 문제는 그 인생이 죽어버리면 거기서 끝이 난다 이겁니다."

"대단한 발견이시군요."

시니컬한 말투였다. 안민숙이 입술을 삐죽하는 표정이 눈에 보이는 것만 같았다.

"하여간 안 선생, 걱정하지 마십시오. 내가 없어지면 내게 따른 모든 문제가, 문제랄 것도 없는 문제들이지만 그게 죄다 없어질 거니까 안 선생께선 추호도 걱정하지 마십시오. 나는 지금 우울하다기보다 불쾌해서 참으로 견디지 못하겠소."

"뭐가 그렇게 불쾌하죠?"

안민숙은 걱정이 되는 모양이었다.

"내 자신에 대한 불쾌감이죠. 나는 오늘 거짓말을 꾸몄거든요. 꽤 멋진. 그래서 한동안 유쾌했거든. 그런데 그 유쾌했던 꼬락서니까지 합쳐 거짓말을 한 게 기막히게 불쾌한 거라오."

"무슨 거짓말인데요?"

"나라고 해서 거짓말을 안 해본 사람은 아니지만, 아니 무수한 거짓말을 해왔지만 오늘 한 것 같은 거짓말은 도저히 용서할 수가 없어."

"도대체 무슨 거짓말인데요. 차성희 씨에게 거짓말을 했다는 거예요?"

"천만에, 차성희 씨에 대해선 나는 조지 워싱턴 이상으로 정직한 사람이야."

"도대체 뭐란 말예요."

"결국 차성희 씨에 관한……. 이를테면……."

하는데 또 전화가 뚝 끊겼다.

나는 다시 다이얼을 돌릴 흥미를 잃었다. 안민숙과 대화를 계속해봤자 지루한, 그리고 요령부득인 얘기가 될 뿐인 것이다. 공중전화라는 것은 결론만을 말하는 수단이지 과정을 설명하는 수단은 못 되는 기계다.

나는 어슬렁어슬렁 동대문 쪽을 향해 걸어 올라가며 전화기 앞에 서 있을 안민숙을 일순 눈앞에 그려보고 미안하다고 느꼈다.

무작정 걷고 있을 뿐이지 목적이 없었다. 그렇다고 해서 하숙으로 돌아갈 마음도 없었다. 무턱대고 아무데나 걸어다니고 싶은 흥이 날 까닭도 없었다. 이럴 때가 가장 난처하다는 것을 나는 내 경험을 통해서 안다.

군에 있었을 때의 일이다. 외출을 나왔는데 어쩐지 그날은 동료들과 같이 어울려 쏘다닐 기분이 나질 않았다. 적당한 이유를 둘러대고 혼자 들길을 걷기 시작했는데 들 한가운데쯤에서 돌연 삭막한 감정에 사로잡혀버렸다. 지나간 세월은 허황할 만한 건덕지도 없이 삭막했다. 제대하고 나서 뭣을 하느냐고 생각해봤지만 하나같이 탐탁스럽지 않았다. 더더구나 현재의 생활은 권태의 연속이었다. 나는 그때 비로소 삶이란 것이 뭣이며 어떻게 사는 것이 가장 보람 있는 일인가를 생각해보았다. 그러나 보람이란 말 자체에 실감이 없었다. 다만 생각한 것은 남의 위에 서는 그런 지위는 절대로 피해야겠다는 각오와 같은 것을 다짐하는 일이었다.

그것은 내가 속해 있는 소대의 소대장에 대한 환멸의 반사작용이었다. 군대에 대해서, 인생에 대해서 성실성이란 조금도 없고 직권을 행사하는 데만 혈안이 되어 있는 소대장에게 소대원들은 '부놀'이란 별명을 붙여놓고 그를 경멸했다. '부놀'이란 곧 '놀부'를 거꾸로 한 말이다.

부하들은 그를 경멸할수록 철저하게 복종했다. 소대장이 부르기만 하면 필요한 소리의 배나 되는 높이로 대답했다. 사람 같잖은 놈에게 잔소릴 듣는 건 견딜 수 없다는 마음가짐이 말하지 않는 가운데 소대원 일동에게 통하고 있었던 것이다.

덕택으로 내가 속한 소대는 모범 소대로 이름이 나 있었다. 그런데 일단 전투행위라도 있을 경우가 되면 제일 먼저 죽을 사람은 소대장일 것이란 사실을 소대원 전원은 모두 알고 있었다. 누가 그런 말을 입 밖에 낸 것도 아니다. 말하지 않아도 서로 통하는 미묘한 유대의식으로 그야말로 이심전심이었던 것이다.

그런 내막을 모르는 소대장의 기고만장한 자부는 끝간 데를 몰랐다. 부하들을 못살게만 굴면 잘 된다는 엉뚱한 인식 때문에 그는 소대원을 못살게 구는 방법을 다음 다음으로 연구해냈다. 그러나 그 연구도 끝날 날이 있었다. 소대장이 타고 있던 지프차가 낭떠러지로 굴러서 소대장은 뾰족한 돌 끝에 머리를 찍혀 그 자리에서 즉사하고 말았다.

남의 위에 서는 자리에 앉지 않겠다는 것은 그 소대장처럼 되기 싫다는 뜻만이 아니다. 나는 나 자신의 일도 변변히 치르지 못하는 약한 의지력의 소유자라는 것을 잘 알고 있다. 그런 의지력으로 나 이외의 몇몇 사람들을 거느린다는 것은 말도 안 되는 노릇일 것이었다. 어쩌다 농담 한마디 했다고 신경질을 내는 그 본성 까다로운 사람들을 더욱이 남을 어떻게 통솔하고 지휘한단 말인가. 나는 그때 푸른 들을 보며 농부가 되었으면 했다. 그러나 농촌에서 자란 나는 농사일이 얼마나 고되다는 것을 알고 있다. 나는 농사를 지을 생각도 포기해야 했다.

그때의 그 삭막한 심정이 밤거리를 걷고 있는 가슴속에 옮아져왔다. 거기다 엉뚱한 오해를 받고, 그 때문에 엉뚱한 거짓말까지 해서 내일

부득이 번거로운 이사를 해야 할 생각이 겹치고 보니 에에라, 하는 자포자기의 감정이 솟았다. 자포자기도 정열의 한 종류다.

'이 밤 실컷 타락해버릴까 부다.'

하자 문득 아까 전화박스에서 본 여자가 뇌리를 스쳤다. 얼굴은 천사와 같고 입은 공중변소처럼 추잡한 여자!

나는 나도 모르게 발길을 돌리고 있었다. 일단 금잔디다방으로 가볼 참이었다.

비좁은 계단을 걸어 올라가니 오른편은 치과 의원이었고 그 맞은편이 다방이었다. 기차간처럼 통로를 사이에 두고 좌우에 탁자와 의자가 놓인 좁은 장소였다. 카운터는 안쪽에 있었다. 그 카운터에 기대 서 있는 여자가 아까 전화박스에서 본 여자였다. 그 여자가 나를 알아볼까 하고 포즈를 취해 바라봤는데도 그 여자는 무표정한 얼굴로 엽차를 갖다놓고 갔다. 그 등 뒤를 향해,

"콜라 한 잔 주슈."

하고 나는 외쳤다. 다방엔 다른 손님이란 없었다. 시계를 보니 열한 시. 가게를 닫을 채비를 하고 있는 모양으로 보였다.

콜라 큰 병과 글라스를 갖다놓았다. 날더러 부어 먹으란 시늉인 것 같았다. 글라스에 따르고 보니 또 한 글라스 분이 남았다. 나는 손짓을 했다. 여자가 다가와서,

"왜요?"

하는 표정으로 나를 보았다. 천사 같은 얼굴로 보였던 것은 거리의 불분명한 광선 때문이었고 환한 불빛에서 본 그 얼굴엔 강세된 짙은 화장만이 느껴졌다.

"당신도 글라스 가지고 와요."

명령조의 말이 나왔다.

"뭣하게요."

아까 전화를 걸던 거친 목소리로 물었다.

"이 콜라 같이 마시자구."

"다 못 먹겠거든 남기세요."

"미녀와 같이 한 잔 하자는데 왜 이러는 거야."

나도 거칠게 나왔다.

그리고 속으로,

'이래봬도 나는 예비역 육군 중사야.'

하고 내 자신을 독려했다.

여자는 무슨 말을 할까 하다가 말고 저편으로 가더니 글라스를 들고
와 내 자리의 건너편에 앉았다. 나는 사뭇 정중한 태도로 글라스에 콜
라를 따라주었다.

그리고 글라스를 들고,

"자, 이 올데갈데없는 놈팡이를 위해 축배를 들어주슈."

하며 여자의 글라스에 갖다댔다. 나는 한꺼번에 글라스를 다 비웠다.
여자는 삼분의 일쯤 마시고 글라스를 도로 놓았다. 그때 나는 여자의
눈에 호기심 비슷한 빛이 돌고 있음을 읽었다.

"이 근처에 술 한 잔 할 곳이 없을까요?"

하고 내가 물었다.

"왜 없겠어요. 사방이 술집인데요."

"우리 오늘 밤 같이 술 한 잔 합시다. 올데갈덴 없어도 술을 살 돈은
있소."

여자는 "흠." 하는 표정으로 나를 조금 다른 빛깔의 눈으로 보기 시작

했다. 딴으론 나를 감정해보는 그런 눈치였다. 나는 돌연 치사스러움을 느꼈다. 여자가 입을 떼기 전에 내가 먼저 말했다.

"관둡시다. 생각하니 내 주제엔 숙녀를 꼬실 입장은 못 되는 것 같소."

나는 일어서버렸다.

"어머머머, 혼자 놀고 계시네. 금세 그렇게 마음이 변해요? 여자의 마음이 어쩌구저쩌구 한다지만 요즘 남자는 그보다 더해."

아까 전화통에 대고 한 말투가 그대로 쏟아져 나왔다. 나는 잠자코 카운터로 가서 셈을 하고 뒤도 돌아보지 않고 그 다방에서 나왔다.

호랑이의 굴을 벗어난 느낌이 없지 않았다. 그러나 나는 한편 이런 생각도 했다. 만일 그 여자가 전화박스에서 본 것과 꼭 같은 인상의 얼굴을 가진 여자였더라면 번연히 그 여자가 추잡한 내용물을 가지고 있다는 것을 알면서도 하룻밤의 모험을 사기 위한 수작을 계속했을 것이었다. 그런데 천사의 얼굴과 지옥의 입이란 대조는 나의 일시적인 환각이었고 그 여자의 얼굴은 그 입을 닮아 있었던 것이다.

그 길로 나는 옛날 김소영을 데리고 갔던 목로술집으로 갔다. 술집 주인은 내가 들어서자 큰 소리로 반겼다.

"기자 양반, 오래간만에 오셨구먼요. 왜 그렇게 오시질 않았소. 자, 여기."

하고 내 자리를 마련하고 바로 옆에서 술을 마시고 있는 몇 사람의 남녀에게,

"아까 내가 얘기한 분이 바로 이 기자 양반이오."

하며 뽐내 보였다. 김소영 관계로 몇 차례 증인으로 불려가기도 했던 목로술집의 주인은 내가 변호사까지 붙여 김소영의 뒷일을 보아준다는 사실을 알고 있었다. 목로술집의 주인은 그것을 대견해했다.

"요즘 세상에 그런 인정 쓰는 사람이 어디 있겠어요."

하는 것이 그의 입버릇처럼 되었는데 손님들과 말동무가 되기만 하면 내 얘길 가끔 하는 모양이었다.

"혼자 자시느니 우리와 함께 어울립시다."

하고 옆자리에서 여자 셋을 거느리고 술을 마시고 있던 청년이 내게 제의해왔다.

"그렇게 하시오. 서로 알면 다 좋은 분들이니까요."

주인도 그렇게 권했다.

"좋습니다."

하고 나는 의자를 그리로 돌려놓고 앉았다. 남자는 어떤 음식점에서 매니저 노릇을 하고 있는 사람이었고, 여자들은 같은 장소의 종업원들인데 주인과 의견이 안 맞아 이곳으로 나와 사보타주를 하고 있는 사정이란 걸 나는 알았다.

"우린 한 팀예요."

남자가 말했다. 농구팀·축구팀은 대강 알고 있어도 그런 팀이 있다는 것은 금시초문이어서 나는 무슨 팀이냐고 물었다.

"우리는 어딜 가나 같이 행동한다는 뜻입니다."

그리고 그렇게 하지 않으면 술집에 다녀도 노력의 대가를 제대로 받을 수 없다는 사정 설명을 털어놓았다. 남자로선 미녀 셋을 거느리고 있다는 것이 강점이 되어 주인과 당당하게 거래할 수 있고, 여자들은 또 그 매니저 덕택으로 공을 치지 않고 손님 방엘 들어갈 수 있는 이점을 가지고 있다는 것이다.

술잔이 빈번히 돌아오는 바람에 나는 거나하게 취했다. 세 여자는 각기 특색이 있는 여자들이었는데 남자와의 관계가 어떻게 되어 있는질 몰라 수작을 걸 수가 없었다.

"그런데 말요."

하고 나는 취한 김에 물었다.

"요릿집에 가서 이 색시가 좋다 하고 데이트를 신청하고 싶을 땐 어떻게 하면 되는 겁니까?"

"첫째는 본인의 마음이죠."

"본인의 마음이 등장할 판이면 그것으로서 끝나는 거지 둘째와 셋째가 또 있소?"

"본인의 마음만 갖곤 안 되죠. 우리처럼 팀을 짜고 있을 때는요."

하고 남자는 웃었다. 자신만만한 웃음이었다.

"당신 허락이 있어야 한다, 그거구먼요?"

"그렇죠. 그런데 그렇게 해야 하는 이유가 있는 겁니다. 그 이유도 한두 가지가 아니죠."

남자의 설명은 다음과 같다.

여자가 자기를 꼬시는 남자의 정체를 알아내긴 힘들다는 것, 설혹 정체를 알았어도 노골적으로 돈 애길 꺼내놓기가 거북할 때가 있다는 것, 하룻밤 데이트로 어쩌다 잘못 말려들어갈 경우가 있다는 것, 주인이 알아선 안 되는 경우도 있다는 것, 항상 감시하는 사람이 있다는 걸 앎으로써 여자는 정도를 넘기지 않는다는 것!

"그러니까 어떤 손님이 같이 가자는데요, 하고 꼭 내게 말하게 돼 있죠. 그럴 때 나는 남자의 눈으로 그 손님을 감정하는 겁니다. 그 결과 당장 OK해도 좋다, 두 번째 OK하라, 세 번째 OK하라, 그 사내에겐 절대로 NO OK하라, 라는 식으로 판정을 내려주는 거죠. 그리고 어딜 가나 내게 행선을 알려야 합니다. 돈 벌어갖고 훗날 잘 살자고 이런 짓하

는 건데 자칫 잘못하면 신세를 망치는 거거든요. 더욱이 요즘은 재일
교폰가 뭔가가 사기를 치려고 드는 판이고 일본놈들이 얍삽하게 꾀를
부리려고도 하는 판이니 자위상 우리도 그만한 태세는 갖추고 있는 겁
니다."

"술집에 나가는 여자가 전부 다 그렇진 않겠지."

"물론입니다. 그러니까 이곳저곳에서 비극이 생기는 거죠."

남자는 여전히 자신만만했다. 나는 술이 취한 가운데서도 바로 이런
남자를 '끄나풀'이라고 하는 게 아닐까 하는 생각이 들었나. 여자들에
게 생색을 내주는 체하면서 기실 여자들을 등쳐먹는 족속이 있다고 들
은 기억이 있었기 때문이었다.

그러나 그런 얘길 할 수는 없는 일, 나는 이번엔 내가 내겠다고 선언
을 하고 안주와 술을 청해놓곤,

"이런 든든한 매니저를 가진 당신들은 행복하겠소."

하고 여자들의 얼굴을 쓱 한 번 훑어봤다. 모두들 얼굴에 애매한 웃음
이 있었다. 남자가 또 그들을 대변하고 나섰다.

"요즘 세상은 너무나 약삭빨라요. 우선 주인부터가 그런 걸 어떻게
합니까. 오늘 주인이 하는 말이 여자들이 받는 팁을 풀제制로 하자는
거예요. 누가 얼마를 받건 받은 것을 전부 합쳐놓고 여자들 전원이 꼭
같이 나눠먹도록 하자는 거예요. 그게 될 말이우. 생각해보세요. 하룻
밤 내내 손님에게 시달린 사람과 공을 치고 대기실에서 화투만 치고 있
던 아이들이 꼭 같이 팁을 나눠먹어야 한다는 말이 될 말예요? 공을 친
아이들에겐 주인이 교통비쯤은 줘야 하거든요. 그 돈을 내기 싫어서 그
따위 수작을 하는 거예요. 그런데 이 사람들은 그 수작에 넘어가려는
겁니다. 이 아가씨들은 공치는 날이 없거든요. 그것도 내가 기를 쓰고

덤비는 덕택이죠. 그렇게 번 돈을 남과 나눠먹어요?"

남자가 아무리 말해봤자 나는 납득할 수 없는 얘기였다.

파사데나의 청년들은 우주 정복을 꿈꾸고 있는데, 팁을 나눠먹고 안 먹고가 그렇게 대단한 일인가.

"어려운 얘긴 그만두고 우린 술이나 마십시다."

하고 나는 잔을 세 여자 가운데 가장 젊어 뵈는 아가씨 앞으로 쑥 내밀었다. 잔을 받는 손끝의 빨갛게 매니큐어한 손톱이 황홀했다.

"모두들 이렇게 잘나갖고 기껏 술집에 나가요? 술집 말구 딴 데 갈 곳이 그렇게나 없어요?"

터무니없는 말을, 하고 스스로 느끼면서도 나는 이렇게 지껄였다. 내게서 술잔을 받은 아가씨는 머리를 숙였다.

그 아가씨로부터 재촉해서 돌려받은 술잔을 단숨에 마시고 나는 다음 아가씨에게 잔을 권했다. 그리고 또 다음 아가씨에게……. 이런 동작이 얼마를 계속되었던지 모른다. 그러나 매니저란 남자가 여자를 이끌고 일어섰을 때의 광경은 가물가물 기억 속에 있다.

"모두들 어딜 갈 거요."

하고 분명 내가 물었고,

"단체행동을 하기 위해서요, 오늘 밤은 우리 집으로 모두 갑니다."

하는 대답도 나는 분명히 들었다.

"미녀 셋을 데리고 남자 혼자서……. 화려하겠소이다."

실례인 줄 알면서도 나는 이렇게 말했고,

"좋으시다면 같이 갑시다."

하는 권유를 받은 것까지도 기억에 있다. 그러니 내가 완전히 정신을 잃은 것은 그 다음 순간이었을 것이다.

무겁고 괴로운 잠에서 겨우 깨어났다고 할까, 전신에 나른함을 느끼고 속은 쓰리고 하는 판인데 눈을 떠보니 윤두명의 얼굴 같은 것이 보였다

'이것 꿈이로구나. 이 꿈에서도 빨리 깨어나야지.'

하고 기지개를 켜는데,

"서형, 정신이 돌아왔소?"

하는 윤두명의 말이 들리지 않는가.

나는 다시 눈을 떴다. 분명히 윤두명이 머리맡에 앉아 있었나.

"이거 어떻게 된 일입니까?"

나는 억지로 일어나 앉았다.

"어떻게 되긴, 사람 좀 놀라게 하지 마시오."

윤두명이 퉁명스럽게 말했다.

"놀라게 하다뇨?"

하고 휘둘러본 내 눈앞에 탁상시계가 열한 시를 가리키고 있었다.

"벌써 열한 시가 됐어요?"

"벌써라니."

윤두명이 어이가 없다는 듯 웃었다. 그리고 물었다.

"어쩌자고 그렇게 술을 마셨소. 사장 조카사위 되는 게 그렇게 기뻐서 정신을 못 차릴 정도로 마셨소?"

나는 어안이 벙벙했다. 어젯저녁에 꾸며댄 거짓말이 생각이 나자 그 뒤의 일들이 차례차례로 뇌리에 떠올랐다. 그런데 목로술집의 어느 대목에서 기억의 마디가 뚝 끊어졌다.

"그건 그렇구, 윤 선배는 어떻게 이 집을 알구."

"빨리 세수나 하시구려. 밖에 나가서 얘기하리다."

윤두명의 말은 싸늘했다.

일어나 서기에도 기력을 필요로 했다. 양치질을 하는 데도 노력이 필요했다. 그런데 하숙집 식모아이가 왜 그렇게 입 안의 혀처럼 돌며 시중을 해주는지 알 까닭이 없었다. 전무후무한 서비스였다. 안주인까지 나와서 야단이었다.

"어젯밤 과음하셨죠? 기분이 좋으실 땐 그런 일도 있답니다. 속풀이할 곰국도 장만해두었으니 세수하시고 빨리 식사를 하세요."

그제야 비로소 나는 어젯밤의 거짓말이 그런 작용을 미치고 있다는 사실을 깨달았다. 와락 구토증을 느꼈다.

"난 아무것도 못 먹겠습니다. 그냥 나가렵니다. 그러니 내 걱정은 마시구."

하고 나는 얼른 물을 머리서부터 둘러쓰고 수건으로 훔치며 세면장을 나왔다. 등 뒤에서 안주인의 말이 뒤쫓아왔다.

"모처럼 선생님을 위해 장만한 것인데요. 조금이라도 잡숫구……."

방에 들어가기가 바쁘게 웃옷을 걸치고 윤두명을 재촉해서 나는 밖으로 나와버렸다.

윤두명의 얘길 들으니 어이가 없었다. 결론적으로 말해 신문사 내에선 내가 자살미수를 한 것처럼 되어 있다니 말이다. 윤두명의 말과 내가 어젯밤 한 일을 종합하니 사태는 다음과 같이 진행된 모양이었다.

어젯밤 안민숙은 나와의 전화가 끊기자 한참 동안을 다시 걸려올 전화를 기다렸다. 그러나 전화는 걸려오지 않았다. 약간 불안했다. 죽고 싶다고 한 내 말이 막상 농담만이 아니지 않느냐, 하는 의혹이 생기자 안절부절못하는 마음이 되었다. 하는 수 없이 차성희에게 전화를 걸었다.

"당신 미스터 서보구 한 말이 없수?"

"별루, 그런데 왜?"

"방금 전화가 미스터 서한테서 왔는데 죽고 싶은 심정이라나? 그 이상 설명도 없이 전화는 끊겼는데 가만 생각해보니 막상 농담이 아닌 것 같애. 정말 한 말이 없수? 미스터 서에게 치명상이 될 만한 말 말야."

"글쎄."

하고 차성희는 생각했다. "말씀까지도 불결하시구먼요." 한 생각이 났다. 말까지 불결하다는 건 안팎으로 불결하다는 뜻으로 된다. 감수성 여하에 따라선 그 이상 없는 모욕적인 언사다. 그러나 사나이가 그린 정도로 죽을 생각을 할까? 하는데 안민숙의 말이 겹쳤다.

"잘 생각해봐요. 아무래도 미스터 서는 미스 차 때문에 충격을 받은 거예요. 미스 차, 좀 관대하면 어때요. 사랑이란 용서하는 것이란 있잖아요?"

"미스터 서는 아마 내 사랑이 필요없나봐."

"그게 무슨 소리야?"

"미스 안, 생각해봐요. 오늘 S호텔에서 말야, 내가 화를 내는 척하고 나와버렸거든. 그런데 남의 마음을 조금이라도 이해할 줄 안다면 곧 뒤쫓아나와야 할 것 아냐? 난 하마나 뒤쫓아오나 하구, 자존심 푹 죽이고 느릿느릿 걸었는데 말야, 안 나오지 않아. 하도 속이 상해서 도로 S호텔로 가서 먼빛으로 동정을 살펴봤거든. 그랬더니 글쎄 혼자서 새로 커피를 시켜놓고 태연자약한 그 꼴이란! 그 사람이 어쩌다 기분을 내어 하숙집에 여자 데리고 간 것쯤이야 이젠 문제도 안 돼. 남의 마음을 이해할 려구도 안 하는 그 태도가 돼먹지 않은 거야. 그래 결심을 할까 해."

"천치, 바보, 머저리, 꽁생원, 얌체. 미스 차, 들어보라구. 그 사람은 그 편지 때문에 지금 멍청해 있는 거야. 멍청한 것과 태연자약을 구별

124

못하는 맹추야, 당신은. 자기의 처지가 그렇게 돼놓으니 당신을 따라 일어서지도 못한 거야. 그런 걸 트집을 잡구⋯⋯. 그러니까 그 사람 죽을 생각까지 했는지 몰라. 혹시 그 사람 그런 못된 짓을 하면 어떡허지?"

"그럴 리야 없지. 그럴 리가 없겠지?"

차성희는 갑자기 불안해져 비명에 가까운 소릴 냈다.

"설마 그럴 리야 없겠지만 왠지 마음이 께름해."

"미스 안, 혹시 그분 하숙집 전화번호 알아요?"

안민숙은 알고 있었지만 안다고 할 수가 없었다. 알고 있어도 밤중에 전화할 형편은 못 되는 것이다.

"회사에 가면 연락부에 하숙 번호가 있을 테지만."

"밤에 회사에 갈 수도 없구 어떡허지?"

"어떡허긴, 오늘 밤만이라도 하느님을 믿어요. 그리구 기도해요. 내일 아침까지 무사하게 넘겨달라구. 그 대신 내일부턴 자기가 붙어다니며 보살피겠다구."

이런 전화가 있고 밤이 새었다.

회사에 출근을 했는데 내가 나타나지 않았다. 차성희는 간이 털썩 내려앉았다. 안민숙도 같은 심정이었다. 안민숙이 어젯밤의 사유를 교정부장에게 말했다. 교정부장은 그들의 위구를 일소에 부치려다가 내가 다시는 무단결근을 안 하겠다는 맹세를 했던 사실을 생각했다.

내 하숙에 부장이 전화를 걸었다. 의식불명으로 술에 취해 아직 누워 있다는 대답이었다. 그 의식불명이란 점이 불안했다. 부장은 내 하숙의 지리를 소상하게 물었다. 그리고 윤두명과 의논을 했다. 부장인 자기는 자리를 비울 수 없으니 윤두명이 대신 가보라고. 그래서 윤두명이 내 하숙을 찾았다. 하숙집 안주인의 말은,

"사장 조카딸과 결혼하게 되었다며 어젯밤 퍽 기분이 좋았던 모양예요. 그래 약주를 과하게 마신 것 같아요."

윤두명이 방으로 들어와 잠든 나를 지켜보고 있다가 자살을 기도한 흔적이 있을까 해서 찾았으나 그런 것은 없었다.

"그래 우 부장헌텐 서재필이 살아 있고 당분간 계속 살아 있을 것이니 걱정 말라는 전화는 해두었지. 그랬더니 코를 꿰어서라도 당장 데리고 오라는 명령이 내렸어. 나는 목하 그 임무를 수행하고 있는 중이야."

윤두명은 자기의 설명을 이렇게 끝맺고 이어 물었다.

"그런데 사장 조카딸과 결혼한다는 말은 무슨 소린가?"

나는 곧이곧대로 대답하지 않을 수 없었다. 내 이야기를 듣고 난 윤두명은,

"우리 서형을 젊은 사람으로선 드물게 보는 탈속한 인물로 알고 있었더니 그런 면도 있었구면."

하고 빙그레 웃었다.

"부끄럽습니다."

솔직한 감정이었다.

"부끄럽긴. 그런 기분도 없어서야 어떻게 젊다고 할 수 있어?"

그러니 이 말은 젊으니까 추잡한 거짓말을 꾸며도 좋다는 말은 아닐 것이었다. 윤두명은 사장 앞으로 들어온 나에 관한 밀고의 편지를 언급하면서 그만한 일로 의식을 잃을 정도로 술을 마셔서야 쓰겠느냐고 선배다운 충고도 잊지 않았다. 그 말엔 약간의 오해가 바탕이 되어 있는 것 같았지만 굳이 석명하지 않고 나는 다음과 같이 얼버무렸다

"안 될 말이죠. 파사데나의 청년들은 우주 정복을 꿈꾸며 노력하고 있다는데 말입니다."

꽃은 한 번밖엔 피지 않는다

정말 어처구니가 없는 일이다.

내가 자살을 하려다가 미수에 그쳤다는 소문이 신문사 내에 제법 광범위하게 퍼진 모양이니 말이다. 고의로 그런 사실을 퍼뜨릴 사람이 내 주변에 있을 것 같지 않고, 아예 그런 사람이 있지도 않았는데도 대체 어떻게 된 일일까 하고 생각하니 정말 어처구니가 없다.

물론 아니 땐 굴뚝에서 연기가 난 것은 아니다. 분명히 나는 그날 밤 술에 취한 기분이 과잉해서 안민숙에게 엉뚱한 전화를 걸었고 죽어버렸으면 좋겠다는 뜻의 말을 한 적이 있다. 그리고 그날 밤의 과음이 무계출 결근이란 결과가 되고 보니, 다시는 무계출 결근을 안 하겠노라고 맹세한 내 처지를 알고 있는 안민숙이 교정부장에게 과장된 보고를 했고 그 때문에 윤두명이 내 하숙에까지 달려온 것은 사실이다. 그러나,

"윤두명 씨가 조금 늦게 갔더라면 서재필은 이미 죽어 있었을 것이다."

하는 말은 터무니가 없다. 안민숙이나 교정부장이나 윤두명 씨가 그런 소문을 퍼뜨렸을 까닭은 없다. 도리어 그들은 그런 일이 없었노라고 딱 잡아떼기까지 했다. 그런데 그 딱 잡아뗀 태도가 소문을 진실답게 만들어버리는 효과를 만들어냈다면 몇 번 되풀이하지만 참으로 어처구니가

없는 노릇이다.

허나 나는 그런 사실을 얼마 동안을 몰랐다. 도서실을 관리하고 있는 올드미스 정양鄭孃의 나에 대한 태도가 변한 까닭이 그 소문 때문이란 걸 안 것도 훨씬 뒤의 일이다.

종전의 정양은 내가 도서실에 들어갈 때나 나올 때 인사하는 법이 전연 없었다. 재미도 없는 세상을 억지로 살아준다는 그런 표정을 감추려 하지 않았다. 언젠가, 전에 보였던 책이 눈에 띄질 않아 그 연유를 물은 적이 있는데,

"도서실에 드나드는 사람이 한둘이에요?"

하는 싸늘한 답을 들은 것이 미스 정의 말소리를 들은 유일한 경우였다. 그러나 내게만 그런 태도를 취하는 것은 아닌 모양으로 계수명이 투덜대는 소릴 들은 적이 있다.

"도서실의 미스 정은 찔러도 붉은 피 한 방울 안 나올 거라. 시꺼먼 먹물 같은 거나 나올까?"

이에 대꾸한 김달수의 말은,

"올드미스가 되기가 쉬운 줄 아세요? 수천만 남자들의 눈을 피해 올드미스로 남아 있기란 대단한 겁니다."

"그런 꼴이니까 올드미스가 된 건지 아니면 올드미스니까 그렇게 된 건지……."

계수명은 이어 무슨 말인가를 덧붙였지만 그땐 별로 관심이 없었던 탓으로 흘려들었던 것인데 바로 그 미스 정의 나를 대하는 태도에 변화가 일어난 것이다.

내가 주로 도서실에 가는 건 『파리 마치』라고 하는 프랑스의 주간잡지를 보기 위해서였는데 신문사 내엔 불문과 출신이 몇 사람 있어 그

주에 온 잡지를 주중에 읽는다는 것은 요행에 가까웠다. 그런데 어느 날 내가 도서실에 들어가 『파리 마치』를 찾느라고 두리번거리고 있었더니 미스 정이 살큼 내 곁으로 다가서서,

"이걸 찾으시는 게 아녜요?"

하고 그 잡지를 내밀며 미소까지 지어 보이는 것이 아닌가.

나는 그 친절에도 물론 놀랐지만 미스 정의 얼굴에도 미소가 오를 수 있다는 사실의 발견이 더욱 놀라왔다. 『파리 마치』의 그 호엔 공쿠르 문학상을 탄 '아자르'란 자는 실존인물이 아니며 어떤 기성작가의 익명일 것이란 폭로 기사가 실려 있어 상당히 흥미가 있었지만 그보다도 올드미스의 얼굴에 오른 미소의 뜻을 생각하는 것이 더욱 흥미가 있었다. 그러나 결론은 다음과 같았다.

'미소를 짓는 미스 정은 이미 미스 정이 아니다. 올드미스는 올드미스답게 안면근육이 굳어 있는 편이 어울린다. 재미없는 세상을 억지로 살아준다는 그런 표정과 태도를 유지해야만 비로소 미스 정의 존재 이유는 뚜렷한 것으로 된다.'

그러나 그때 나는 미스 정의 미소를 날씨의 탓으로 돌리고 말았는데 그런 것이 아니었다. 나에 대한 태도만은 확실히 달라져 있었다. 다른 사람에겐 얼어붙은 가면처럼 대하던 얼굴이 내게로 돌아올 땐 순식간에 변화를 일으킨다는 것을 눈치채게 된 것이다. 그러자마자 나는 무슨 죄나 지은 것처럼 그 앞에 서면 얼굴을 들지 못하는 심정으로 되었고, 그러니 자연 도서실 출입을 멀리하게 되었다.

그러한 어느 날이었다. 그날은 당번이어서 늦게까지 회사에 있다가 혼자 퇴근을 하는데 신문사에서 이백 미터쯤 떨어진 거리에서 미스 정을 만났다. 만난 것이 아니라 미스 정이 나를 기다리고 있었던 모양이

었다. 미스 정은 나를 보자 황급히 두툼한 서류봉투를 내밀었다. 나는 엉겁결에 그 봉투를 받아들고,

"이게 뭡니까?"

하고 물었다.

"선생님이 즐겨 읽으시는 잡지예요. 요즘 통 도서실에 오시질 않데요, 그래서……."

"회사 책인데……."

나는 거북해했다.

"읽으시고 돌려만 주시면 돼요."

쉽게 이렇게 말했지만 이런 결단을 내리기까지엔 상당한 용기가 필요했을 것이란 짐작이 들었다. 그런 만큼 나는 그 호의가 거북했다. 점심시간이 남아돌 때 심심풀이로나 읽을 잡지였지 집에까지 가지고 가서 읽어야 할 필요는 없는 것이었다. 그러나 그런 내색은 할 수가 없었다.

"고맙습니다. 내일 돌려드리죠."

하고 떠나려다가 물었다.

"참, 식사라도 같이 할까요?"

"선생님이 괜찮으시다면."

미스 정은 꺼져 들어가는 듯한 말로 대답했다.

"어딜 갈까요?"

"선생님 좋으신 대루요."

그런 시간에 식사할 집을 찾는다는 건 그다지 쉬운 일이 아니다. 거의 전부가 술집으로 변해버리기 때문이다.

술집으로 미스 정을 데리고 갈 생각은 나지 않았다. 미스 정에 대해 실례가 된다는 것보다 긴 시간을 같이 있고 싶지 않다는 경계의식이 앞

선 것이다. 그러고 보니 갈 곳이란 중국집밖에 없었다.

"자장면 어떻습니까?"

"좋아요."

나는 자장면을 시켰다. 나는 가끔 중국집에서 우동을 시켜 먹는 경우는 있어도 군에서 나온 이래 자장면을 먹은 적은 없다. 우동이나 자장면이나 별반 다를 바가 없는데도 나는 자장면을 생각하기만 하면 외로워지는 그런 알레르기를 가지고 있다.

졸병으로 있을 때 한 그릇의 자장면을 먹기 위해 산의 능선을 타고 삼십 리 길을 걸은 적이 있기 때문도 있다. 자장면 다섯 그릇을 먹어치우던 전우가 제대한 지 얼마 안 되어 자살한 사실이 있기 때문이기도 했다.

자장면이란 그다지 신통한 맛을 가진 음식이 아니다. 보기에 산뜻한, 그런 것도 아니다. 배가 고프니까 맛이 생기는, 그래서 먹고 먹고 하다가 보니 먹는 버릇이 된, 지독한 가난의 맛이 덕지덕지 암록색으로 엉겨붙은 밀국수의 줄기 줄기가 타액에 섞이는……. 중국 사람이 이 땅으로 와서 용케도 우리의 가난을 간파하고 그 가난한 식성의 비위를 맞춘 상술이 바로 자장면이 아니었던가.

그런데 하필이면 나는 미스 정을 허술한 중국집으로 데리고 가서 마음에도 없는 자장면을 시킨 것이다.

주문한 자장면이 날라져 오자 나는 미스 정을 깔보는 잠재의식이 이런 짓을 하지 않았나 싶어 마음이 아팠다. 그래서 충분히 시장할 때인데도 식욕을 잃었다. 고춧가루를 미울하리만큼 많이 뿌려놓곤 젓가락을 들 생각을 잃었다.

이런 나의 태도를 지켜보고 있었던 모양으로 미스 정도 젓가락을 들지 않았다. 그리고 그 얼굴에 슬픔이 담뿍했다. 무슨 말을 해야겠다는 데도 적당한 말이 생각나질 않았다. 나는 담배를 피워물었다.

"서 선생니임."

님을 '니임'으로 발성한 미스 정의 말이 들렸다. 나는 타고 있는 담배 끝을 보고 있던 눈을 들었다.

"여기서 나가요. 제가 술을 한 잔 사죠."

미스 정이 속삭이듯 했다. 미스 정이 나를 데리고 간 곳은 변두리에 있는 살롱이었다. 택시 안에서 한 말에 의하면 여고시절의 동창생이 하는 집이라고 했다. 미스 정은 그 살롱의 깊숙한 방으로 나를 안내하자 억지로 위스키를 스트레이트로 석 잔을 권하더니 충고를 시작했다.

"죽는다는 건 마지막예요. 마지막은 언제이건 있게 마련인 거예요. 그런데 왜 하필이면 지금 죽을 필요가 있죠? 내일에도 모레에도 언제든 가능이 있고 기회는 있어요. 서 선생님에겐 젊음이 있지 않아요? 그런데 뭣 때문에 미리 패배하려는 거예요. 그건 선생님이 고독해서 그래요. 힘을 내세요. 어떤 문둥병자가 쓴 책을 보았는데 그런 병에 걸렸으면서도 살려는 의지는 대단했어요. 그 의지를 배워야 해요……."

무슨 소릴 하는가고 듣고만 있었더니 미스 정은 내가 지금이라도 자살할 것처럼 치고 얘기를 하고 있었다. 기가 막혀 말이 안 나올 지경이었다.

'내가 자살을 해? 천하의 사람들이 모두 자살해봐라, 그래도 나는 자살하지 않을 테다.'

이렇게 소리를 지르고 싶은 충동이 없진 않았지만 나는 빙그레 웃고만 있었다. 나는 바로 며칠 전 양춘배 기자로부터 엇비슷한 충고를 들은 적이 있었기 때문에 슬그머니 그 충고를 비교해볼 생각이 든 것이다.

양춘배는 김소영 사건으로 내가 신세를 진 후, 빈번한 상종은 없어도 타 부의 사람치곤 비교적 접촉이 있었던 기자다. 나는 그를 통해서 나의 자살미수에 관한 소문이 신문사 내에 광범하게 퍼져 있다는 사실을 알기도 한 것인데 어느 날 저녁을 같이하자고 나를 초대한 자리에서 다음과 같은 말을 했었다.

"서 선배? 어느 작가가 쓴 글에서 읽은 얘깁니다만, 조금만 계산할 줄 알면 인생은 그다지 살기 어려운 것이 아니라고 합니다."

그때만 해도 그의 의도를 몰랐던 나는 가벼운 기분으로,

"조금만 계산할 줄 안다는, 그 조금만이란 게 문제가 아니겠소."

하고 응수를 했다. 그랬는데 양춘배는,

"서 선배, 서 선배께서 그런 극한적인 생각까지 하신 경위를 알고 싶은데 한번 툭 털어놓으실 생각은 없습니까?"

하며 정색을 했다. 그는 내가 자살미수했다는 소문을 그대로 곧이듣고 언제 또 그런 짓을 할지 모르는 위험상태에 있다고 보고 있는 것이 확실했다. 나는 어이가 없어서 웃었다.

"양형! 나는 자살을 해야 할 만큼 내 인생에 애착해본 적도 없소. 자살을 생각할 만큼 진지하게 골똘하게 인생을 연구한 적도 없소. 자살은 절망한 끝의 행동이 아니겠소. 그런데 절망도 일종의 정열입니다. 사람을 절망에까지 이끌어가려면 그만한 정열이 있어야 하는 겁니다. 내겐 그런 정열도 없어요. 그런 정열도 없는 놈이 어떻게 감히 자살을 하려 하겠소."

이건 정직한 나의 고백이었는데 양춘배는 믿질 않았다.

"내게도 정열은 없습니다. 그런데도 죽을 생각을 몇 번이고 했거든요."

"그러나 결국 죽진 않았지 않소."

"이유는 단 하나. 내겐 유복자인 나를 기른 어머니가 있습니다. 어머니 때문에 죽지 못한 겁니다."

"그럼 어떻게 되는 겁니까, 경험자가 경험을 말하는 겁니까?"

말이 이렇게 빗나가고 보니 양춘배는 나의 자살미수의 확증을 얻은 기분으로 된 모양이었다.

"내 자신 그런 기분이 되기도 했으니 서 선배께 충고는 안 하겠습니다. 단 오늘날 우리의 형편은 나라 전체로서도 개인으로서도 보류된 형편에 있지 않습니까. 보류된 형편이란 가능의 보류된 형편이란 뜻입니다. 나라로서나 개인으로서나 가능이 보류되어 있는 상황을 견디지 못해서 자멸한다는 것은 그야말로 패배가 아닙니까. 꽃은 한 번밖엔 피지 않습니다. 그런데 한 번의 꽃도 피우지 않고 스스로 시들어버린다면 너무나 기막힌 일이 아닐까요? 한 가지 예만 들죠. 휴전선을 저대로 두고 죽을 수 있습니까?"

난데없이 휴전선이 튀어나오는 바람에 나는 적이 놀랐다. 그러나 그 휴전선을 들먹인 마음의 바탕엔 갖가지의 가닥이, 줄기가 있을 것이었다.

나는 잡은 술잔을 들다가 말고 양춘배의 얼굴을 똑바로 보았다. 성실하게 부지런하게 살려는 이 나라 젊은 지성의 얼굴을 거기서 보았다. 이 나라의 젊은 지성이기에 견딜 줄 알고 슬퍼할 줄 아는, 그러니까 평범할 수밖에 없는 얼굴이 거기에 있었다.

나는 뭉클 가슴이 뛰고 눈물이 솟아오르는 것을 억제할 수가 없었다.

'그렇다. 휴전선을 저대로 두곤 죽을 수가 없다, 누구나.'

이것은 양춘배의 말과는 달리 움직인 내 마음의 독백이었다.

휴전선만 없으면 오늘 우리의 청년이 이 꼴일 수가 없다. 나는 사십 도 영하의 고지에서 견디어낸 군대시절의 나날을 회상했다. 그 불모의 고통! 휴전선으로 표현된 동족상잔의 그 상황만 없으면 청년 삼 년 동안은 기술에 있어서뿐만 아니라 인생에 있어서 숙련공으로 단련할 수 있는 충분한 시간이다. 뜻과 역량만 있으면 박사논문을 넉넉히 완성시킬 수 있는 시간이다. 올림픽대회에 나가 금메달을 딸 수 있는 기량을 양성할 수 있는 시간이기도 하다. 사랑의 씨를 뿌리고 행복의 화원을 준비할 수 있는 기막힌 시간이기도 하다. 그 시간의 상실 때문에 좌절된 인생이 또한 얼마나 많을까. 그런데 그 황금의 시간을 휴전선 때문에, 구체적으로 말하면 김일성 집단 때문에 낭비해야 하는 것이다.

나만 해도 그렇다. 그 휴전선만 없었더라면 나는 수학을 버리지 않았을지 모른다. 파사데나의 청년들처럼 천체의 어느 곳으로 비상하기 위한 준비에 골몰하고 있을지 모른다. 혹시 정치에 몰두하는 청년이 되었을지도 모른다. 휴전선이 없고 김일성 집단만 없어봐라……

휴전선이란 곧 전선이란 말이다. 화산엔 사화산·휴화산·활화산 세 가지가 있다. 휴화산은 언제 활화산이 될지 모르는 위험을 항상 내포하고 있다. 그와 마찬가지로 휴전선은 언제나 전선인 것이다. 북쪽의 청년들은 우리와 정반대되는 생각을 하고 있을 것이니 말이다.

"양형, 의견에 동감이오."

하자 양춘배는 말했다.

"그러나 우리의 이러한 현실을 저주하진 맙시다. 전 세계의 고통을 우리가 대신해서 그야말로 선수의 입장에서 겪고 있는 게 아닙니까. 우린 일본 사람 부러워할 것 없어요."

술자리에서 일어서며 양춘배는 내게 손을 내밀었다.

"그러니 다신 그런 극한적인 일이 없겠다고 약속해주셔야죠."

"내일 또 만나 휴전선 얘기를 하자는 뜻으로 악수를 할망정, 자살하지 않겠다는 약속은 못 하겠소."

양춘배는 놀란 눈초리가 되었다. 그래 나는 다음과 같이 말함으로써 그의 마음을 풀었다.

"내게 이런 선배가 있었소. 어떤 일로 오해를 받고 감옥살이를 하는데 자꾸만 전향서를 쓰라더란 거요. 공산주의를 청산하겠다는 뜻의 전향서죠. 그 선배는 난처하기 짝이 없더라는 얘기였소. 공산주의를 한적도 없고 할 생각도 없는데 어디서 어디로 전향해야 되는가 하는 거였죠. 결국 거절하고 말았다는 건데 지금 양형의 태도가 그 얘길 연상하게 했소. 난 자살할 생각이 기왕에도 없었고 지금도 없는데 어떻게 그 약속을 하자는 거요."

나는 미스 정의 얘기에 귀를 기울이는 체 하면서도 양춘배와의 응수를 회상하고 있었다. 양춘배의 얘기를 상기시킨 점에 의미가 있었달 뿐 미스 정의 얘기는 전연 난센스에 가깝다는 결론에 이르렀다. 그러나 그 여심을 괄세할 순 없었다. 나는 권하는 대로 술을 마시곤 한마디 했다.

"미스 정, 걱정하지 마십시오. 휴전선이 저렇게 있는 동안엔 자살하지 않을 거니까요."

"휴전선?"

미스 정의 표정이 이상스럽게 이지러졌다. 이 사람이 살큼 돈 것이 아닐까, 하고 사람을 볼 적의 그 눈빛이 되었다. 결국 휴전선에 관한 공감은 미스 정에겐 없었다. 이것이 곧 남자와 여자와의 차이일까 싶은 의식이 들었다. 헌데 이런 의식이 내 마음에서 제동력을 잃게 한 것인지 모른다. 내가 맹랑한 소릴 지껄이게 된 것은 아마 그때부터였을 것이다.

"미스 정? 누구에게나, 어떤 사정에서나 남을 동정하지 마십시오. 그러니 미소를 짓지 마십시오. 올드미스답게 비정하고 냉혹한 태도와 표정을 그냥 지녀야죠. 그래야 위신이 섭니다. 올드미스다운 매력도 있구요. 웃음을 띠다니 천만부당한 일입니다. 어느 누가 이런 말을 합디다. 수천만 사나이의 눈을 피해 올드미스로 남아 있다는 것은 대단한 일이라구요."

내 말을 어느 정도로 이해할 수 있었는지는 낸들 알 까닭이 없다. 내 자신 무슨 소리를 지껄이고 있었는지 몰랐으니 말이다. 그러나 미스 정의 표정에 나타난 공포의 빛깔은 파악할 수가 있었다. 콜라만 마시고 있었는데도 미스 정의 눈빛은 술에 취한 것처럼 이글거리고 있었다. 내 마음속에 한 가닥 동정심이 일었다.

"미스 정, 웃지도 말고 친절하지도 마십시오. 내가 아무 일 없이 당신 앞을 지나갈 수 있게요."

동정에 서린 이 말이 무슨 오해를 유발한 게 분명했다. 미스 정은 어느새 몸을 날려 내 곁으로 오더니 얼굴을 내 가슴에 파묻고 흐느끼기 시작했다.

나는 어리둥절한 기분으로 한 손을 그 허리 위에 얹었다. 그러지 않고선 그 팔을 소파 뒤로 넘겨두어야 했기 때문이었다. 그런 부자연한 자세는 미스 정에 대한 모욕이 될 것이란 의식의 탓도 있어 나는 그대로의 자세로 가만히 있었다. 바로 그 손끝에 닿을락말락한 곳에 젖가슴이 전자적電磁的인 진동을 하고 있다는 것을 스웨터 위에서도 감촉할 수가 있었다.

"아무 일 없이 꼭 내 앞을 지나가야 하나요?"

흐느낌 사이로 새어나온 가냘픈 음성이 들렸다.

"아마 나는 모험주의자는 못 되는 모양입니다."

"모험주의자도 못 되면서 자살할 생각을 해요?"

미스 정은 얼굴을 들고 눈물 자국을 닦았다. 그 딱딱한 사감 선생 같은 얼굴이 소녀처럼 수줍은 포즈를 취할 수 있다는 건 이상한 일이었다. 나는 미스 정의 그 말을 다음과 같이 풀이했다.

'이왕 자살할 작정까지 한 값 없는 몸이면 이 올드미스에게 봉사라도 하면 어때.'

미스 정은 자세를 바로 하더니 비어 있는 내 잔에 술을 따르고 자기의 글라스엔 콜라를 따랐다.

"미스 정도 한 잔쯤 하시구려."

나는 술병을 들고 콜라의 글라스에 한두 방울 위스키를 따랐다.

이때 소리 없이 문이 열리더니 살롱의 마담이 들어왔다. 비너스의 계곡 들머리쯤까지 알몸을 드러낸 검은 이브닝드레스를 입은 마담의 풍만한 여체에선 음탕한 내음이 향수와 더불어 코를 찔렀다. 목엔 진주목걸이가 걸렸고 귀엔 백금빛 귀걸이가 빛났다.

"우린 십 년 전 동기동창예요. 그런데 나는 이처럼 타락하구 이 애는 아직도 수녀처럼 청순하고. 십 년이면 강산까진 변하지 않아도 인생은 확실히 변해요."

마담은 요염한 웃음을 섞으며 이렇게 말하곤 내 글라스에 얼음을 보충하고 덧붙였다.

"선생님, 이 애의 교육을 좀 시켜주셔야 해요."

"무슨 교육 말입니까?"

"인생을 그처럼 어렵게 살 필요가 없다는 교육 말예요."

"그런 교육이면 제가 받고 싶은데요."

"그러시다면 제가 가르쳐드릴까?"

마담의 흐르는 눈꼬리가 내 앞이마에 간지럽게 느껴졌다.

"말 마라 얘, 이분은 베르테르처럼 순진한 분이란다."

미스 정이 뚜벅 말을 끼웠다.

"베르테르는 안 돼요. 그 사람은 자살하잖아요? 자살은 안 돼요. 아직도 저 구름 속엔 태양이 빛나고 있는데 자살하면 쓰나요?"

마담은 수선스럽게 자기의 유식을 뽐냈다.

"그러니까 하는 말 아냐?"

미스 정이 한숨을 쉬었다. 나는 꼼짝 없이 베르테르의 포즈를 취할 수밖에 없게 되었다. 점퍼 차림의 베르테르! 교정지 잉크가 손가락 사이에 지워지지 않고 남아 있는 베르테르! 나는 탁자 위 꽃병에서 반쯤 시들어가는 붉은 장미꽃 하나를 뽑아 점퍼 윗포켓에 꽂았다.

"오오, 나이스. 그러고 보니 베르테르보다 오스카 와일드를 닮으셨군요."

마담의 교태는 약간 오버한 감이 없진 않았으나 밉살스럽기까진 않았다. 여고, 여대를 통해 교태에 양념을 칠 정도의 지식을 배운 것이거니 싶으니 인생을 어렵게 살 필요는 없다는 철학을 납득할 수가 있었다.

마담의 출현으로 무드가 바뀌었다. 쉴 새 없는 재담과 교태로 침울한 공기를 말끔히 추방해버리고 탕남 탕녀가 느긋이 젖어들 수 있는 분위기를 만들어버린 것이다. 나는 비로소 가벼운 마음으로 술잔을 들 수가 있었다. 그러나 미스 정의 기분은 달랐던 모양이다. 한창 마담이 신나게 얘기를 엮어내고 있는데 미스 정이,

"너 손님들한테 안 가봐도 되니?"

하고 얘기의 허리를 잘랐다.

"손님들은 다 갔어. 일 보는 애들도 다 갔구. 이 집엔 오늘 우리들뿐야."

"벌써 시간이 그렇게 됐어요?"

나는 시계를 보았다. 거의 열두 시가 가까운 시각이었으니까 그런 시각이 되어 있을 만도 했다. 일곱 시에 퇴근한 기분으로 있었기 때문에 채 시계를 들여다보지도 않았던 것이다.

"어마나……."

하고 미스 정이 당황했다.

"걱정 말어. 넌 나허구 같이 자고 베르테르 씨는 요 건너 여관에 주무시면 될 게 아냐?"

마담에겐 참으로 이 세상에 어려운 일이란 없는 것 같았다. 마담은 새로운 잔을 내게 권하고 자기에게도 한 잔 달라고 청했다. 그리고 얼마 남지 않은 술병을 들어 보이며,

"우리 시 바텀 해요."

시 바텀이란 바닥을 보자는 소리다. 영어에 그런 말이 있는 건지, 우리말을 직역한 것인지 알 수는 없다. 하여간 나는 마담의 제의에 동의했다.

"레트 시 바텀."

정각 열두 시에 우리는 자리에서 일어섰다. 건너편 여관에 기어들기란 쉬운 일이었다. 마담의 세위가 미친 탓인지 내가 안내된 방은 이층 구석에 있었는데 변두리 여관치곤 딜럭스한 방이라고 할 수가 있었다.

나는 점퍼를 벗어 팽개치고 양말도 벗어던졌다. 뭔가 광폭한 힘이 아랫배로부터 끓어오르는 기분이었다. 무슨 짓이건 못할 짓이 없을 것 같은 그런 기분이었다. 방 밖에서 마담과 미스 정이 주고받는 속삭임이

들려왔다.

"베르테르는 위험해, 괜히……."

"그렇지만……."

"안 돼, 안 돼……."

"잠드는 것만 보고 갈게, 그럼."

"기다릴게, 그럼."

분명히 그건 내가 죽을까봐 걱정하는 말들이었다. 걱정하는 체하는 말인지도 몰랐다.

'제기랄!'

자살이 그렇게 쉬운 일인가. 나는 바지까지 벗고 침대 속으로 기어들어갔다. 시트의 싸늘한 감촉으로 해서 나는 자살도 무방하다는 생각을 가졌다. 모두들 악착같이 살려고 덤비고 있는데,

"너희들끼리 잘해봐."

하고 고답적인 웃음을 띠고 사라져가는 것도 스마트한 일이다. 휴전선 같은 것은 양춘배처럼 성실한 청년들에게 맡겨놓고…….

이렇게 내가 완전히 니힐한 기분에 젖어들고 있었을 때 미스 정이 방안으로 들어온 모양이다. 어떤 계기로 격투가 시작되었는지는 모른다. 하여간 격투는 있었다. 그러나 그 격투는 시나리오를 써놓고 하는 레슬링이나 다를 바가 없었다. 결국 나는 승리하게 돼 있고 상대방은 질 각오를 미리 하고 그 타이밍만 기다리고 있는 그런 식의 격투였던 것이다.

이윽고 나는 미스 정을 실오라기 하나 걸치지 않은 알몸으로 만들어버렸고 옷을 입고 있었을 때는 상상도 못했던 풍성한 그 젖가슴에 내 뺨을 비비며 '시월달의 밤송이'를 연상했다.

시월달의 밤송이는 장대의 끝을 갖다대기만 하면 기다렸다는 듯이

터져 밤알이 쏟아져 내린다. 그러니 알몸의 미스 정이 내 몸에 안겨 있다고 해서 이건 누구의 죄도 아닌 것이다. 휴전선의 탓도 아니다. 그런데 나의 의식이 돌연 또렷해진 것은 그 다음 순간부터였다.

나의 광폭한 의지의 첨단이 탄력을 가진 어떤 저항에 부딪혔다. 밀면 늘어지는 고무의 촉감 같은 것을 시각화할 수 있을 정도로 그 저항감은 선명했다. 드디어 한량을 넘어선 풍선이 탁 터지는 순간이 눈에 보이듯 하며 그 저항의 벽이 무너졌을 때 나는 아련한 눈초리로 미스 정의 얼굴을 내려다봤다.

입술을 깨물고 숨을 몰아쉰, 혼신의 힘을 다해 고통을 견디는 그 필사적인 얼굴의 긴장이 "으음." 하는 신음소리와 함께 풀어지는 그 순간, 여자의 얼굴은 애처로우리만큼 아름다웠다. 나는 얼굴을 그 가슴팍에 묻었다. 여자의 양팔이 내 허리를 감았다. 나는 비로소 이 우주간에 있는 하나의 처녀성이, 삼십수 년을 지켜온 끝에 이제 낙성을 했다는 실감을 얻었다.

그 순간 나는 차성희를 생각했다. 차성희의 경우일 것 같으면 이는 낙성이 아니고 행복의 성으로 들어가기 위한 개문일 것이 아니었던가. 그러나저러나 이 순간 나는 미스 정의 낙성을 슬퍼해주는 의무만은 다 해야 했다. 나는 서서히 동작을 일으키고 고통의 문을 지난 여체를 환희의 문으로 인도하기 시작했다. 그리고 드디어 미스 정의 여체가 고통을 대상하고도 남을 환희를 반영하는 것을 확인하고서야 의식을 끝냈다.

그러고도 경련을 멎지 않은 여체를 진정시키고 미스 정의 의식이 회복되도록 하기 위해선 상당한 시간이 걸렸다. 무슨 말인가, 한마디쯤 말이 필요하다고도 생각했지만 나는 끝내 한마디도 발성할 수가 없었다.

이것은 미스 정의 낙성만으로 모든 것이 끝났다는 내 자신의 선고이기도 했다. 처녀성이 낙성한 뒤 어떤 운명이 미스 정을 사로잡건 내가 알 바가 아니란 내 스스로의 다짐이기도 했다. 나와 미스 정은 공범자가 될 수는 있을망정 사랑하는 사이는 아니다. 공범자끼리는 말이 없어야 한다. 입을 벌리기만 하면 서로의 죄를 들추는 결과밖에 더 될 것이 없는 것이다.

목욕탕엘 가야만 할 사정이었다. 나는 심야의 욕실에서 냉수로 몸을 씻었다. 취기가 말끔히 가셔버린 의식의 눈으로 한때 광폭했던 그 의지의 첨단을 보는 것은 허망한 노릇이었다.

욕실에서 돌아와보니 미스 정은 아직 알몸인 채 등을 돌리고 시트의 붉은 흔적을 넋을 잃은 채 닦고 있었다. 나는 그 알몸의 어깨를 가볍게 안아주고 자리에 누웠다. 그리고,

'아무 일 없이 당신 곁을 지나쳐버려야 했던 것인데.'
하는 말을 속으로 중얼거리며 눈을 감았다. 그리고 얼마를 지났던가.

"전 가요."
하는 미스 정의 나직한 말이 들렸다. 나는 꼼짝하지 않았다. 그러고도 미스 정이 떠나지 않았다는 걸 안 것은 한참을 지난 뒤에 또 미스 정의 말이 들렸기 때문이다.

"이젠 절 만나주시지 않겠죠? ……또 만나주시겠어요?"
나는 역시 꼼짝도 하지 않았다. 어떻게 무슨 말을 할 수 있겠는가 말이다.

문을 여닫는 소리가 난 것 같았다. 나는 깊은 잠에 빠져들었다. 아슴푸레 시종이 울리는 소리가 잠결에 흘러들었다. 다섯 번인지 여섯 번인지 분간할 순 없었다. 나는 눈을 떴다.

천장이 눈에 설었다. 켜진 채 천장에 달려 있는 형광등이 아침의 빛 속에서 바래져가고 있었다. 나는 문득 텅 비어 있을 내 아파트 방을 생각했다. 왠지 죄스러운 감정이 괴었다. 나는 어젯밤 있었던 일을 도깨비에게 홀린 기분으로 되돌아봤다.

'누구의 죄도 아니다.'

이렇게 중얼거려 보았다.

차성희의 얼굴이 나타났다. 안민숙의 얼굴도 나타났다. 그러나 그저 그것뿐이지 무슨 압력을 동반하지 않았다. 차성희를 배신했다는 생각조차 없었다. 만일 차성희가 나를 사랑한다면 콩을 팥이라고 해도 그렇게 알아들었어야 할 일이 아닌가. 그런데도 그 여자는 내가 콩을 콩이라고 한 말을 그대로 믿어주지 않았다. 오해는 오해를 하려고 드니까 성립되는 것이다. 절대로 오해할 생각이 없으면 상대방의 석명은 그대로 믿으면 그만이다. 오해를 하지 않겠다는 마음, 그것이 사랑이다.

결론적으로 차성희에겐 나에 대한 사랑이 없다는 것으로 된다. 그런데 내가 그에 대해 죄스러움을 느낄 필요가 어디에 있느냐 말이다.

미스 정에 대해서도 마음이 없었다. 그 여자는 억지로 나를 자살미수를 한, 그리고 언젠가는 자살을 할 사람으로 만들었다. 이를테면 나라는 사람의 재료를 갖고 전연 나와 다른 사람을 만들어선 죽어갈 사람에게 선물을 준 셈이다. 이 해석이 지나치다면 다음과 같이 풀이할 수도 있다.

올드미스의 껍질은 날이 갈수록 굳어만 가는데 그 알맹이는 익어 폭발 직전에 이르렀다. 그러나 사람은 밤과는 다르다. 저절로 밤알처럼 튀어나올 순 없다. 그러던 차에 불행하고 고독한 청년이 나타났다. 잔다르크처럼 나라를 구할 순 없을망정 한 명의 청년이야 구하지 못해서

144

되겠는가. 그래서 누구에게도 열어 보일 기회가 없었던 것을 그 청년에게만 열어 보일 기회를 만드는 구실을 찾은 것이다. 그러니 꼭 내가 아니라도 좋았다. 내일모레 자살할 것 같은, 그렇게 해석될 수 있는 청년이면 누구라도 좋았던 것이다.

그래도 나 자신의 치욕만은 남는 것이 아닐까, 하고 생각했다. 이어 박동수는 나면서부터 박동수가 된 것이 아니고 이와 같은 기회가 되풀이되는 동안 변증법적인 사투리 그대로 양의 변화가 질의 변화를 가져오게 된 것이 아닐까, 그러니 나는 지금 박동수를 닮아가는 꼴이 아닌가 하는 생각이 들었다.

박동수를 나쁘다고 하는 것은 아니지만 그를 닮기는 싫었다. 나는 자기변명을 찾기 시작했다.

수백만 인구가 사는 서울인데 어젯밤만 해도 나와 같은 처지에 놓인 사람이 상당수 있지 않았을까. 우 부장도 윤두명도 정 차장도 계수명도 김달수도 나름대로의 도색 유희에 의식적으로 빠져드는 경우가. 그리고 그 빈도가 나보다도 잦을 것이 아닌가. 그러나, 그렇다고 해서 내가 떳떳할 까닭은 없었다…….

나는 변소엘 다녀와 부랴부랴 옷을 챙겨 입고 여관에서 나왔다. 시계는 여섯 시를 조금 지나고 있었다. 어젯밤 미스 정에게 받은 두툼한 책 봉투의 무게가 거북살스러웠다. 미스 정에 대한 내 마음의 부담감이 그만한 무게일지 몰랐다.

택시를 탔다. 무거운 기분이 택시의 창을 스치는 거리를 보고 있는 동안에 다소 가벼워졌다. 그런데다 지금 돌아가고 있는 곳이 내 집이거니 하는 생각이 나쁠 것은 없었다. 외박을 하고 하숙방으로 돌아가는 기분관 판이하게 달랐다.

엉뚱하게 꾸며댄 거짓말 때문에, 아니 그 거짓말에 쫓겨 신설동 하숙집을 나온 것은 한 달 전, 여관에 들었다가 아파트 한 칸을 사서 이사한 건 열흘쯤 된다. 아파트는 자하문 근처의 산허리에 있었다. 방은 구차해도 삼층에서 내다보는 조망은 좋았다.

방 두 개 부엌 하나로 열 평이 채 못 되게 구획된 그 궁색스러운 아파트에 '시민'이란 명칭을 붙인 아이디어를 나는 존경한다. 나라의 사정에 넘어나지도 않고 심하게 못 미치지도 않은 평균석 시민이면 꼭 그린데 살아야만 정도에 알맞은 그런 아파트이기 때문이다.

개집이나 돈사가 필요 이상으로 호사스러울 게 없듯이 사람이 살기 위해선 호사스러운 집이 필요 없는 것이다. 나는 어마어마하고 화려한 집만 보면 언제나 위화감을 갖는다. 저렇게 좋은 집에 사람을 닮은 여우나 돼지가, 아니면 여우나 돼지를 닮은 사람이 살고 있으면 어쩌나 싶어서였다. 집 없는 동포가 전체 인구의 오분의 일이 넘는 형편에 영국의 수상도 엄두를 내지 못할 호화주택을 짓고 살 수 있다는 것은 여우나 돼지를 닮은 의식의 소유자가 아니고서야 꿈에도 꿀 수 없는 노릇이 아닌가. 그러나 여우와 돼지가 아니라도 그런 집에 살고 있는 사람이 있다는 사실을 나는 물론 알고 있다. 헌데 그들은 시민이 아니고 초시민超市民인 것이다.

그러나 이런 것은 모두 남의 사정이다. 내가 관여할 바가 아니다. 나는 내 아파트에 만족하고 있다. 불기 하나 없는 썰렁한 방이라도 좋았다. 좌우상하의 이웃이 시끄러워 시장 한가운데 사는 것 같아도 좋았다.

택시가 시청 옆을 돌고 있을 때였다. 문득 생각나는 일이 있었다. '명성'이란 다방 간판이 보였기 때문이다. 내가 시민아파트로 옮겼다는 보고를 우 부장에게 하며 들뜬 마음으로 한바탕 아파트 자랑을 한 그날의 저녁나절이었다. 윤두명이 나를 좀 보자면서 데리고 간 곳이 바로 그 명성다방이었다. 윤두명은 앉자마자 차를 시키지도 않고 대뜸 물었다.

"서형, 지금 나이가 몇이오?"

"스물여덟인가 아홉인가 대강 그럴 겁니다."

"무슨 대답이 그렇소."

"꼭 정확한 답을 필요로 하신다면 계산을 해보죠. 나이를 헤아려본 지가 꽤 오래돼서요."

이것은 진실이었다. 제대할 날을 기다리는 졸병이면 모르되 술집에 가서 호주머니에 있는 돈을 속셈해보듯 나이를 셈해볼 필요가 이 근년 엔 없었던 것이다.

"좋소. 그런데 한 가지 물어보겠소."

그래놓고 윤두명이 커피 두 잔을 시켰다. 질문은 커피가 온 뒤에 시작되었다.

"서재필 선생이, 당신 아닌 서재필 선생 말이오. 그분이 스물여덟 살 때 뭣을 생각하고 뭣을 하고 계셨겠소?"

하도 엉뚱한 질문이라서 나는 그를 빤히 쳐다봤다.

"모르오?"

"챙겨본 일이 없는데요."

"그럼 내가 설명해주겠소."

하고 윤두명은 서재필 선생의 약력을 말하기 시작했다.

"서재필 선생이 난 해는 철종 말년, 서기론 1864년인데 1877년, 그 러니까 만으로 쳐서 열세 살 때 과거에 장원급제를 했소. 당시 과거제 도가 문란했다고 하지만 십 년, 이십 년 걸려도 합격 못하는 사람이 수두룩한 가운데 열세 살짜리가 장원급제, 즉 일등으로 합격을 했다면, 그것도 임금께서 친히 시험을 감독한 전시殿試에서 말요. 대단한 일 아뇨?"

"그게 어쨌단 말입니까. 나더러 고등고시라도 보라는 뜻입니까?"
하고 나는 웃었다.

"내 말을 끝까지 들으소. 언젠간 서형에게 설명해줄려고 마음먹고 준비한 것이니까."

나는 커피를 숭늉 마시듯 해버리고 귀를 기울였다.

"갑신정변 때 서재필 선생은 겨우 열아홉 살이었소. 삼일천하 때 병조참판, 참판이면 차관이지만 판서는 영의정 이재원이 겸직이었으니까 국방장관이 된 거요."

나는 윤두명이 무슨 까닭으로 이런 얘기를 늘어놓는지 알 수가 없어서 결론을 말하라고 해보았더니,

"조금만 더 참아요. 진짜 드라마는 이제부터."
라며 얘기를 이었다.

"서재필이 미국으로 건너간 것은 스무 살 때인데 천업이란 천업은 골라가면서 했어. 영어 한 단어 모르는 청년이 미국에 가서 별의별 고생을 다하며 공부를 해선 미 본국 사람들도 하늘에 별 따기로 치는 의사가 된 거요. 꼭 당신 나이에 말이오."

"그래 날더러 미국 가서 의학박사가 되란 말입니까?"
나는 이렇게 빈정댔다.

"그런데 의사가 된 게 대단한 것이 아니라 이런 사건이 있었소. 그게 중요한 거요. 서재필 선생이 고학으로 중학을 졸업하고 라파예트 대학의 입학시험에 합격했는데 대학에 합격은 했어도 학비가 없었단 말요.

148

그때 서재필 선생을 중학교에 넣어주기도 하고 학비의 도움도 주고 하던 홀렌백이란 석탄광주가 라파예트 대학을 마친 뒤에 신학을 삼 년 동안 공부해서 선교사가 되어 고국에 돌아가 포교운동을 하겠다는 약속만 하면 향후 칠 년 동안의 학비와 생활비를 대주겠다는 제의를 해온 거요. 그런 좋은 제의였는데도 서재필 선생은 자기는 고국에서 역적으로 몰려 있는 몸이라 쉽게 귀국할 수 없다는 것과 칠 년 후의 일을 미리 약속할 수 없다는 이유로 거절했소. 망망대해에 편주를 타고 표류하고 있는데 큰 배의 구조를 거절한 거나 다름이 없는 사정이었소. 그 때의 서재필 선생의 형편이 말이오."

그 얘기엔 나로서도 감동하지 않을 수 없었다. 스물몇 살의 청년이 낯선 땅에 가서 그렇게 강직하게 행동할 수 있다는 것은 예사로운 일이 아닌 것이다. 내 태도에서 감동의 빛을 보았던지 윤두명이 이런 말을 했다.

"팔십 년 전의 서재필과 오늘의 서재필과를 비교해볼 생각은 없소?"

"없는데요."

"서형 아버지가 왜 하필이면 서재필이란 이름을 지었을까요?"

"항렬에 맞는 글자를 찾다가 보니 그렇게 되어버린 거지, 별다른 뜻은 없었을 겁니다."

윤두명이 아까부터 서둔 기색과는 딴판으로 허허 하고 웃어버렸다.

그 웃음이 또한 마음에 걸렸다.

"왜 웃는 겁니까?"

"나는 서형에게 자기 이름에 대해서 얼마간 책임을 지우려고 했더니……. 싱거운 생각이 들어서 웃었소."

"책임을 지면 어떻게 되는 겁니까?"

"서형의 생활 태도가 약간 달라지겠죠. 서재필이란 이름은 욕되게 할 수 없는 이름이니까요."

"고등고시에 합격하지 않는 것, 쿠데타에 참여할 생각이 없는 것, 미국 가서 의사가 되지 않는 것, 그러면 서재필이란 이름을 욕되게 하는 건가요? 사람은 나름대로 살면 그만 아녜요."

나는 슬그머니 화가 나서 이렇게 말했다.

"그런 건 아니죠."

하고 윤두명이 정색을 했다. 그리고 붙었다.

"서형은 자기의 생활태도를 너무나 안이하다고 생각하지는 않소? 이건 선배로서의 충곱니다."

"오해하지 마십시오. 나는 원래 안이하게 살기로 작정한 사람입니다. 구체적으로 말하면 나는 서재필 선생의 행적을 닮지 않으려고 의식적으로 노력하고 있는 사람입니다. 그만큼 연구를 하셨다면 그 가족이 어떻게 죽었는지도 아시겠죠. 내가 신문사 교정부원으로서 만족하고 있는 건 아시죠? 만일 교정부에서 쫓겨나면 나는 교도관 시험을 볼 작정을 하고 있습니다. 절대로 안이하게 살려구요."

나는 어줍잖은 충고는 딱 질색이란 말까지 덧붙일까 했으나 그만두었다. 그런데 윤두명의 말이 더욱 해괴했다.

"닮고자 했건 닮지 않고자 했건 서재필 선생을 다소라도 의식하고 있다면 시민아파트 한 칸을 샀다고 자랑하고 돌아다니진 않을 텐데요. 그걸 소시민 근성이라고 하는 겁니다."

나는 덜컥 겁이 났다. 사장 조카딸과 결혼할 것이란 거짓말을 꾸민 일을 지적당할까봐서였다. 내 속의 소시민 근성을 척결하자면 그것이 으뜸이 되는 증거였다. 가장 악질적인 소시민 근성의 표현! 내 얼굴에

서 핏기가 가신 것을 나 자신 느낄 수가 있었다. 그러나 윤두명은 어느새 표정을 바꾸고 있었다.

"오늘은 내가 사과를 해야겠소. 소금과 충고는 달라고 애원해도 주길 주저해야 한다는 건데 내 마음같이만 믿고 쓸데없는 말을 한 것 같소. 소시민이라면 나 이상 소시민적인 인간도 없을 텐데 말요."

그런데 나는 석연할 수가 없었다. 그 뒷맛이 지금까지 쓴 것이다. 윤두명은 분명히 다른 의도가 있어서 그런 말을 꺼냈다가 중도에서 그 의도를 보류했거나 포기해버린 것이었다. 그러고 보니 앞뒤의 얘기가 맞지 않게 되었던 것이다.

'윤두명의 의도가 무엇이었을까…….'

택시에서 내렸다.

비탈길을 기어올랐다.

시민을 위한 시민아파트는 수백 개의 눈을 뜨고 괴물처럼 활동을 시작하고 있었다. 시민 아파트의 특징은 바로 이 시간에 있었다. 날이 새면서부터 당장 생활의 클라이맥스가 되는 것이다. 그것은 도입부 없는 심포니를 닮아 있었다. 출근시간이 빠른 하급 노동자의 출근을 위해서, 학교에 가는 아동들을 위해서, 있는 것 없는 것을 모조리 총동원해야 되기 때문이다.

나는 그 소용돌이 속을 천천히 거슬러 올라 내 방문을 열었다. 썰렁한 바람이 나를 맞이했다. 얼어 죽는 한이 있더라도 연탄을 피울 작정이 없는 내 아파트가 썰렁하게 나를 맞이할 수밖에 없는 것은 당연한 일이었다.

나는 상의를 벗어놓고 양치질부터 시작했다. 손을 씻고 얼굴을 씻었다. 그리고 냉수 한 그릇을 떠다 책상 위에 놓고 서랍을 열었다. 그저께 사다 놓은 빵이 반쯤 말라 있었다.

거룩한 내 아침식사가 시작된 것이다.

반쯤 마른 빵이 어쩌면 그렇게 맛이 있는지 표현하기 어렵다. 게다가 또 물맛은 어떠냐. 인간이 살아가는 덴 그다지 많은 것이 필요 없다. 마하트마 간디는 하루에 반 글라스의 산양 젖만 먹고도 건강하게 살았다. 천리 길을 도보로 이른바 '소금 행진'을 했다. 못난 놈이 그 성스러운 가슴팍을 총탄으로 뚫지만 않았더라면 백 살은 너 살았을 것이다.

'사람의 행복을 위해 그다지 많은 것이 필요하지 않다.'

나는 불현듯 행복어사전의 제3장을 이것으로 할까 했다. 그런데 가만히 생각하니 그 말은 에피쿠로스의 말인 것이다. 우리의 행복어사전엔 성현의 말일지라도 남의 말을 끼울 순 절대로 없다. 된장 냄새, 고춧가루 냄새, 마늘 냄새가 무럭무럭 풍길망정 우리의 독창이라야 한다.

생각이 이렇게 번져가자 나는 「행복어사전」의 작업을 게을리한 데 대한 가책만을 뼈저리게 느꼈다. 이 작업을 등한시해선 안 되는 것이었다. 내 생활 태도가 너무 안이하다는 윤두명의 말은 진실이었다.

'서둘러야 한다.'

나는 이미 준비한 노트를 꺼내보았다. 너무나 크다. 나는 수첩 크기보다 조금 큰 노트를 꺼냈다. 볼품이 좋은 노트를 사 모으는 것이 내 취미였기 때문에 크고 작고 한 노트는 얼마라도 있었다.

나는 이제 막 꺼낸 노트의 커버에 'LE CAHIER PETIT'(작은 노트)라고 썼다. 먼젓번엔 'LE AHIER VIOLET'로 할 참이었는데 '비올레'보다도 '프티'가 훨씬 행복에 가깝다는 느낌이 들었다. 그리고 아랫부분에 '행복어사전'이란 서브타이틀을 달았다.

커버의 다음 페이지엔,

기수장奇數章—서재필

우수장偶數章—차성희

라고 써넣었다. 또 한 장 넘기곤 서문이 있어야 했다. 서문은 간단할수록 좋다. 그리고 불분명한 게 좋다. 나는 언제부터인가 익혀오던 한마디를 썼다.

서문

미微에 신神에 있느니라.

이 뜻을 차성희가 물으면,

"이 한마디를 설명하기 위해선 길지도 않고 짧지도 않게 당신과 나와의 한평생이 걸립니다."

고 할 참이었다. 그 다음 페이지에 나는 제1장이라고 적고,

'행복을 위한 모든 조건을 단연 거부해야 한다.'

라고 썼다. 기막힌 철학이 아닌가.

그리고 우수장인 제2장은 차성희가 써야 할 것이니까 그 부분을 여백으로 남겨놓고 다음다음 페이지로 넘어갔다. 제2장에 앞질러 제3장을 쓴다는 것은 부자연한 노릇이지만 필요에 따라선 터널을 뚫기도 해야하는 것이다. 나는 제3장이라고 적은 뒤에,

'오해를 거절하는 의지가 사랑이다.'

라고 썼다. 좋은 말이다 싶었다. 그러나 조금 모자라는 느낌이어서 보충 설명을 다음과 같이 붙였다.

'오해를 하는 사람은 오해받을 짓을 하는 사람보다 나쁘다.'

나는 무슨 큰일을 한 것처럼 만족했다. 나는 이 노트를 출근하자마자 차성희의 책상 위에 갖다놓을 작정을 했다. 그렇게 하면 그대로 명령의 뜻과 권위로서 발동할 것이 틀림없었다.

이 아이디어가 결심으로 굳어지자 이때까지 무슨 찌꺼기처럼 남아 있던 어젯밤의 기억이 난공불락의 성을 함락시킨 영웅의 의식으로 물들기 시작했다.

도깨비에게 홀린 것 같은 밤도 있고 기적처럼 찬란한 아침도 있는 것이다. 나는 차성희에게 갖다 맡길 노트를 안 포켓에 느끼면서 아침 태양을 정면으로 받고 찬란한 기분으로 비탈길을 걸어 내려갔다.

차라투스트라처럼!

자거라, 내 마음이여! 짐승은 잠을 자거라

군중 속을 혼자 걷고 있으면 때론 차라투스트라가 된다. 오만하게 걸을 수가 있고 세속을 초월하는 사상을 활달하게 가꿀 수 있기 때문이다.

가로수의 신록에 미끄러지는 광선, 빌딩의 유리창에 눈부시게 반사하는 광선, 소녀의 눈동자엔 맑게, 숙취한 사나이의 눈엔 탁하게, 돼지같은 사람의 눈엔 보다 돼지를 닮게, 뱀 같은 여자의 눈엔 더욱 뱀을 닮게 반사하고 있는 광선 속을 가슴을 펴고, 가끔 드높은 하늘을 향해 고개를 젖혀보며 걷고 있는 그날 아침의 나는 분명 차라투스트라였다.

모든 사람을 용서하고 모든 사람을 사랑할 마음이 솟았고, 만원버스를 타지 않고도 출근할 수 있는 스스로의 형편이 축복할 만한 것으로 느껴지기도 했다. 걸어서 이십 분이면 도착할 수 있는 지점에 집을 가졌다는 것은 어떤 각도에서 보더라도 행운이다. 이 행운에 비하면 고급 자가용차를 타고 가는 사람들의 호사쯤은 빈약하기 짝이 없다.

이런 사상은 나를 기쁘게 했다. 그러다가 문득 보광동에서 남산을 넘어 걸어서 출근하는 윤두명을 생각했다. 그러고 보니 이 사상에도 벌써 선구자가 있었던 것이다. 쓴웃음이 돋아났다.

그러자 윤두명을 두고 상념이 맴돌기 시작했다.

아무튼 윤두명이란 사람은 이상하다. 온화한 표정, 다듬어진 말투를 가지고 간혹 사람의 간을 뒤집어놓기도 한다.

"한국 사람은 타락할 줄도 모른다."는 따위의 말을 할 때의 윤두명에겐 구도자의 모습 같은 것이 보이기도 하는데,

"어떻게 사느냐, 이것이 문제요."

하는 따위의 말을 할 때의 윤두명으로부턴 위선자의 냄새가 풍긴다. 만사를 계획적 방법으로 살아가고 있는 듯한 그의 생활 태도는 구도자의 그것이라고 할 수 있고, 위선자의 그것이라고도 할 수가 있다. 사람이란 원래 구도자가 되기 위해선 위선자일 수밖에 없는 것인지도 몰랐다. 아니 타세에 몰려 사는 사람 가운데 계획적·방법적으로 사는 사람을 가리켜 위선자라고 하는 것인지도 모른다.

하여간 엄필순 모녀의 일이 있고부턴 그를 비판적인 눈초리로 보아왔던 것인데 민감한 그는 그것을 알아차리고 나를 못마땅하게 생각하고 있는 것을 나는 잘 알고 있다.

그러나 그날 아침의 나는 윤두명뿐만 아니라 모든 사람에게 관대할 수 있는 마음의 여유를 갖고 있었다. 차성희와의 사랑을 착실히 구축해야겠다는 마음이 굳어진 탓이기도 했다. 포켓에 들어 있는 「작은 노트」는 나의 행복의 씨앗이었다. 사랑하는 자, 그 사람은 행복했다.

이런 생각 저런 생각을 하는 동안 지하도에 다다랐다. 러시아워의 지하도는 차라투스트라로서의 스스로를 지탱하기엔 너무 붐볐다. 발을 밟히지 않으려고 신경을 곤두세우는 차라투스트라가 있을까.

지하도를 걸으면 언제나 떠오르는 상념이 있다. 그것은 아우슈비츠의 가스실이다. 만일 지하도 사방의 문을 닫아버리고 여기다 가스를 뿜어 넣으면 이 붐비고 있는 군중들은 어떻게 될 것인가. 그 아비규환의

모양이 눈앞에 그려지는 듯하다. 그 상상이 너무 박진하여 나는 아름다운 소녀를 찾는 눈빛으로 변한다. 나는 그 아름다운 소녀를 껴안고 닥쳐오는 죽음을 견딜 참이었다. 손아귀 안의 참새처럼 떨고 있는 그 소녀의 가슴의 고동을 느끼며 "겁내지 말아요. 우리 이렇게 꼭 껴안고 천국으로 갑시다."

하고 달랠 것이었다.

지하도 출구가 빤히 보이는 곳까지 오면 이러한 상상은 이슬 녹듯이 사라진다. 아름다운 소녀를 물색할 까닭도 없어진다. 그 대신 주택복권을 팔고 있는 사람의 옆을, "저걸 한 장 사볼까." 하는 생각을 일순 해보다가 그 생각의 조각을 휴지처럼 버리고 지나간다. 주택복권 파는 곳을 관심 없이 지나칠 수 없는 것은 다음과 같은 얘기를 들은 적이 있었기 때문이다.

빚에 몰리고 병이 겹친 어느 가장이 일가족 집단자살을 꾀했다. 남의 아이까지 죽게 할 수 없으니 식모아이는 바깥으로 내보냈다. 그 식모아이가 가장의 의도를 눈치챘다. 근처에서 서성거리다가 일가족이 독을 마시려고 하는 찰나 뛰어들었다. 그리고 말렸다. 그 가족들은 듣지 않았다. 모르는 체 너는 나가 있으라고 식모를 내쫓으려고 했다. 식모아이는 다음 월요일엔 천만 원이 생긴다고 장담을 했다. 그때 돈이 들어오지 않으면 죽어도 좋지 않는가고 울부짖으며 말렸다. 그리고 거듭 다음 월요일에 자기에게 천만 원의 돈이 들어오게 돼 있으니 그것을 그냥 드리겠다고 말했다. 보잘것없는 식모아이에게 그렇게 큰 돈이 생긴다는 것은 상상도 못할 일이었지만 그 말투가 너무나 단호했기 때문에 일단 그 말을 믿어보기로 하고 집단자살을 중단했다. 다음 월요일이 되었어도 돈은 생기지 않았지만 극한적인 고비를 넘길 수가 있어 집단자살을 할 생각을 영영 포기했다. 알고 보니 그 식모아이가 그처럼 단호하게 천만 원의 돈이 생길 거라고 장담한 근거엔 한 장의 주택복권이 있었다. 식모아이는 어쩌다 사둔 그 주택복권에 의지하고 한사코 주인집의 집단자살을 말린 것이다.

나는 이 얘길 처음 들었을 때 가냘픈 거미줄에 걸려 나락에로의 함몰을 면한 인생이란 것의 델리커시를 생각했었다.

지하도를 나서면 다시 아침 태양이 찬란한 거리가 전개된다. 신문사는 얼마 되지 않은 상거에 있다. 새삼스럽게 차라투스트라로 되돌아살 시간적 여유는 없었다.

그때였다.

자가용차 한 대가 유난히 내 시선을 끌었다. 십 미터쯤 저편으로 달려가고 있는 그 자동차가, 무수한 자동차의 홍수 속에서 하필이면 왜 나의 시선을 유독 끌게 되었는지 알 수가 없다. 일가족 집단자살을 방지한 한 장의 주택복권은 그런대로 무슨 설명이 가능한 근거라도 있지만 특별한 빛깔도 차형도 아닌, 검은색의 그 흔해빠진 국산 자가용차가 안에 누가 타고 있는지 분간도 못할 지점에 있었음에도 불구하고 내 시선을 끌었다는 사실…….

나는 걸음을 비삐 했다. 결코 무슨 예감이 있어서가 아니었다. 그저 뭔가가 끌어당기는 것처럼 걸음을 바삐 했을 뿐이다.

그 자동차는 신문사의 정문을 조금 지나친 곳에서 멎었다. 그리고 한 여자가 내렸다. 베이지색의 투피스에 진한 빛깔의 머플러를 두른 차성희였다. 스포트라이트의 조명을 받은 히로인처럼 차성희는 부신 태양 아래서 이제 막 내린 자동차를 향해 살큼 손을 들어 흔들어 보이곤 날씬한 각선을 교차하며 신문사 문 안으로 빨려들어갔다.

부르면 즉각적인 반응이 있을 상거였지만 그럴 엄두를 내지 못했다. 내 걸음은 어느덧 어슬렁거리고 있었다.

신문사 건물 가까이에 이르렀을 때 그 자동차는 방향을 돌려 서행으로 이편을 향해 나오고 있었다. 자동차 안은 운전사석 말고는 비어 있었다. 나는 운전사석에 앉은 사람을 보았다.

곱게 빗질을 한 그 머리는 그대로 이발소의 모형이 됨직도 했다. 툭하지도 가늘지도 않은 엿 빛깔 안경테엔 한 줄기 플라티나의 장식이 있었다. 준수한 이마, 균형이 잡힌 콧날을 비롯해서 달걀색으로 윤이 나는 얼굴이었다. 엷은 입술은 야무지게 다물어져 있었다. 회색 플란넬의 상의 위에 살큼 보이는 와이셔츠의 칼라는 눈처럼 희고 갈색바탕에 금사로 당초무늬를 새긴 넥타이엔 보석을 박은 핀이 꽂혀 있었다. 핸들을 잡은 손의 흰 장갑, 흰 커프스, 커프스에 빛나는 에메랄드를 닮은 단추…… 나는 이런 것을 거의 한 순간에 보아버렸다. 분명히 나와 같은 천체에 사는 사람은 아니었다.

나는 그 청년이 얼마 전에 뉴욕에서 돌아온 사람이며 차성희의 첫사랑일 것이라고 짐작했다. 그 청년이면 애인의 마음에서 부담을 덜어주기 위해 아무 말 없이 뉴욕으로 떠날 수 있었을 것이란 확신이 들었다. 그럴 만큼 그는 학생시절엔 수재, 사회에 나와선 엘리트 사원일 수 있는 외형을 골고루 갖추고 있었다. 미지의 가능을 보유한 채 신사도의 극을 다할 수 있도록 계산할 줄 아는 사람이 아니고서는 그처럼 단정할 수가 없는 것이다.

오점 하나 없는 내의로 몸을 싸고, 역시 티끌 하나 없는 하얀 와이셔츠를 입고, 한 오라기의 구김도 없이 머리에 빗질을 하고서 겨울엔 온방 여름엔 냉방에 앉아 전화와 타이프라이터, 그리고 세련된 미소만으로 직무를 수행하며 자가용을 몰고 다닐 만큼 수입을 올릴 수 있는 내 나이 또래의 청년의 존재를 실감해본다는 것은 일종의 감동이 아닐 수 없었다.

나는 그 자동차가 드디어 자동차의 홍수에 휩쓸려 시야로부터 사라질 때까지 멍청히 그 자리에 서 있었다.

'이것이 질투심일까?'

하고 나는 내심으로 물었다.

'아니다.'

하는 단호한 답이 돌아왔다.

그러나 엘리트 가운데의 엘리트인 그가 미국 뉴욕이란 연애의 바다에서 이 년 동안이나 표류하면서도 일편단심 차성희에의 모정慕情만을 가꾸어왔다면 그는 영웅 오디세우스에 비견할 사람이고, 나는 페넬로페를 농락하려던 불량배가 아닌가. 뿐만 아니라 사랑하는 사람을 자가용차에 태워 직장까지 호송하는 사람하고, 만원버스를 타고 가는 애인을 머저리처럼 바라보고 섰어야 할 사람하곤 도시 경쟁이 되질 않는 것이 아닌가.

"서형."

하는 소리에 움칠 뒤돌아섰다. 김달수가 싱글싱글 다가오고 있었다.

"왜 거기 멍청하게 서 있는 거요?"

얼른 대꾸할 수가 없었다. 대답이 없자 김달수의 익살이 따랐다.

"서형, 아무래도 호랑이 뼈다귀라도 삶아 먹어야 하겠소."

아차, 이 친구 이래저래 나의 자살미수설을 믿게 되겠구나 싶었지만 도리가 없었다.

"초여름의 태양이 하도 아름다워서."

하고 나는 뒤늦은 답을 꾸며댔다. 김달수는 더 이상 내 신경을 건드리지 않겠다는 마음씨를 노골적으로 나타내며,

"시간이 있으니 차라도 한 잔 할까?"

하고 시계를 들여다봤다.

"그럽시다."

나는 신문사 뒤편에 있는 다방을 향해 걷기 시작했다.

"아주 복잡한 얼굴을 하고 있는데 도대체 어떻게 된 거요?"

커피를 한 모금 마시고 김달수가 한 말이었다. 나는 그의 눈이 어지간히 날카롭다는 것을 새삼스럽게 느꼈다. 차라투스트라를 자처하던 사람이 돌연 햄릿이 되었는데 그 표정이 복잡하지 않을 까닭이 없는 것이다.

"어젯밤 팔자에 없는 살롱엘 갔더니……"

나는 이렇게라도 얼버무리지 않을 수 없었다.

"살롱?"

하면서도 김달수는 그다지 호기심을 곤두세우고 있는 것 같진 않았다. 그러니 굳이 설명할 필요도 없었다. 미스 정과의 일이 뇌리를 스쳤다.

'미스 정이 출근했을까. 어떤 얼굴로 나는 미스 정을 대해야 할까.'

갑자기 우울해졌다. 기자들이 하나 둘 들어와서 이곳저곳에 자리를 잡고 눈으로, 또는 입으로 인사를 건네왔다. 그럴 때마다 나는 부자연한 웃음을 지었다.

'이 세상에서 가장 따분한 인간이 여기 앉아 있다.'

라는 따분한 역겨움이 가슴 밑바닥으로부터 솟았다.

어제의 기사, 오늘의 사건에 관해 말들이 오가고 있었지만 내 관심밖의 일이었다. 나는 내 포켓에 들어 있는 「작은 노트」가 거북하게 느

껴져 견딜 수가 없었다.

불과 얼마 전까지만 해도 행복의 씨앗으로 느껴졌던 바로 그「작은 노트」가 이제 와선 불행의 씨앗처럼 되어버린 것이다.

귀공자의 배웅을 받아 자가용차를 타고 온 공주 앞에 어떻게 이「작은 노트」를 내놓는단 말인가. 내 비위로선 어림도 없는 노릇이었다.

'……말없이 고이 보내드리오리다.'

굳이 찾아낸 것도 아닌데 이런 글귀가 저절로 뇌수의 골짜기에 울려 퍼진다는 것은? 이게 바로 식자우환이 아닌가. 아는 것이 힘이라구? 천만에, 아는 것이 병이다.

이런 뒤죽박죽한 심상이었고 보니 김달수가 나직하게,

"편집국에 또 바람이 불 모양이군."

이라고 했어도,

"그게 무슨 뜻이냐."

라고 물을 겨를이 내겐 없었다.

김달수와 내가 교정부에 도착했을 때는 오 분가량의 지각이었다. 교정부장은 자리에 없었다. 지각을 하면 응당 있어야 하는 정 차장의 잔소리가 없었다. 그러고 보니 모두들 긴장된 얼굴이었다.

자리에 앉았지만 나는 차마 차성희 쪽을 볼 수가 없었다. 그렇게 되니 내 시선은 엉뚱한 곳으로 부자연스럽게 헤매야만 했다. 그러면서도 나는 차성희의 표정을 놓치진 않았다.

구름 한 점 없이 카랑하게 맑은 하늘 같은 얼굴이었다. 그것은 또한 어떤 행복감에 침잠하고 있는 여인의 모습이라고 해석 못할 바도 아닌 그런 얼굴이었다.

그 얼굴과 태도가 너무나 조용하고 평화스럽고 침착한 것이 도리어 얄미울 지경이라서 눈앞에 있는 재떨이를 와락 차성희 쪽으로 밀어붙여 반응을 보고 싶은 충동이 일었다.

'자가용차를 타고 왔다고?'

'첫사랑 애인이 바래다줬다고?'

부글부글 가슴이 끓는 듯했다. 안절부절못하는 심정이었다. 그런 심정을 억누르자니 얼굴의 표정이 이지러지지 않을 까닭이 없다.

차성희 쪽은 고의로 피하려고 했으니 그 얼굴에 어떤 반응이 나타났는진 살펴볼 수가 없었지만 안민숙의 표정엔 명백한 반응이 있었다. 입은 열지 않았지만 안민숙의 소리가 들리는 것만 같았다.

'서 선생님, 왜 그러세요? 어디 아프신가요? 무슨 일이 났나요? 얼굴빛이 말이 아녜요.'

휘둥그렇게 뜨인 안민숙의 눈이 쉴 새 없이 이렇게 묻고 있었다.

그 시선이 거북해서 이중으로 고통이었다. 몇 분만 더 그런 상황이 진행되면 가슴이 폭발할 것만 같았다.

그러한 나를 구해준 것은 일거리였다. 공장에서 게라가 올라오기 시작한 것이다. 그러나 압박감에서 풀려났을 뿐이지 마음의 평정을 얻은 것은 아니었다.

나는 차성희가 그 자가용차를 탄 경우를 갖가지로 상상해보았다.

공교롭게도 만나 권에 못 이겨 탔다. 그자가 아침에 차성희를 방문하고 이왕 차를 가져왔으니 같이 가자고 해서 탔다. 오늘부터 그자의 자동차로 같이 출근하기로 했다.

헌데 어떤 경우이건 달갑지 않았다.

차성희는 상냥하게 손까지 흔들지 않았던가. 그자와 차성희와의 사이는 그처럼 급격하게 가까워진 것이 사실이다. 이런 추측을 하면서도 나는 나를 나무라고 있었다.

네가 그자보다 차성희를 행복하게 해줄 수가 있느냐. 네가 진심으로 차성희를 사랑한다면 넌 깨끗이 물러서서 그자와 아름다운 가정을 만들도록 해줘야 한다고 한때 결심하지 않았느냐.

분에 넘친 마음은 이기적인 야심일 뿐이다. 그리고 네가 한 짓이 뭐냐. 김소영과의 관계는 곧 차성희에 대한 배신이 아니냐. 미스 정과의 관계는 더욱더욱 용서 못할 배신행위다. 그런 짓을 하고노 넌 뻔뻔스럽게 차성희의 사랑을 요구해? 안 될 말이다. 그러다가 나는 결정적인 선고를 받은 것 같은 충격을 느꼈다.

자가용차를 그자와 같이 타고 온 그 사실만을 갖고도 이처럼 혼란하는 내 마음과 내 처지를 바꿔놓고 생각하면 어떻게 되겠느냐 하는 상념에 잇따른 충격이었다.

김소영과의 관계도 소화하기가 어려울 것인데 게다가 또 다른 여자와 같이 잤다고 들었을 때 차성희의 고통이 어떠했을까. 정이 떨어지고도 남음이 있을 것이었다. 그렇다. 차성희의 마음이 내 곁을 떠난 것은 분명하다……

나는 내 고통으로 인해 차성희의 고통을 비로소 안 셈이 되었다.

'결단코!'

하고 속으로 입을 악물었다.

'나는 차성희를 단념해야 한다.'

그런데도 마음이 헛돌고 있는 느낌이라서 이번엔 실제로 입술을 깨물었다.

'나는 차성희에게 합당하지 않은 놈이다. 차성희를 자가용차에 태워

호화주택으로 들여보내야 한다. 결단코 결단코, 나는 차성희의 곁을 물러서야 한다……'

여전히 마음은 헛돌았다. 눈 아래 게라의 한 줄이 두 줄 세 줄이 되어 어른거렸다. 거꾸로 된 글자를 일으켜 세우고 나면 다시 그 글자가 거꾸로 뒤집히는 야료를 부렸다. 아무리 정신을 똑바로 차리려고 해도 무망한 노릇이었다.

'정을 두고 떠날 때 산하의 그 아름다움이란!'

애써 이런 글귀에 매달려보아도 마음은 헛돌았다.

떠나려는 여자의 발목을 붙들고 울부짖는 사나이를 보고 나는 얼마나 경멸했던 것인가. 나는 군대에 있었을 때의 기억 한 토막을 되살렸다. 임가 성을 가진 병장이었다. 그가 부대 근처에 있는 어떤 술집의 작부에게 반했다. 그 작부는 그런 곳에 있기엔 아까운 용모와 몸매를 가지고 있었다. 그러니 그런 여자를 가만둘 까닭이 없다. 서울에서 내려온 놈팡이가 그 여자를 꼬셨다. 여자는 서울로 떠나려고 했다. 그 소식을 듣고 임 병장이 달려갔다. 내가 동행이 되었다. 임 병장은 보통의 수단으론 여자의 마음을 돌이킬 수 없는 것을 알자 그 여자 앞에 엎드려 방성통곡을 했다. 그래도 소용이 없었다. 임 병장은 실성한 사람처럼 되었다.

나는 임 병장에게 동정을 느끼기는커녕 맹렬히 경멸했다. 사내자식이 변심한 여자 때문에 운다는 것은 창피한 노릇이 아니냐고 입 밖으로 내서 그를 욕하기도 서슴지 않았다.

그런데 그 임 병장의 꼴이 내 꼴이 되려는 것이다. 가망이 없을 줄 알면서도 나는 차성희 앞에 엎드려 실컷 울고만 싶었다.

'안 된다!'

하는 마음이 물론 잇따랐다. 그러나 그 마음은 여전히 헛돌고 있었다.

"서 선생님."

하는 나직한 소리가 있었다. 나는 얼이 빠진 눈을 안민숙에게로 돌렸다. 안민숙의 눈과 나란히 차성희의 눈이 있었다. 그 눈은 공포에 질려 있었다.

"서 선생님, 편찮으신 게 아녜요?"

말은 안민숙이 했지만 차성희도 눈으로 그렇게 묻고 있었다. 나는 대답 대신 주위를 휘둘러보았다.

윤두명의 차가운 눈, 박동수의 놀란 눈, 계수명의 익살스러운 눈, 김달수의 거북해하는 눈…….

"기름땀이 솟아 있지 않아요? 서 선생님 편찮으신 게 아녜요?"

안민숙이 거듭 물었다.

"아닙니다."

나는 겨우 대답하고 눈을 아래로 깔았다.

"몸이 편찮은 모양인데 병원에…….."

하는 정 차장의 근심스러운 말이 있었다.

"아닙니다. 아닙니다."

나는 당황함을 숨길 수가 없었다.

"서형, 조퇴를 하시오."

김달수의 말이었다. 그리고 그는 덧붙여 물었다.

"서형이 아침에 주차장 옆에서 넋을 잃고 서 있는 것을 보았을 때 혹시 하고 생각했는데 그때부터 편찮으신 거 아닙니까?"

그 말이 있는 순간 차성희가 어떤 표정을 지었는지 나로선 알 길이 없다. 그러나 강렬한 충격을 받았다는 건 짐작으로 알 수가 있었다.

나는 완강히 아무 일 없다고만 되풀이했다.

가까스로 오전의 일을 끝냈다. 이곳저곳에서 점심을 같이 먹으러 가자는 권유가 있었지만 식욕이 없다는 핑계를 내세워 자리에 그냥 앉아 있었다. 안민숙이 묘한 시선으로 나를 잠깐 바라보고 섰다가 나갔다. 차성희도 머뭇거리는 눈치더니 안민숙의 뒤를 따랐다.

교정부의 자리가 텅 비었다. 그때 나는 정 차장 앞으로 조퇴를 해야겠다는 쪽지를 남겨놓고 일어섰다. 계단을 내려가는 도중 아래서 올라오는 미스 정과 마주쳤다. 미스 정은 섬뜩 놀란 것처럼 그 자리에 섰다. 내 얼굴에 고통의 흔적을 보고 놀랐을 것이었다. 그러나 말은 없었다. 미스 정은 그때의 내 몰골과 어젯밤의 일을 결부시켜 엉뚱한 느낌을 가졌을지 몰랐다.

'당신 탓이 아니오.'

하고 한마디 했으면 얼마나 후련했을까만 그런 말이 나오질 않았다. 나는 미스 정의 시선을 따갑게 뒤통수에 느끼면서 층계를 내려왔다.

뒷날 생각했을 때 묘한 부합이라고 느낀 것이지만…….

신문사를 나온 나는 천천히 집을 향해 걸었다. 불기라곤 없는 아파트의 쓸쓸함이 나를 기다리고 있다는 생각은 나를 우울하게 만들었다. 그 탓인지 지하도를 벗어나자 나는 걸어갈 기력을 잃었다.

길바닥에 주저앉을 수도 없어 택시를 잡으려고 했으나 꼭 필요할 땐 잘 잡혀지지 않는 것이 택시이다.

상처 입은 짐승의 눈처럼 되어 있었을 눈으로 택시가 오는 방향을 보고 있는데 바로 옆 가게 앞에 용달차가 마지막 짐을 풀고 있는 것을 목격했다. 나는 그리로 가서 용달차의 운전사에게 사정을 했다.

"보시다시피 이건 용달찬데요."

삼십대의 중반으로 보이는 운전사는 덥수룩한 수염으로 덮인 얼굴에 미소를 띠며 민망하다는 듯 말했다.

"전 아픕니다. 그런데 택시가 잡히길 않아요. 용달차는 병자를 위해 용달도 해줄 수 있지 않겠습니까?"

내 말이 간절하게 들렸던지 그는 나더러 타라고 하고 행선을 물었다.

용달차가 달리기 시작하자 마음의 평정이 돌아왔다. 기력도 조금 회복되는 것 같았다. 호주머니에서 담배를 꺼냈다.

"성냥 없습니까?"

"난 담배를 피우지 않아서……."

운전사는 미안하다는 투로 말꼬리를 흐리더니 갑자기 생각이 난 모양이었다.

"손님 앞에 있는 그 포켓에 손을 넣어보시오. 가솔린 스탠드에 주는 성냥을 거기 넣었다 싶은데요."

기름걸레·나사 등이 들어 있는 포켓에다 손을 집어넣었다. 성냥이 잡히고 책 같은 것도 잡혔다. 성냥과 함께 책도 끄집어냈다. 「마케팅」이라고 쓰인 영문의 팸플릿이었다.

성냥을 그어 담배에 불을 붙이고 그 책을 폈다. 시장을 관리하는 방법, 상품을 파는 방법 등을 쓴 책이었다.

"이런 책이 어떻게."

하고 나는 중얼거렸다. 운전사는 애매하게 웃었다.

"이거 아저씨가 보는 책예요?"

답은 없었다. 그러나 애매한 웃음은 얼굴에 남았다. 나는 비로소 그 사람의 얼굴을 주시했다. 덥수룩한 수염만 말끔히 밀어버리면 지적인 얼굴이 나타날 그런 얼굴이란 판단이 들었다. 게다가 눈빛이 부드러웠다.

"이런 책 재미가 있어요?"

"재미가 없는 것도 아니죠."

운전사는 뚜벅 말했다.

나는 건성으로 책장을 몇 장 넘겨보다가 책을 도로 포켓 속에 넣었다. 장사에 관심이 있는 사람은 그런 책에도 흥미를 느낄 수 있으리란 막연한 짐작을 했지만 내가 알 바는 아닌 얘기였다.

"서양 사람들은 판매술이란 책을 써도 썩 재미있게 써요."

운전사는 혼잣말처럼 중얼거렸다. 나는 갑자기 그 사람에게 호기심을 느꼈다.

"아저씬 운전을 하신 지가 몇 해나 되셨습니까?"

"이 년가량 될까요?"

"운전사를 하시기 전엔 뭘 하셨습니까?"

"회사에 다녔죠."

"회사에 다니시다가 운전을 하실 생각을 한 동기는 뭡니까?"

실례가 될지 모른다는 의식이 있었으면서도 물었다.

"별 동기가 있겠소. 밀려난 거죠. 실업자가 되었으니 못할 일이 뭐 있겠소."

"회사에 다니는 일허구 지금 이 일허구 어느 편이 좋습니까?"

"생각하기 나름이죠. 수입은 적어졌지만 마음은 편해요."

"실례입니다만 수입은 얼마나 되십니까?"

"철따라 다르니까 한마디로 말할 순 없지만 이것저것 다 제하구 한달에 삼십오만 원 평균은 돼요. 그러나 삼십오만 원을 벌자면 꽤 힘들죠."

월수 삼십오만 원보다 나은 수입을 할 수 있는 직장에 있었다면 고급 사원임에 틀림없었다. 그리고 「마케팅」 따위의 책이긴 하지만 영문 원서를 바로 읽을 수 있다면 교양도 있는 사람으로 봐야 했다.

"이왕이면 택시를 운전하시지."

"택시요?"

하고 그는 웃었다.

"용달차보다 택시의 수입이 나쁩니까?"

"그런 것도 아니지만."

운전사는 입이 썩 무거운 사람이었다. 그만큼 문답이 틔었으면 얘기가 후속될 만도 한데 그뿐이었다.

"나도 언제 실직할지 몰라 물어보는 겁니다."

파고 묻는 동기를 설명하는 것이 변명을 겸할 수 있으리라 믿고 한 말이었다.

"택시를 운전한 일도 있죠."

하고 일단 말을 끊었다가 그는 이었다.

"택시는 내 비위엔 맞지 않더구먼요. 사람을 상대하는 것보다 물건을 상대하는 게 훨씬 마음이 덜 쓰여요."

그럴 법도 한 일이란 생각이 들었다. 내가 고개를 끄덕끄덕하자 운전사는 말을 보탰다.

"사기꾼 도망치는 걸 방조하는 경우가 있을지 모르는 일 아뇨. 간통하러 가는 여자를 태워 여관까지 실어다 주는 경우도 있구요. 본의 아니게 소녀를 유혹하는 색마의 공범 노릇을 해야 할지도 모르구. 거기다 비하면 물건을 갑의 지점에서 을의 지점으로 옮기는 일이 수월하지 않소."

나는 어떤 웅변가의 말보다도 그 말에 공감을 느꼈다.

"아저씨 좋은 이야기하시네요."

울울한 가슴이 조금 트이는 것 같은 기분으로 나는 가볍게 말했다. 운전사는 웃음을 거두지 않고 말을 이었다.

"아까 손님이 본 그 책 말이요. 판매술에 관해 쓴 책이지만 대단한 인생론이기도 해요. A란 지방에선 십 불짜리가 B란 지방으로 가면 이십 불이 된다는 것은 미루어 인간에 관한 논의도 된다는 거지요. 사람은 그가 속한 자리에 따라 노예가 되기도 하고 주인이 되기도 하는 것이 아니겠소. 물건은 또한 정제의 도합과 포장에 따라 값이 달라진다는 것을, 그 책은 또 인간의 자기수양과 몸가짐에 비유해놓기도 했어요. 큰 회사에 있었을 적의 나는 아무리 점잖은 척 꾸미고 있어도 거대한 기계의 부속품에 지나지 않았소. 나 아니라도 누구이건 대체할 수 있는 부속품 일반이었단 말입니다. 그런데 이렇게 누추하지만, 그리고 걸레 같은 옷을 두르고 있지만 이 용달차 안에선 내가 내 주인이오."

오래 지껄이는 것이 쑥스럽다는 듯 운전사는 입을 다물어버렸다.

그런데 나는 알고 싶은 것이 많았다. 용달차 하나를 사려면 돈이 얼마나 드는가, 운전사가 되려면 어떻게 하면 되는가, 정확하게 여덟 시간 노동을 지킨다면 그 수입은 얼마가 되는가······.

운전사는 이런 질문에 간단하게 그러나 친절하게 대답해주었다. 아파트로 올라가는 비탈길 아래에서 용달차를 내렸을 때 나는 완전히 기력을 회복하고 있었다. 용달차의 미터기가 이천칠백 원을 가리키고 있었기에 오천 원짜리를 내밀었더니,

"택시 요금만 받겠소. 여기까지 택시는 얼마가 나옵니까?"
하고 그는 물었다.

"천육백 원 나옵니다만 오늘의 나는 화물이 된 셈이니 미터기대로 받으세요."

했지만 그는 잠자코 삼천사백 원의 거스름돈을 내게 주었다.

기력은 회복되었으나 피로가 덮쳤다. 어젯밤에 잠을 설친 때문이었다. 방바닥에 매트를 깔고 그 위에 요를 펴고 이불을 뒤집어쓰고 누웠다.

'결단코 나는 차성희를 단념해야 한다.'

이렇게 마음을 다지고 눈을 감았는데 이번엔 헛도는 느낌이 없었다.

단념하라, 내 마음이여! 짐승은 잠을 자거라!

상처 입은 짐승처럼 나는 잠에 빠져들었다. 얼마를 잤는지 모른다. 비몽사몽간에 무슨 인기척이 느껴졌다. 눈을 떴다. 안민숙의 얼굴이 보였다. 이게 웬일이냔 의식과 더불어 차성희의 시선이 있었다. 나는 몸을 일으켜 앉았다.

"그냥 누워 계세요."

안민숙의 말이었다.

"기분이 어떠세요?"

차성희의 말은 기어들어가듯이 가냘팠다.

차성희와 안민숙과 나와, 이렇게 함께 살았으면 하는 엉뚱한 상념이 나를 당황하게 했다. 동시에 나는 차성희에 대해선 무장을 해야겠다는 마음을 굳혔다.

'결단코 나는 차성희를 단념해야 한다. 그러기 위해선 마음을 단단히 무장해야 한다.'

그러니 나는 내 태도를 무뚝뚝하게 꾸며야만 했다.

"돼지우리 구경 오셨수?"

안민숙은 "어머나." 하는 표정이었고 차성희는 단번에 핏기가 가신 백지장 같은 얼굴이 되었다.

"구경을 하셨으면 돌아가시죠."

나는 계속 무뚝뚝하게 나갔다.

"식사 안 하셨죠?"

내 태도엔 아랑곳없이 차성희는 옆에 놓였던 보자기를 끌렀다.

"샌드위치 사왔어요."

하고 차성희는 내 앞에 샌드위치가 들어 있는 도시락을 밀어놓았다. 안민숙은 우유병을 꺼내 앞에다 놓았다. 그때사 나는 맹렬한 공복을 느꼈다.

부드러운 살결을 닮은 빵조각 사이에 햄의 자락이 분홍빛으로 나타나 뵈는 것이 군침을 일게 했다. 아침부터 그때까지 마른 빵 한 조각과 냉수 한 컵만을 먹고 지냈다는 기억이 더욱 허기를 자극했다.

그러나 나는 그것을 본체만체했다. 어떻게 사내대장부가 프라이드 높은 숙녀 둘을 앞에 하고 결식아동처럼 샌드위치를 씹어 돌릴 수가 있겠는가 말이다.

"난 샌드위치 안 먹어요."

퉁명스럽게 말했다.

"그럼 밥 해드려요?"

차성희가 부엌 쪽을 두리번거렸다. 나는 적이 당황했다.

"밥도 안 먹어요."

"꼭 토라진 아이 같으셔."

안민숙이 피식 웃더니 일어섰다.

"미스 차, 우리 밥을 지읍시다."

"밥 안 먹겠다고 하는데."

나는 부아를 냈다.

"서씬 안 먹어도 좋아요. 우린 서씨 때문에 점심을 걸렀어요. 우리라도 먹어야 하겠어요."

안민숙의 입에서 '서씨'란 칭호가 나오게 되면 나는 감당을 못 한다.

"쌀이 어딨는지 찾아봐요."

차성희는 부엌 쪽에서 서성거렸다.

"쌀 한 톨이라도 찾으면 상을 주겠다."

나는 배짱을 내밀고 도로 자리에 누웠다.

"집을 가졌다면서 쌀 한 톨 없는 게 무슨 자랑이우?"

안민숙과 차성희는 의논을 시작했다. 가까이에 쌀집과 반찬가게가 있을 테니 하나부터 열까지 사가지고 와서 밥을 짓자는 의논들이었다.

"그렇게 귀찮은 짓 하지 말구 배가 고프면 밖에 나가 먹음 될 게 아냐?"

나는 버럭 신경질을 부렸다. 그래도 아랑곳없이 두 여자는 같이 밖으로 나갔다.

'흥, 뭘 사와봐라. 연탄불도 없고 가스도 없는데 뭘 갖고 밥을 짓는담.'

나는 이불을 뒤집어썼다. 조금 있으니 하나가 돌아왔다. 이불을 벗기고 동정을 살폈다. 차성희가 벌겋게 불이 단 연탄을 집게에 집어와 부엌 아궁이에 집어넣고 있는 참이었다.

이웃 아낙네를 멋지게 꼬셔 불 붙은 연탄을 구해온 게 분명했다. 차성희는 다시 나가더니 또 불 붙은 연탄을 들고 들어왔다. 어이가 없다는 느낌이 들었지만 하는 대로 내버려둘 수밖엔 도리가 없는 일이었다.

'자가용차를 타고 출퇴근하시는 고귀한 몸으로 어떻게 연탄불을 나르십니까?'

하고 빈정대보고 싶었지만 참았다. 이윽고 안민숙이 무언가를 한아름 안고 들어온 모양이었다. 그러고도 한참 동안을 드나들었다. 밥을 짓고 반찬을 장만하려 들고 보니 모자라는 것이 너무 많아 그걸 빌리러 들락날락하는 게 분명했다.

시장한데다가 신경을 쓰고 보니 지쳤던지 또다시 나는 잠길에 빠져들었다. 어깨를 흔들기에 잠을 깨고 눈을 떴다. 전등불이 들어와 있었다. 차성희의 눈동자가 커다랗게 보였다.

"일어나세요."

억지를 쓰고 누워 있을 순 없었다. 푸시시 일어나 앉았다. 옆방 책상에다 백지를 깐 위에 놓인 크고 작은 냄비에서 김이 무럭무럭 나고 있었다. 게다가 오랜만인 더운 밥내음이 코를 찔렀다.

나는 그 밥상을 넘어다보고 여자라는 것은 본질적으론 요술쟁이란 관념을 가졌다. 어떤 텔레비전 프로에 「아내는 요술쟁이」란 것이 있다지만 아내가 요술쟁이인 것이 아니라 여자는 모두 요술쟁이인 것이다.

불기 하나 없는 집에 순식간에 불기가 생겼다. 크고 작은 냄비가 거짓말처럼 나타났다. 된장찌개가 끓고 하얀 밥이 내음을 풍겼다. 태평양에서 놀던 생선이 이 집에까지 들어와 노랑노랑 구힐 줄이야 누가 상상이라도 했었는가.

나는 못 이기는 체 식탁에 앉아 젓가락을 들었다. 밥과 국이 뜨거운 게 다행이었다. 결식아동도 너무나 뜨거운 것은 불어가며 천천히 먹어야 하는 것이다. 그래서 내 위신을 반쯤은 구할 수가 있었다.

차성희와 안민숙과 나와 이렇게 같이 살 수가 있다면 하는 아까의 생각이 실현성의 여부는 고사하고 그 아이디어만으론 결코 허황된 것이 아니란, 역시 허황된 생각이 일고 보니 눈물이 쏟아질 지경이었다.

그러다가 나는 차성희와 안민숙이 젓가락을 든 채 기실 아무것도 먹지는 않고 나를 지켜만 보고 있다는 사실을 깨달았다. 어떤 심정으로 그러고 있는지는 알 수가 없었다.

나는 젓가락을 놓아버렸다. 먹을 만큼 먹었다고 생각한 때문인지 두 사람 다 더 권하진 않았다. 차성희는 얌전히 빈 그릇에 물을 따라 내 앞에 놓았다.

내가 담배를 피워물었을 때 두 여자는 일어서서 설거지를 시작했다. 비울 것은 비우고 씻을 것은 씻고 돌려줄 물건은 돌려주고…… 시끄럽지 않게 그러면서도 민첩하게…….

나는 앉아 있기가 서먹서먹해서 다시 자리로 가서 누웠다. 거북할 땐 아픈 체하는 것이 상책이란 지혜는 익히고 있었던 터였다.

설거지를 다 하고 나자 차성희와 안민숙이 내가 누운 자리 옆으로 와서 다소곳이 앉았다. 부신 느낌으로 나는 시선을 천장으로 보내고 있었다.

"열은 없으시죠?"

안민숙이 물었다.

"열이 없으면 죽게요?"

나는 계속 토라진 체 꾸몄다.

"아무리 생각해도 서씨가 우리들에게 화낼 일은 없을 텐데요."

안민숙의 말은 야무졌다.

"그렇죠."

"그런데 왜 그런 태도를 취하죠?"

"원하지도 않는 친절은 딱 질색이오."

잠깐 침묵이 흘렀다.

"내가 관여할 일은 아닌 것 같습니다만 차성희 씨의 입장도 있고 해서 한마디 하겠습니다."

"한 마디 아니라 두 마디 세 마디라도 하십시오."

"계속 그렇게 나오긴가요?"

안민숙이 거칠게 시작해놓곤 웃으면서 말을 이었다.

"서 선생님, 오늘 무슨 일이 있었죠?"

"……."

"친구 사이에 못할 말이 있겠어요? 솔직하게 말씀해보세요."

"……."

"오늘 아침에 무엇을 봤죠?"

"……."

"김달수 씨로부터 다 들었어요. 서 선생이 주차장 있는 데서 십 분 동안이나 멍청히 서 있었다면서요?"

십 분은 과장이다 싶었지만 굳이 설명할 필요를 느끼지 않았다.

"서 선생님, 주차장에서 뭣을 봤죠?"

"아무것도 보지 않았소."

"서 선생님, 왜 이러시는 거죠?"

"왜 이러다니, 내가 어떻게 했단 말요?"

나는 정말 성이 났다.

"오늘 오전 중 전 혼났어요. 차성희 씨도 그랬대요. 이마에 기름땀이 솟을 정도로 뭣을 고민하셨죠?"

"나는 고민한 적 없소."

"아녜요. 솔직히 말해보세요."

"설사 고민이 있었다고 합시다. 그렇다고 그걸 꼭 당신들에게 고백해야 합니까?"

"고민 안 하셔도 될 일을 고민하시는가 싶어 묻고 있는 거예요."

"내 고민과 안민숙 씨완 아무런 관계가 없으니 그런 소린 집어치우슈."

"내겐 관계가 없겠지만 차성희 씨완 관계가 없지 않을 텐데요."

"차성희 씨와도 관계가 없소."

"서로 사랑하는데두요? 사랑하는 사람의 고민을 사랑하는 사람이 무관심하게 지나칠 수 있어요?"

"고민이 없다면 말 다한 것 아닙니까."

"아녜요, 서 선생님. 솔직하게 말하세요. 내가 이렇게 나서는 것은 서 선생님과 차성희 씨를 위해서예요. 중이 제 머리 깎지 못한다는 말이 있잖아요?"

"그런 게 아니래두요."

하고 나는 벌떡 일어나 앉았다. 누워서 응수하기가 답답했기 때문이다. 일어나 앉으며 나는 거칠게 말했다.

"미스 안은 그 서 선생님 서 선생님 하는 말 걷어치우세요. 서씨라고 하세요. 서씨라구."

"좋아요, 서씬 오늘 갑자기 무슨 일을 고민하고 계셨죠?"

"꼭 알아야 하겠소?"

"꼭 알아야겠어요. 차성희 씨의 고민을 덜어주기 위해서두요."

"그럼 좋소, 말하리다."

나는 각오를 다졌다. 결단코 차성희를 단념해야 한다는 각오를. 그러자면 내 비행을 털어놔야 하는 것이었다. 그런데 막상 입을 떼려고 하니 망설여졌다.

"그렇게 하기가 힘든 얘기예요? 무엇을 보았으면 보았다 하면 그만 아녜요?"

안민숙이 이렇게 따지고 들자 차성희가,

"말하기 힘드시면 제가 말할게요."

하고 긴장된 얼굴을 들었다.

"아닙니다."

하고 나는 손을 휘둘렀다. 차성희의 입에서 자가용차 얘기가 나와선 안되는 것이었다. 절대로 나는 그 광경을 안 본 것으로 해야만 했다. 차성희가 자가용차에서 내리는 것을 보고 이마에 기름땀을 흘릴 정도로 고민한 것으로 되면 너무나 치사한 일이 아닌가. 낭떠러지를 뛰어내리는 심정이 되었다.

"사실은 어젯밤 나는 어떤 처녀허구 호텔에서……."

나는 두 숙녀의 얼굴을 쳐다볼 용기도 그 말의 끝을 맺을 용기도 없었다. 방 안에 긴장이 감돌았다. 이웃집에서 불이 붙은 듯 어린아이 우는 소리가 났다. 남자의 거친 소리에 여자의 앙칼스러운 응수가 있었다. 또 부부싸움이 시작되었는가 보다 하는 엉뚱한 생각을 했다.

"서 선생은 참말로 엉뚱하다니까."

안민숙이 깔깔대고 웃었다.

이런 판국에 옆집 부부싸움을 생각하는 것이 엉뚱하다는 건가, 어떻게 그처럼 사람의 마음을 꿰뚫어 볼 수가 있을까 하다가 나는 늦게사 안민숙이 내 말을 곧이듣지 않는다는 뜻으로 한 말이란 걸 깨달았다. 모처럼 낸 용기와 결단이 빗나갔다고 생각하니 어이가 없었다. 차성희는 빙그레 웃고 있는 것이 아닌가.

"참말입니다. 어젯밤 그런 일이 있었어요."

내 말이 횡설수설하는 꼴이 되었다.

"그래서 이마에 기름땀이 솟도록 고민을 하셨어요?"

안민숙의 말투에 냉소가 보였다.

"생각해보십시오. 상대가 상대이구……."

"제발 엉뚱한 얘기 꾸며대지 마세요. 인격에 관계가 되는 일이라구요."

"꾸며낸 얘긴 아닙니다. 정 믿지 못하겠다면 이름을 댈 수도 있습니다. 두 분이 알고 있는 사람이니까요."

말해놓곤 아찔했다. 아니나 다를까 안민숙으로부터 추궁이 왔다.

"믿어드릴 테니까 말씀해보세요. 누구죠?"

나는 할 말을 잃었다.

"왜 얘길 시작해놓구 끝을 맺지 못합니까?"

안민숙의 추궁은 날카로웠다.

"생각하니 불가능한 얘기네요. 상대방의 체면과 명예에 관계되는 일이기도 하니까요."

"누가 그런 고백을 듣자고 했어요? 엉뚱한 얘길 꾸미라고 했어요?"

"꾸민 얘기가 아니라니까요."

"그런데 갑자기 그 고민을 주차장에서부터 시작했다는 건가요?"

"그 처녀와 택시를 타고 주차장에서 내렸거든요. 처녀는 그 자동차를 타고 그냥 갔구요. 보내놓고 나니 돌연……."

"재밌다, 재밌어."

하고 안민숙이 다시 웃기 시작했다.

"서 선생, 어떻게 그처럼 거짓말이 서툴죠? 서 선생이 호텔에서 같이 지낸 여자를 신문사 주차장까지 택시를 타고 데리고 왔어요?"

"믿건 믿지 않건 좋소. 있었던 사실은 어떻게 할 수가 없으니까요. 결론적으로 말해 나는 차성희 씨에겐 합당하지 않은 사람이란 거죠. 나는 추악한 사나입니다. 신설동 하숙에서도……."

하다가 나는 말을 뚝 끊었다. 신설동 하숙 얘기까지 들먹여 내 비행을 증명하려고 하면 차성희에겐 몰라도 안민숙에겐 참말까지도 거짓말이 될 위험이 있었던 것이다.

잠깐 동안 침묵이 있자 차성희는 조용하게 시작했다.

"오늘 아침 전 어떤 사람의 자가용차를 타고 출근했어요. 그걸 혹시서 선생님께서 보시구⋯⋯."

"난 보지 않았습니다."

"보셨건 안 보셨건 말씀을 드릴 참으로 있었어요."

"필요 없어요. 그런 말을 뭣 때문에 합니까. 아는 사람 자가용차에 편승한 것이 뭣이 나쁘다고 변명까지 할 필요가 있단 말입니까."

"아녜요, 서 선생님, 차성희 씨의 말을 끝까지 들으셔야 합니다."

"뭣 때문에요?"

이래선 안 된다고 했는데도 내 말은 거칠어졌다.

"나는 내가 추악한 놈이며 차성희 씨 같은 고귀한 여인의 사랑을 받을 자격이 없다는 것만 고백하면 그만입니다. 그런데 자가용차를 탄 까닭을 설명하실 필요가 뭐 있단 말입니까."

차성희는 미소를 지우지 않은 채 조용히 입을 열었다.

"서 선생님이 스스로를 어떻게 생각하고 계시든 제 마음엔 변화가 없어요. 그러니 오늘 아침 얘긴 꼭 해야겠어요. 그 사람은 제 오빠의 친구예요. 한 달 전에 자동차를 샀다며 자랑삼아 그 차를 타고 집에 들르곤 했어요. 그리고 집과 직장과의 방향이 비슷하니 출근할 땐 그 차를 이용하라는 권고가 벌써부터 있었어요. 그래도 전 거절했어요. 그런데 오늘 아침엔 어머니가 정릉 이모집에 가실 일이 생겼어요. 가지고 가실 짐도 있었구요. 택시를 잡으러 갈 판인데 그분이 차를 가지고 집으로 오셨어요. 사정을 듣자 자기가 모셔다드리겠다는 거예요. 오빠, 어머니, 올케도 그렇게 하라고 권했어요. 짐이 있고 보니 저도 같이 가지 않을 수 없었어요. 그래서 처음으로 그 차를 탄 건데, 정릉 이모집 앞에서 차를 내려 한참 이모집에 있다가 나오니 그때까지 차를 대기시켜놓고 있지 않겠어요. 그런 데서까지 굳이 사양하는 게 이상한데요. 무슨 콤플렉스를 가진 것처럼 오해를 받을 염려도 있었구요……."

들고 보니 하찮은 일이었다. 그러나 사태의 의미엔 다를 것이 없었다. 내가 절망한 것은 차성희가 배신했다는 것 때문이 아니고 자가용차를 가진 엘리트 가운데의 엘리트완 경쟁할 수가 없다는 의식의 탓이었다. 구체적으로 말하면 자가용차를 타고 호화주택에서 살 사람을 누추하기 짝이 없는 시민아파트로 데려올 수 없다는 의식인 것이다. 그렇더라도 내게 앞으로 호화주택에 살고 자가용차를 굴릴 야심이라도 있었으면 또 모를 일이다. 그런데 내겐 그런 야심도 포부도 없지 않은가.

"자가용차를 타고 온 당신을 보구 의식이 전도될 만큼 나는 순정파가 아닙니다. 그건 오해요."

내 말엔 힘이 없었다.

"무슨 소릴 해두요……."

하고 안민숙이 차분히 가라앉은 소리로 말했다.

"서 선생님의 차성희 씨에 대한 사랑을 나는 알았어요. 참말로 부럽네요. 차성희 씨로부터 그 얘길 듣고 서 선생님의 이마에 맺힌 기름땀의 의미를 알았을 때 전 새로운 사람을 발견한 느낌이었어요."

쓸데없는 말 집어치우라고 고함이라도 질러야 한다는 의식은 또록또록했는데 나는 그러질 못하고 멍청히 앉아 있었다. 옆집 부부싸움은 끝났는가 보았다.

여름이 가고 가을이 왔는데

아침, 창문을 열었다. 밀려드는 공기에 가을을 느꼈다. 높고 낮은 지붕들이 남산으로 이어지며 펼친 원경에도 추색이 있었다.

문득 창가의 샐비어가 시들어 있는 것이 눈에 띄었다. 시각에서만이 아니었다. 손끝으로도 고갈된 생명이 느껴졌다.

화분에 심어진 그 샐비어를 거리의 꽃가게에서 사온 날이 삼주일 남짓 되었을까. 화분에서 샐비어를 키우기란 힘들다고 들었지만 식물인들 정성에 대한 감응은 있을 것이라고 믿었다. 그래서 아침저녁 눈으로 어루만지고 손으론 물을 주고 하며 나름대로의 정성을 다했던 것인데 이처럼 샐비어는 꽃도 피워보지 못하고 죽었다. 그러고 보니 나는 정성을 다해 죽음을 가꾸고 있었던 셈이다.

나는 그 샐비어를 샀을 때를 되돌아보는 마음이 되었다. 한여름의 거리, 눈부신 고독 이외의 어떤 것도 심상에나 망막에 떠오르는 것은 없다. 그런데 그걸 사기 전엔가 뒤엔가, 안민숙과 주고받은, 다음과 같이 시작된 대화만은 귓전에 남아 있다.

"덥죠? 육십 년래에 처음 있는 더위래요."

"나는 죽어도 덥다 소린 안 할 거요."

아닌 게 아니라 지긋지긋한 여름이었다.

하늘로부턴 만상을 태워버릴 듯이 빛이 내려쬐고 땅으로부턴 시루에서 찐 듯한 열기가 뿜어오르는 나날이었다. 밤이라서 사정이 별반 달라지는 것은 아니다. 종일토록 강열이 가해진 공기가 짧은 시간에 양화凉化될 까닭이 없는 것이다.

이러한 초열지옥 속에서 나는 피서 갈 바닷가도, 산도 가지지 않은 채 지냈다. 돈과 시간의 여유가 없어서가 아니다. 내 마음속에 그러한 여유가 없었다. 닷새의 휴가가 허용되었지만, 나는 그것을 아들딸을 가진 동료들에게 버스표를 나눠주듯 하루, 이틀 식으로 나눠 선심을 썼다.

피서 따위를 모르고 여름을 이 도시에서 지내야 하는 많은 시민이 있다는 사실을 나는 알고 있었고, 그런 시민들로부터 예외가 되고 싶지 않았다. 그리고 미스터 뉴욕 같은 팔자가 아닌 담에야 어디를 간들 이 지긋지긋한 여름으로부터 벗어날 수 없을 것이란 짐작도 있었다.

미스터 뉴욕이란 차성희의 첫사랑이었다는 사나이에게 내가 은밀히 붙인 이름이다. 그는 자기의 자가용에 에어컨을 달고 열풍의 거리를 양풍 속에서 사는 인종에 속한다. 피서지에 가려면 그런 자동차를 타고 가야만 한다. 버스를 타고 피서지엘 갔다가 버스를 타고 돌아오는 바람에 삶은 고구마처럼 되어버릴 바에야 피서의 의미가 어디에 있겠는가 말이다.

안민숙과 나와의 사이에 약간 특수한 대화가 오간 것은 차성희의 휴가가 시작된 그날이었다.

"덥죠? 육십 년래에 처음 있는 더위래요."

안민숙의 이 말을 받아,

"나는 죽어도 덥다 소린 안 할 거요."
라고 했는데 안민숙은 다음과 같이 빈정댔다.

"그렇게 솔직하지 못하면 세상 살기가 퍽 불편할 거예요."

"원래 세계는 불편한 겁니다."

"그건 또 무슨 소리예요."

"육 년, 아니 육십 년, 아니 육백 년을 걸려 만들어도 될까 말까한 세계를 하느님은 불과 엿새 동안에 만들었다고 하지 않소. 그런 조제품이 돼놓으니 불편할밖에. 덥다가 춥다가 요량 짱이 없다니까."

"그거 멋진 철학인데요. 미스터 서는 아무래도 보통 사람은 아닌 것 같애."

안민숙은 짐짓 놀랐다는 표정을 보이기조차 했다.

"그런데 그게 내 사상이 아니니 유감이지."
하고 나는 어느 외국 시인의 시에서 읽었노라고 실토를 했다.

"서씬 시도 읽으세요?"

"나라구 교정 게라만 읽고 있으란 법 있소?"

"그 시 나도 꼭 읽어 보고 싶은데요."

"내일 찾아 가지고 오죠."

이렇게 되어 이사한 후 정리도 않고 팽개쳐둔 책 꾸러미에서 그 시가 들어 있는 책을 찾아내느라고 문자 그대로 나는 팥죽 같은 땀을 흘려야만 했던 것인데, 그 시는 다음과 같다.

하느님은 불과 엿새 동안에
이 세계를 만들었다고 하니 살기에 불편한 것은 당연한 일이다.
그런 데다 엉뚱한 데가 있고 신경질조차 있는 하느님이라 칠 일짼 손을 놓아버린 까닭으로 대신 우리들이 땀 흘려 일을 해야만 되는 것이다.

"녹색의 도화선으로 꽃을 몰아내는 힘이 내 녹색의 연령을 몰아낸다. 나무뿌리를 말리는 힘, 바로 그것이 나를 파괴한 자다." 이렇게 읊은 웨일스 태생의 천사는 급성 알코올중독으로 뇌세포를 파괴당한 채 뉴욕의 병원에서 죽었다.

그 도회의 동東 이십팔 번가 십사 번지의 프린스 조지 호텔의 일실一室. 열과 악몽에 신음하고 있던 우리들의 두상頭上의 방에서 T가 우리들의 영혼에 관한 시를 쓰고 있었을 줄이야 정말 몰랐다.

"……그리하여 감기에 걸린 M부인을 위해서/우리들은 플라스틱 상자에다/생선과 빵과 피클을 담아 돌아왔다/텔레비전에선 아직 마릴린 먼로가 살아 있어/그리고 물론 여행자 수표에/거듭 자기 이름을 기입하고/인간이 지금 있는 그대로/구원을 받을 수가 없을까/만일 구원을 받지 못한다면/오늘 밤 죽는 사람은 어떻게 하란 말인가/만일 구원을 받을 수 있다고 하면/미래는 뭣 때문에 있는 것일까……."

거창한 모험과 표류담이 엮어진 그림책의 마지막에 두 장의 사진이 우리들의 눈의 암부暗部를 향해 열려 있다. 왼편엔 맨해튼 출생의 금발의 소년, 오른편엔 전 페이지 가득히 여든 살 난 녹색의 노인이 큼직한 손을 들고, 헨리 밀러는 두 개의 자기 사진에다 말을 붙였다.

"하여간에 같이 더불어 지금부터 무언가가 시작되려는 참이다."

칠 일째 하느님이 손을 놓아버린 까닭으로
우리들은 종일토록 매일매일 일을 해야만 한다.
아아, 눈물이 마를 때까지
뺨을 장밋빛으로 물들이면서
인류의 비참을 생각할지어다.

이 시를 안민숙이 마저 읽을 무렵을 가늠해서 내가 물었다.

"인류의 비참에 관해 생각해볼 만하잖아?"

안민숙의 답이 돌아왔다.

"엿새 동안에 만든 세계에 사는 동물이 비참하지 않을 까닭이 있겠수?"

안민숙의 얼굴은 무표정했다. 무표정할 때의 안민숙은 무언가를 생각하고 있는 안민숙이다.

"원래 지구의 정원은 이천만 명이래요. 농사 같은 건 짓지 않고, 그러니 일하지 않고 자연이 제공하는 것만을 먹고 살 수 있는 사람의 수가 말이오."

"누가 그렇게 정했나요?"

"정한 것이 아니라 우프살라 엘리트들이 그런 계산을 해냈답니다."

"우프살라 엘리트가 뭐예요?"

"우프살라 대학에 근거를 둔 학자들, 주로 생화학학자들의 그룹을 우프살라 엘리트라고 한답니다."

"우프살라 대학은 어디에 있나요?"

"스웨덴 우프살라란 도시에 있소. 스트린드베리가 다닌 대학이죠."

"스트린드베리? 극작가 스트린드베리?"

"그렇소, 유령이란 작품을 쓴."

"서씨는 아는 것도 많으셔."

"빈정대는 거요?"

"아아뇨."

"하기야 모르는 것 빼놓곤 다 알기야 하지만."

아는 체 얄팍한 지식을 떠벌인 것이 겸연쩍스러워 나는 이렇게 중얼거렸다.

안민숙이 엉뚱한 질문을 해왔다.

"우프살라 대학의 학생들도 데모를 하나요?"

"데모?"

나는 어이가 없어 웃었다.

"왜 웃죠?"

"하필이면 데모가 뭐요."

"무식한 사람다운 질문이 아닐까요?"

"보다도 신문기자적인 질문이구먼."

"하여간 데모를 하나요, 안 하나요?"

"일 년에 한 번 꼴로 한답니다."

하고 외국 잡지에서 읽은 옛날의 기사를 기억 속에 더듬으며 말을 이었다.

"해동할 무렵의 좋은 날씨에 그들은 자동차·버스 또는 오토바이를 타고 스톡홀름으로 나간답니다. 스톡홀름과 우프살라는 약 이백 킬로쯤 상거가 된대요. 스톡홀름으로 나가선 왕성 앞에 가서 한바탕 한답니다. 국왕이여, 왕성을 비우고 다른 곳으로 이사하라. 몇 식구 되지도 않고, 하는 일도 없는데 큰 건물 속에서 살 필요는 없지 않느냐. 왕성을 노동자들의 아파트로 제공하라! 그렇게 외쳐대고 있으면 왕성에서 샌드위치와 포도주를 내와선 학생들에게 나눠준답니다. 배가 고프면 고함도 못 지를 테니 먹으면서 하라고. 그러면 학생들은 그 자리에 둘러앉아 빵과 포도주를 마시곤 노래를 부르며 놀다가 돌아온답니다."

"그건 데모가 아니고 소풍이잖아요."

"그렇잖아도 스웨덴에선 학생들의 데모를 학생들의 소풍이라고 친답니다."

"아아 재밌어. 소풍처럼 데모하는 게 재미있잖아요? 그런 대학에 다녀봤더라면 원도 한도 없겠다."

"그렇게 말한 분이 또 있었죠. 내 고향, 이웃집에 살고 있던 내겐 대선배가 되는 사람인데, 강호섭이란 이름이었죠. 그분의 방에 가면 우프살라 대학의 사진이 벽면 가득히 걸려 있었소. 스트린드베리에 심취한 사람이었는데 우프살라 대학의 캠퍼스를 걸어보기만 해도 여한이 없겠다고 말하곤 했었죠."

"대단한 로맨티스트였군요."

"로맨티스트가 될 수밖엔 없었던 사람이죠. 폐병에 걸려 항상 방에 누워만 있었으니까."

"그래 그 사람 어떻게 되었죠?"

"죽었소."

안민숙은 얼굴을 찌푸렸다.

나는 그 선배를 생각한다. 일제 때 일본 동경의 어느 대학에서 공부를 한 사람이었다. 폐병에 걸렸기 때문에 학병에 가진 않았다. 그래 주변의 사람들은 새옹塞翁의 말馬을 들먹이며 그의 병을 축복하기도 했다지만 그는 설혹 전쟁터에서 죽을망정 친구들과 같이 학병으로 나갔으면 하는 마음을 가졌던 모양이다. 그러나 그런 일은 내가 이 세상에 나기 전의 일이고 그로부터 그 비슷한 얘기를 들은 것은 내가 고등학교에 다닐 때, 그가 마흔 살을 채우지 못하고 죽기 얼마 전의 일이다.

'그분이 건강하게 살아 있었더라면!'

가끔 해보는 센티멘털한 생각을 새삼스럽게 또 해보며 나는 땀을 닦고 창밖의 하늘로 시선을 돌렸다. 바늘로 꼭 찌르기만 하면 '꽝' 하고 터져버릴 것처럼 팽팽히 푸른 하늘, 흰 구름은 어떤 순수한 것이 연소하고 있는 증거처럼 보였다.

"우프살라로 가고 싶어도 우프살라는 너무나 멀군요."

안민숙이 한숨을 쉬었다.

"처녀의 한숨은 올드미스가 될 징조랍니다."

"이미 되어 있는 올드미스는 어떻게 하구요."

하더니 안민숙이 사문하는 표정으로 바뀌었다.

"서 선생, 차성희 씨완 어떻게 할 참이죠?"

"……"

"차성희 씬 서 선생과 같이 휴가를 받고 싶어서 안달이었어요."

"……"

"차성희 씨의 속은 생각하지도 않고 휴가를 남에게 주어버리는 사람이 어딨어요."

"사정을 모르거든 잠자코 계시오."

"내가 사정을 모른다구요?"

"알 게 뭡니까?"

"기가 막히네요."

"그럼 미스 안은 차성희 씨가 정말 나와 같이 휴가를 받고 싶어했다고 믿고 있소?"

"그렇잖구요."

"아닙니다. 차성희씬 나와 같이 휴가를 받을까봐 겁을 내고 있었소. 알았소?"

"어마나!"

"나는 그 속셈을 알고 내 휴가를 포기한 겁니다."

안민숙의 대응이 없었다. 그래 그 얼굴을 힐끔 봤다. 안민숙의 얼굴은 겁을 먹은 듯 굳어져 있었고 때문에 말이 안 나온다는, 그런 표정이었다.

"내 판단엔 틀림이 없어요."

나는 힘을 주어 말했다.

"서씨!"

착 가라앉은 듯한 안민숙의 말소리가 나를 놀라게 했다. '서씨'라고 부른 뒤의 말은 언제나 날카로운 힐난인 것이다.

"서씬 사람 죽이겠네요, 세상에 그런 오해를 하다니……."

"내가 오해를 하고 있다구?"

"오해 아니고 그게 뭐예요. 오해보다 더한 악의예요."

안민숙이 흥분했다. 나는 속으로 웃었다. 한때 들뜬 기분으로 '오해를 거절하는 의지가 사랑이다.'라는 글귀를 쓴 적이 있고 그 글귀를 써 넣은 「작은 노트」가 제3장을 마지막으로 풍부한 여백을 지닌 채 내 방 한구석에 먼지를 뒤집어쓰고 있는 것이다.

'오해를 거절하는 의지가 사랑이다.'

이것은 진실이었다. 그러나 나는 이에 못지않은 진실을 위해서 일부러라도 오해를 강작强作해야만 했다.

"분명히 차성희 씬 나와 같이 휴가를 받을까봐 겁을 먹고 있었소."

나는 안민숙의 흥분엔 아랑곳없이 냉연하게 되풀이해 말했다.

"서씨!"

"말씀하시오."

"서씨, 정말 그런 생각을 하고 있다면 나는 분개할 거예요. 차성희 씨가 서씨를 위해 얼마나 신경을 쓰고 있는가를 알기만 하면 절대로 그런 소린 입 밖에 낼 수가 없을 거예요. 차성희 씨의 그런 마음을 모른다고 하면 서씬 바보예요, 벽창호예요."

나는 웃었다. 그 웃음이 고약하게 일그러진 묘한 웃음으로 되었던 모양이다. 안민숙의 얼굴에 혐오의 감정이 역력히 돋아났다. 그리고 또 한마디가 있었다.

"사람은 순진해야 해요."

나는 웃음을 거두고 생각에 잠겼다. 차성희가 나를 위해 신경을 쓰고 있는 것은 사실이다. 얇은 유리컵을 대하듯 차성희는 나를 대한다. 내 눈치를 읽으려고만 한다. 내 비위에 어긋나는 것은 조금도 하지 않겠다는 듯 조심조심 행동한다. 그런데 그러한 태도가 나는 싫은 것이다. 그건 이미 사랑이 아니기 때문이다. 무너진 마음의 성을 의지로써 지탱하려는 노력으로 나는 차성희의 태도를 풀이했다.

한마디로 말해 차성희는 배신자가 되기 싫은 것이었다. 마음은 이미 떠나 있으면서 배신자가 되기 싫은 그 미묘한 모순을 알고 있는 것은 나뿐이다. 본인도 미처 모르고 있는 마음의 심부深部의 미묘한 드라마! 그러니 안민숙이 그런 걸 알 까닭이 없다.

나는 차성희를 사랑하기 때문에 차성희를 배신자로 만들지 않기 위해선 내가 배신자가 되어야 한다는 생각도 해보았다. 그러나 그것은 절대로 안 될 말이다. 나는 내가 배신당하길 기다릴 참이다. 배신자가 되지 않고서는 내 곁을 떠나갈 수 없도록 차성희를 묶어놓아야만 하는 것이다.

휴가 얘기가 나돌 무렵의 일이었다. 차성희는 내게 이렇게 물었다.

"이번 휴가에 혹시 가시고 싶은 데가 있어요?"

나는 그 물음을 받고 잠깐 동안 차성희의 얼굴을 바라봤다. 그리고 답했다.

"없어요. 별루."

그러나 내 가슴속에선 다음과 같은 말이 준비되어 있었다.

"이왕이면 이번 휴가에 우리 동해 쪽으로 가요, 아니면 해인사에 가요, 이렇게 말하지 않고 왜 그런 식으로 말하죠?"

결국 이런 말은 하지 않고 말았지만 나는 그 조금의 실수도 하지 않겠다는 차성희의 마음먹이가 찾아낸 예의바른 말투에 떠나간 여자의 마음을 보았다. 이런 생각을 하고 있으면 골치가 아프다. 나는 기분을 바꿀 양으로,

"안민숙 씨."

하고 불렀다. 대답은 없이 안민숙은 고개를 들었다.

"안민숙 씨, 이런 걸 한번 상상해봐요. 파 몇 뿌리, 무 한 개, 두부 한 모, 멸치 한 줌 가량, 소금 얼마, 이런 게 들어 있는 저자바구니를 들고 말요, 등에 어린애를 업었어요. 그러니 한 손은 어린애의 궁둥이를 받쳐 들고 있는 거죠. 그런 몰골로 삼복더위에 가파른 골목길을 기어오르고 있는 겁니다."

"서민층의 전형적 주부의 모습이네요."

"또 이런 걸 상상해봐요. 에어컨이 달린 자동차를 타고 열풍의 거리를 달려서 호화로운 저택으로 들어오는 여성이 있습니다. 파니 무니 두

부니 하는 것은 전연 몰라도 식탁엔 항상 성찬이 준비되어 있죠. 냉방이 너무나 잘 돼 있어서 여름엔 털스웨터를 입고 지냅니다. 겨울엔 여름옷을 입고 지내구요. 집 안엔 볼륨을 낮춘 무드음악이 흐르고 있구요. 그러니 시간의 빛깔이 시각적으로나 청각적으로 장밋빛일 수밖엔 없죠."

"뭣 때문에 그런 얘길 하는 거죠?"

안민숙의 의아해하는 표정에 살큼 힐난의 빛이 섞였다. 나는 애매한 웃음을 띠고 말했다.

"차성희 씨에게 어린애를 업히고 저자바구니를 들려 가파른 골목길을 걸어 올라오도록 할 수 있겠어요?"

"서씨가 노력해서 돈을 많이 벌면 될 것 아녜요? 그런 걱정을 안 하려면."

"돈? 내가 돈을 벌어요? 그런데 내가 돈 벌지 않아도 차성희 씨에겐 에어컨 달린 자가용차가 대령하고 있고 호화저택의 문이 활짝 열려 있답니다. 그런데도……."

"서씬 비겁해요."

"비겁하다는 표현 정확합니다. 자신이 없으면 사람은 비겁하게 되게 마련이니까요."

"차성희 씨가 자가용차나 호화저택을 원하지 않는다면?"

"그런 가정은 무의미한 겁니다. 한편에 저자바구니를 들고 기어올라야 할 가파른 골목길이 있고, 한편엔 자가용차를 타고 들어설 호화저택이 있다는 것은 막연한 상상적인 가정이 아니고 눈앞에 현존하고 있는 사실이란 말입니다. 차성희 씬 거기서 양자택일을 해야 하거든요. 게다가 사람으로서도 미스터 뉴욕은……."

"미스터 뉴욕이 뭐죠?"

안민숙은 재빨리 내 말꼬리를 잡았다. 아차, 하고 나는 입을 다물어 버렸다.

민감한 안민숙이 그 말뜻을 못 알아차릴 리가 없었을 텐데도 더 이상 추궁하진 않았다.

"하여간 나는 차성희 씨에게 궁색스런 저자바구니를 들릴 순 없다는 얘깁니다. 그 사람이 그렇게 하지도 않을 거구요. 그런데 그게 결코 어려운 일은 아니거든요. 내가 비켜서기만 하면 될 일이니까."

안민숙은 야릇한 미소를 짓곤 손수건을 꺼내 콧등에 맺힌 땀방울과 함께 그 미소를 닦아버렸다.

나도 침묵해버릴 수밖에 없었다.

그리고 며칠 후…….

차성희가 휴가로부터 돌아왔다. 햇볕에 그을려 얼굴은 건강색으로 빛나고 있었다. 침울하기조차 했던, 그 여자를 둘러싸고 있던 분위기 같은 것이 말쑥이 걷힌 것처럼 본 것은 내 마음의 탓만은 아닐 것이었다.

차성희는 확실히 변해 있었다. 그런데 그 변화는 휴가 전부터 있었던 현상이었다. 퇴근시간이 되었을 때 같이 차나 한 잔 하자고 했다. 차성희는 활달하게 응했다. 나는 그를 C호텔의 스카이라운지로 데리고 갔다. 아무데나 데리고 갈 수 있는 옛날의 차성희가 아니란 느낌이 시킨 노릇이었다.

여덟 시 가까운데도 태양의 여광이 남아 있어 박명의 거리에 전등이 꽃처럼 피어 있었다.

'나는 이런 시간이 마음에 든다.'며 어느 소설가가 쓴 다음과 같은 문장이 기억 속에 되살아나기도 했다.

'엷게 모색이 깔려진 거리다. 솜털로 피부를 문지르듯 공기는 부드럽다. 각양각색의 극채색이 담백한 흑백색으로 분해되어가는 시간. 노추老醜도 부각되지 않고 치졸도 눈에 거슬리지 않는 낮과 밤, 빛과 어둠의 어림길……'

창가에 자리를 잡았다. 먼저 내가 물었다.

"휴가 재미있었소?"

"별루요."

"어딜 갔었소?"

"남해안엘 가봤어요. 남해의 상주라는 데요."

남해의 상주는 내 고향과는 가까운 곳이다. 그러나 하나마나한 얘기라서 나는 다만 이렇게 말했다.

"새로 된 해수욕장이군."

"그래서 그런지 시설이 엉망이었어요."

차성희는 이제 막 갖다놓은 주스를 한 모금 마셨다. 나는 맥주를 마셨다. 돌연 화제가 궁색함을 느꼈다.

"피서지에서 있었던 일은 없었나요?"

성희는 말끄러미 나를 바라보더니 말의 뜻을 알아차리자 조금 얼굴을 찌푸렸다.

"그런 일이 있길 바랐어요?"

"바다나 산에 혼자 갈 땐 대강 그런 막연한 기대를 가지는 것 아닙니까?"

"그래서 서 선생은 휴가를 포기했나요? 날 혼자 보내려구. 그러나 난 혼자 가지 않았어요. 조카들과 같이 갔어요."

나는 얼른 화제를 바꿀 필요를 느꼈다.

"저 시청 건물을 좀 봐요."

성희는 그리로 고개를 돌렸다.

"저렇게 작아져버렸소. 옛날엔 우러러봤던 건물인데, 주변에 높은 건물이 자꾸 들어서니까……. 사람도 마찬가지일 테지."

그런 덴 흥미가 없다는 듯 성희는 다시 스트로에 입을 갖다댔다.

"미국엔 대통령이 되든가 빌딩을 짓든가, 하라는 말이 있대. 물론 야심 있는 남자에게 하는 소리겠지만."

이런 말을 하는 게 어쩐지 어색스러웠다. 상대방의 반응이 없고 보니더욱 그랬다.

침묵이 흘렀다. 침묵을 깬 것은 차성희였다.

"왜 휴가를 포기하셨죠?"

우물쭈물 나는 내 말을 계속했다.

"나는 빌딩이 설 때마다 놀랍니다. 돈이란 건 대단히 플렉시블한 것 아니오? 나의 경우로선 휘발성이 있다고밖엔 말할 수 없는 물질이죠. 자꾸만 날아가버리려는. 그런데 그런 돈을 십 층, 이십 층 건물로 쌓을 수 있을 만큼 붙들어둘 수가 있다니 대단한 기술 아닙니까. 영웅이랄 수밖에요. 기어들고 기어나는 집 한 칸도 갖지 못한 사람들이 수두룩한 가운데서 고층건물을 짓는 사람은 영웅입니다. 그렇게 생각하시지 않습니까?"

차성희는 시선을 창밖으로 돌렸다. 건너편 건물의 네온사인에 반사된 옆얼굴이 싸늘했다. 나는 말을 멈출 수가 없었다.

"한편 애국자라고도 할 수 있죠. 그 영웅들 덕택으로 서울의 위신이 섰다고 할 수 있는 거니까. 조사부에서 한말 서울의 사진을 본 적이 있는데 참으로 어이가 없드만. 그러한 서울에서 오늘의 서울을 만들어낸 힘의 주류라는 게 있지 않겠소. 그 주류는 사업가 또는 그 밑에서 종사하는 사람들이다, 이겁니다. 그 이외의 사람들, 거기엔 나도 끼입니다만 이건 말짱 헛것들이지. 말짱 헛것. 사람으로 태어났을 바에야 주류를 차지해야 하는 겁니다. 그렇게 생각하지 않소?"

나는 나 자신 뭣을 말하고 있는지도 분간 못할 말을 지껄이고 있는 것이 쑥스러워졌다.

맥주가 조금 남아 있는데도 나는 맥주 한 병을 더 시키고,

"뭐 먹을 것을 주문할까?"

하고 차성희의 눈치를 살폈다. 차성희의 옆얼굴은 굳어져 있는 채 대답이 없었다. 나는 결정적인 말을 해보고 싶은 충동을 느꼈다.

'사람에겐 행복하게 살 권리가 있다. 그러니 행복을 위해선 배신 따위를 겁낼 필요가 없다.'

이렇게 말하고 다음과 같이 덧붙이면 완벽할 것이었다.

'당신의 양심을 고통스럽게 하지 않기 위해서 내가 배신자의 역할을 맡아줄까?'

그러나 나는 그처럼 야비할 순 없었다. 각오가 섰으면 자연스럽게 비켜 서주면 되는 거니까.

그런데 결국은 내가 야비한 사람일지 몰랐다. 차성희의 마음이 나로부터 떠났다는 사실을 직감하면서도 한편에선 그렇지 않을 것이라는 바람이 있고, 차성희가 미스터 뉴욕한테로 가되 얼만가 마음에 상처를 입고 가야만 한다는, 그러한 마음이 미련처럼 내 가슴속에 도사리고 있는 것이다. 하여간 편안한 마음으로 떠나게 할 순 없었다. 솔직하게 말하면 최악의 경우 차성희가 내게 등을 돌릴 땐 스스로 배신했다는 양심의 고통만은 느껴야 하는 것이다. 그것이 가슴의 한구석에 못처럼 박

혀, 궂은 날씨에 헌 상처가 동통을 느끼듯 해야 하는 것이다. 내가 배신하기만 하면 차성희는 훨훨 날아가듯 미스터 뉴욕에게로 가버릴 것이 아닌가. 나는 그렇게까지 아량을 베풀 생각은 조금도 없었다.

침묵을 메우기 위해 나는 화제를 찾았다. 그때 떠오른 것이 캄보디아의 사태였다. 공산군이 점령한 후의 캄보디아 사태에 관한 보도가 며칠 전 들어왔던 것이다.

"공산군이 프놈펜에서 주민들을 모조리 몰아냈다는 얘깁니다."

나는 진지하게 말을 시작했다. 관심의 빛이 차성희의 얼굴에 살큼 돌아났다.

"프놈펜만이 아니라 모든 도시, 아니 농촌에서도 원래 살고 있던 주민들을 내쫓고 있답니다. 그리고 론놀 정권과 다소라도 관계가 있었던 사람은 지위의 고하를 막론하고 마구 죽여 없앤대요. 토니 클립턴이란 미국인 기자가 쓴 기사를 읽었는데 참으로 무시무시하더군요."

"그래 캄보디아의 일이 마음에 걸려서 휴가를 포기한 거예요?"

차성희의 얼굴에 시니컬한 빛이 돌았다. 나도 실없이 웃었다. 차성희에겐 이런 엉뚱한 데가 있었다. 그것이 그 여자의 매력이기도 했다. 휴가를 포기하고 난 뒤에 읽은 기사니까 그랬을 까닭이 물론 없는 것이었지만 나는 딴전을 피웠다.

"아무리 남의 나라이기로서니 나라 하나가 송두리째 수라장이 되어 있는 판인데 태평하게 휴가다 뭐다 하고 놀아날 기분이 되겠소?"

차성희는 어이가 없다는 듯 입을 삐죽했다. 그래도 아랑곳없이 나는 지껄였다.

"캄보디아의 공산당은 보복과 청소를 한꺼번에 할 작정인 것 같지만 세상에 그렇게 지독할 수가 있을까!"

"론놀의 행패가 심했으니까 보복도 지독한 거겠죠, 뭐."

나는 아찔했다.

"그럼 성희 씬 지금 캄보디아에서 일어나고 있는 일을 당연하다는 겁니까?"

"누가 당연하다고 했어요. 그런 사정도 있을 것이라고 한 것뿐에요. 그리고 과잉 보도란 것도 있지 않겠어요?"

"클립턴 기자는 태국으로 피난 온 각계각층의 캄보디아인으로부터 들은 얘길 성명과 연령까지 밝혀놓고 수록하고 있습니다. 터무니없는 거짓말을 꾸밀 까닭이 없어요. 탄환을 아끼기 위해 곤봉으로 때려죽이고 비닐봉지를 씌워 질식시키기도 하고 자기 손으로 굴을 파게 하곤 생매장을 시키기도 한대요. 그렇게 이미 수만 명이 죽었을 것이라고 하던데……. 지구의 한구석에 그런 참상을 있게 해놓고 세계의 지도자들은 뭣을 하고 있는지……."

차성희도 내 센티멘털리즘에 말려들었는지 눈을 멀거니 뜨고 중얼거렸다.

"살던 고장에서 사람들을 내쫓는 일은 아무래도 이해가 안 가네요."

"모든 과거를 뿌리째 뽑아버리겠다는 거겠죠. 국민을 삼지 사방으로 분산시켜 전연 알지 못하는 사람들과 섞어놓으면 누가 죽었는지 살았는지도 분간 못할 테고, 도덕이니, 예의니, 이웃에 대한 의리니 하는 관념도 없어질 테니까 안심하고 밀고를 할 수 있게 해서 모두의 동향을 파악할 수도 있지 않겠소. 뿐만 아니라 공산당의 절대적인 권위를 인식시키는 가장 결정적인 방법이 될 수 있을 테고……. 말하자면 적대분자 또는 이에 유사한 분자들을 말쑥이 청소해놓고 순 백지로부터 출발해보겠다는 것 아니겠소. 그러나 세계 역사상 자기의 동족을 향해 그러한 포학을 한 예는 아마 없을 거요. 폭력 만능, 권력 지상의 망집에 사로잡힌 자들이라고 할 수밖에 없지. 인도주의로서의 공산주의는 완전히 파산된 거죠. 물론 증오심을 자극함으로써 공산주의는 비로소 혁명이론이 되긴 하는 것이지만, 일단 권력을 잡으면 관대할 수도 있을 텐데 캄보디아의 사태는 납득할 수가 없어요."

차성희가 화사하게 웃음을 머금고,

"그런 데까질 생각하고 있는 걸 보니……."

하고 말끝을 흐렸다.

"그런 데까질 생각하니 어떻단 말요."

"난 서 선생이 건성으로 캄보디아 얘길 하고 있는 줄 알았거든요."

"사실은 건성이오."

"건성이라도 그 정도로 생각하고 계셨다면 존경할 만해요."

"난 존경 같은 거 바라지 않소."

"캄보디아, 캄보디아……."

하고 되풀이하더니 차성희가 중얼거렸다.

"어쩐지 남의 일 같지 않네요."

"남의 일 같지 않죠. 만일 북쪽에서 밀어닥치는 일이 있으면 꼭 그와 같은 꼴이 될 테니까요. 나는 목하 새삼스럽게 휴전선을 지키는 의미를 생각하고 있는 겁니다. 어떤 친구는 휴전선을 두곤 자살할 수도 없다고 했소."

"그런 우울한 얘긴 그만두는 게 어때요."

차성희는 다시 시무룩한 표정이 되었다. 그럴 때의 차성희는 옛날의 모습이었다. 연약하고 수줍고 인정스러웠던 그때의 차성희…….

나는 며칠 전 쿠알라룸푸르에서 발생한 사건으로 화제를 돌렸다. 다섯 명의 일본 적군파 청년들이 쿠알라룸푸르의 미국 영사관을 점령한 일이 있었다. 그들의 요구는 일본 국내에서 복역 중인 동료 적군 다섯을 석방하여 쿠알라룸푸르로 데리고 와서 자기들이 지정한 곳까지 보내달라는 것이었다.

나는 간추려진 기사만으론 호기심을 달랠 수 없었기 때문에 외신부에 가서 텔렉스로 찍혀 나온 영문기사를 세심하게 읽었다. 그 원문은 다음과 같이 멋을 부린 문장이었다.

―그 다섯 사람의 일본인은 테러리스트로선 예외적이라고 할 수 있을 만큼 공손한 태도들이었다. 그들은 쿠션이 있는 의자를 모아 침대를 만들어서 인질들에게 제공하기도 하고 커튼을 찢어서 이불을 만들어 인질들의 편의를 보아주기도 했다. 주문해둔 켄터키 치킨이 도착하기까진 과자를 나눠주어 요기를 시켰다. 그리고 어린아이들이 뛰노는 것을 지켜보며 웃음을 터뜨리기도 했다. 하여간 그 게릴라들이 하도 예절이 바르고 공손하기도 해서 인질로 붙들려 있던 사람 가운데의 하나는 그들이 장난을 치고 있는 것이 아닐까 하는 생각을 갖기조차 했다. 그런데 그들은 결코 장난을 하고 있는 게 아니었다. 일본 적군파로 알려진 그들 테러리스트들은 쿠알라룸푸르의 미국 영사관에 쳐들어가서 아녀자를 합쳐 쉰세 명을 인질로 한 것이다. 그 가운덴 영사 로버트 스테빈스 씨도 끼어 있다. 구십오 시간 후 일본·말레이시아·리비아 등 세 나라의 정부는 적군파의 요구를 승낙했다. 그들은 일본으로부터 데리고 온 다섯 친구와 함께 육천구백 마일을 날아 리비아에 도착했다. 이 극적인 사건은 그다지 큰 사고 없이 끝난 것이다…… 풀려난 로버트 스테빈스 영사는 놀랄 만큼 침착한 태도로 악몽 같은 시간을 회상하며

다음과 같이 덧붙였다. "바라건대 언젠가 그들도 사람이 될 날이 있었으면 좋겠다. 그때 그들과 한자리에 앉아 같이 커피를 마시며 정치담을 했으면 싶다."

내가 이 얘길 되도록 소상하게 들려주었더니 차성희가 물었다.

"신문엔 그 사건이 간단하게 보도돼 있던데 서 선생께선 어떻게 그처럼 소상하게 알고 계시죠?"

"그러니까 외신부에 가서 기사의 원문을 전부 읽었다고 하잖았소."

차성희는 고개를 끄덕끄덕하더니 뚜벅 말했다.

"서 선생은 외신부에 가 있었으면 훨씬 좋았을 걸."

"천만에요. 교정부원이 내 천직이오."

"외국어의 실력이 아까워서 그래요."

"대단한 실력도 아닌데 아까울 게 또 뭐요. 그보다도 로버트 스테빈스란 사람 멋쟁이 아뇨? 구십오 시간 동안이나 시달림을 받고 리비아까지 게릴라와 같이 날아가고 했으면 지긋지긋해서 욕설이 저절로 나올 텐데 말이오. 그런데도 언젠가 그들이 사람 될 날이 있었으면 좋겠다, 그때 같이 차를 마시며 정치담을 나누고 싶다고 했다니 대단한 사람 아닙니까. 나는 그에게서 인간의 위신 또는 품위 같은 것을 느꼈소. 그 사람에게 편지라도 쓰고 싶은 충동까지 일었단 말입니다."

"편지를 쓰시죠, 그럼."

"쑥스러워서 어디."

그러자 차성희는 장난스러운 얼굴이 되더니,

"서 선생님, 약간 건방진 말을 좀 해볼까요."

하고 정면으로 나를 보았다.

"좋습니다. 말해보시오."

"서 선생은 너무너무 고식적이에요. 진취성이란 조금도 없는 것 같애요. 향상심도 없구…… 왜 그러시죠?"

"무슨 말인지……."

"이제 막 로버트 스테빈스란 사람에게 편지를 쓰고 싶은 충동이 일었다고 하셨죠?"

"……."

"그런 충동을 느꼈으면 곧 편지를 쓰셔야 할 것 아녜요? ㄱ 한 장의 편지가 얼마나 훈훈한 효과를 만들어낼지 모를 것 아녜요? 공리적으로 따지지 않더라도 감동을 일으킨 사람에게 편지를 쓴다는 것 자체가 좋은 일 아녜요?"

"편지로서 발산하지 않고 감동을 내면에 간직해두는 게 좋을 수도 있죠."

"편지 얘기는 그렇다고 칩시다. 그런데 아까 교정부원이 나의 천직이라고 하셨죠?"

"그랬소."

"전 그런 말씀 싫어요. 평생 동안 교정부원 노릇만 하고 사실 작정예요? 늙어서 돋보기를 쓰구요. 염해균 선생님처럼요."

"그게 뭐 나쁘오?"

나는 어이가 없어서 되물었다.

"서 선생님은 일단 결심만 하면 무어든 할 수 있는 사람예요. 엄청난 출세도 할 수 있을 거구요."

나는 실소를 터뜨렸다.

"왜 웃죠?"

"출세란 말을 들으니까 우습네요."

"전 서 선생님의 그런 태도가 싫단 말예요. 출세하는 게 뭐 나쁘나요? 생존경쟁이란 사회의 실상을 그대로 인정하고 자기의 우월을 증명하는 것이 어째서 나빠요. 세속을 초월한 체 출세 같은 걸 비웃는 그런 태도는 자기에 대해서 너무나 불성실한 거예요."

"나는 내게 성실하려고 애쓰고는 있습니다만."

"아녜요. 난 서 선생의 성실이 부족하다고 생각해요. 서 선생은 교정부원 시험 응시자 오백 명 가운데 일 등을 하신 분 아녜요? 아무리 시시한 시험이었기로서니 그렇게 출중할 수 있다는 게 예삿일예요? 그런데도 교정부원으로서 만족하고 있는 걸 보니 전 답답해요. 견딜 수가 없어요. 얼마 전까지만 해도 전 그런 태도를 서 선생이 자기의 본심을 숨기기 위한 카무플라주라고 보고 있었어요. 그런데 그게 아니었거든요."

나는 아연한 느낌으로 차성희를 지켜보았다. 차성희가 이처럼 웅변적으로 나오는 것도 상상 밖의 일이고, 교정부원을 천직으로 해도 무방할 수 있는 내 성격과 인생관에 대해서 저렇게 몰이해하다는 것도 정말 뜻밖이었다.

내 마음은 우울하게 물들었다.

"뭐니뭐니 해도 나라는 사람을 가장 잘 아는 건 납니다. 나는 출세완 거리가 먼 사람입니다. 그리고 또 나는 세상이란 것도 내 나름대로 알고 있습니다."

"전 세상을 잘 모르긴 하지만 이 세상은 의지와 능력이 있는 사람에겐 잘살 수 있는 기회를 제공하고 있다고 봐요. 의지는 있으면서도 능력이 모자라 고민하고 있는 사람이 얼마나 많은지 아세요? 그런데 선생님은 넘치는 능력은 갖고 있으면서도 의지가 없지 않아요. 왜 낙오자의 대열에만 끼려고 하시죠?"

나는 어색한 웃음을 띠어볼 만큼 마음의 여유를 되찾았다. 그래서 물었다.

"잘산다는 게 뭡니까?"

"몰라서 물으세요?"

"몰라서가 아니라 차성희 씨와 나완 핀트가 맞지 않는 것 같아서요."

"어떻게 핀트가 맞지 않죠?"

"조금 건방진 소립니다만 난 가난하게, 그러나 궁하지는 않게 살고 싶어요. 성희 씬 내 의지를 의심하고 있습니다만 나는 내 나름대로 내 이러한 목표를 위해서 계산해가며 살고 있소."

"꼭 가난해야 할 이유가 뭐죠?"

"그저 가난한 건 아닙니다. 내가 말하는 것은 궁하지 않게 가난하다는 겁니다."

"평생을 남의 지배를 받으며 월급쟁이 노릇만 할 참예요?"

"나는 지배라고 생각하지 않고 계약이라고 생각하고 있으니 평생 동안의 월급쟁이도 무방하죠."

"만일 직장을 잃는 일이 있으면 어떻게 하죠?"

"그렇게 되면 육체노동을 할 참입니다. 요즘 신문사의 공기가 뒤숭숭하고 언제 최후의 결단을 해야 할지 몰라 나는 운전면허를 받을 양으로 일요일이면 자동차 교습소에 나갑니다."

"운전사가 되겠다는 건가요?"

"용달차 운전사를 해볼까 합니다."

"그거 정말이세요?"

"용달차 운전사가 나쁜가요? 비굴한 두뇌노동 또는 허울 좋은 정신

노동보다는 육체노동이 낫다고 나는 생각하고 있소."

"원칙만으로 세상을 살아갈 수 있을까요? 유리한 기회가 많은데도 굳이 육체노동을 해야 하나요?"

"굳이 하겠다는 것은 아니죠. 성희 씨, 나를 오해하고 있는 것 같은데……. 내 말을 잠자코 들어주십시오. 나는 신문사를 그만두었을 경우 얼마 전까진 형무관, 아니 교도관 시험을 치를 작정까지 한 사람입니다. 감옥생활을 하는 사람과 같이 감옥생활을 해도 무방하다고 생각한 겁니다."

"그런 게 인도주의인가요?"

"주의랄 수도 없죠. 음지에서 피는 꽃도 있지 않습니까. 양지에서의 가시덤불보다는 음지의 꽃이 낫다, 이런 사상도 가능하지 않겠소."

"자기의 능력을 개발하고 키워 인류사회에 기여하겠다는 포부쯤은 가질 만하잖을까요?"

"내게 베토벤만한 천재와 아인슈타인만한 역량이 있다는 자부가 있었다면 혹시 모르긴 하죠. 그러나 나는 아무리 뻔뻔스러워도 그런 자부를 가질 순 없습니다. 그저 평범하게 살아갈 참이죠. 인류사회에 기여하진 못해도 인류사회가 나 때문에 손해를 입거나 더럽혀지는 일은 없도록 조심하면서요."

"서 선생님은 완전히 허무주의자시군요."

"허무주의? 억지로 그런 낙인을 찍을 수 있을진 모르죠. 그러나 나의 허무주의는 히피족이 될 수도 없고 적군과 같은 게릴라가 될 수도 없는 어중간한 것에 불과하오."

차성희는 지친 듯 입을 다물고 바깥으로 시선을 보냈다. 나는 그 시선을 좇았다. 유리창이 거울이 되어 나와 성희의 얼굴이 겹쳤다. 나는 그 거울 속의 성희를 보며 이런 짐작을 해봤다.

'차성희는 일대 용기를 내어 나와 결판을 내려고 한 것이란……'

차성희는 이전엔 본색을 몰랐었다고 했지만 그것이 아니란 걸 나는 잘 알고 있다. 미스터 뉴욕이 나타나고부터, 그로 인해 부모님들의 강권이 시작되자 '사회 속에서 사는 것'이란 어떤 것인가를 생각하게 되었고 그 시점에서 나를 다시 관찰하게 된 것일 것이다. 그러는 동안 내가 마음만 먹으면 미스터 뉴욕만 못할 바도 아니라고 생각했을지도 모른다.

'가난한 월급쟁이의 아내가 되느냐, 장차 대회사의 사장이 될 수 있는 사람의 아내가 되느냐.'

이러한 양자택일이,

'서재필도 마음만 먹으면 앞으로 얼마든지 출세도 하고 유복하게 살 수 있는 사람인데 그 서재필을 독려해서 그렇게 될 것을 목표로 서재필의 아내가 되느냐, 지금 기반을 잡고 있을 뿐 아니라 미래가 촉망되기도 하는 그 사람을 택하느냐.'

하는 내용으로 바뀐 것이 아닐까.

나는 슬그머니 끓어오르는 웃음을 가까스로 참았다. 남자를 출세주의 외가도로 몰아세워 숨을 쉴 여유도 주지 않는 몇몇 여자의 얼굴과 닮은 점을 차성희에게서 발견했기 때문이다.

우아하다는 자신이 있는 여자들은 자기들의 우아함을 보전하기 위해 본능적인 충동을 지닌 것인지 모른다.

그레이스 켈리가 왜 모나코의 왕과 결혼했을까. 재클린 케네디가 무엇 때문에 오나시스와 결혼했을까.

수양이 되고 교양을 쌓을수록 우아하고 아름답게 생긴 여자의 자기

보전 의식은 예리하고도 강렬하게 되어가는 것이다.

차성희는 우아하다.

차성희는 아름답다.

저자바구니를 들고 어린애를 업고 가파른 골목길을 기어오를 여자는 결단코 아니다. 그 점 나의 문제 설정엔 빈틈이 없었던 것이다. 나는 차성희에게 아무 더 할 말이 없다는 것을 알았다.

"갑시다."

하고 일어섰다. 차성희는 순순히 따라 일어섰다. 호텔 밖으로 나오자 성희는,

"피서 갔다 온 값으로 제가 한턱 낼게요. 어디 가서 식사나 해요."

하는 말을 걸어왔다.

"가족들이 걱정하시지 않겠습니까. 바로 집으로 돌아가시지요. 자가용차가 없어서 유감입니다만 버스 정류장에까진 바래다 드리죠."

성희의 싸늘한 눈초리가 가등에 빛났다. 옛날의 차성희는 이미 거긴 없었고 약간 거만한 표정으로 우아한 숙녀가 꼭 있었다. 미스터 뉴욕과 훨씬 더 잘 어울릴 그런 맵시로서…….

나는 시들어 죽은 샐비어를 한참 동안 지켜보았다. 여름과 더불어 샐비어도 갔다는 감상이 지난 여름에 장송한 사랑의 안타까움에 겹쳤다.

나는 샐비어를 화분째 들어 쓰레기통에 버렸다. 스무 며칠의 정성이 아쉽지 않은 바도 아니었으나 방법을 모르는 정성은 정열의 허비밖엔 없다는 교훈을 배웠다는 것이 보람이면 보람이었다.

손을 씻고 나는 토스트를 구웠다. 그것도 제법 맛있게 구웠다. 냉수와 마가린과 토스트만의 식사, 나는 이것을 세계에서 가장 초라한 식사라고 믿고 호화스럽게 자부하고 있었는데 간디의 전기를 읽곤 그것도

헛된 자부라는 것을 알았다.

간디는 산양의 젖만 반 홉으로 하루 동안 그 성체와 성심을 지탱했다고 하지 않는가. 기대할 것도 걱정할 것도 없는 아침이란 그다지 나쁘지 않다. 나는 가을바람이 가볍게 살랑거리고 있는 거리를 가을 속의 사람을 닮은 기분으로 천천히 걸었다.

회사의 현관에서 우연히 도서실의 미스 정을 만났다. 웃음만인, 그러나 상냥한 인사가 있었다. 나도 상냥하게 인사를 보냈다.

그 침울하던 얼굴에 상냥한 화색이 돋아나 있는 까닭이 무엇일까. 지긋지긋한 여름을 벗어났다는 안심만으로 그렇게 될 리는 없는 것이다. 그 부담스러웠던 처녀성을 팽개쳐버린 때문이 아닐까, 하는 엉뚱한 상념이 떠올라, 그 상념이 내 얼굴에 미소를 그렸다. 그 미소를 그냥 지닌 채 교정부 탁자 앞으로 가자 전화를 받고 있던 우 부장이,

"마침 나타났군, 서형 전화."

하고 내게 송수화기를 건넸다. 강신중 변호사로부터의 전화였다.

"오늘 김소영의 선고공판이 있습니다. 두 시, 201호 법정입니다."

"고맙습니다. 나가보죠."

하고 전화를 끊었다. 오늘은 또 부득불 네플류도프의 역할을 해야겠구나 싶으니 저절로 웃음이 터졌다.

찬란한 별이 깔린 하늘 아래서

점심시간이 되었을 때 나는,

"오늘은 부득불 네플류도프가 되어야 하겠군."

하고 일어섰다.

아침에 걸려 왔던 강신중 변호사와의 전화 내용을 우 부장이 깨놓은 터라 계수명과 김달수의 익살을 미리 막을 요량으로 한 말이지만 차성희의 반응을 보자는 속셈도 있었던 것이다. 차성희에게 무슨 반응이 있는 것 같지 않았다. 고개를 들지도 않고 이제 막 손질한 게라를 챙기고 있었다. 안민숙은 얼굴을 들어 나와 차성희를 번갈아 보았다. 무표정한 얼굴이었으나 그 무표정은 그렇게 꾸민 무표정이었다.

점심을 먹고 덕수궁 돌담을 끼고 법원 골목으로 들어섰다. 소춘이라고도 할 수 있는 가을의 햇볕이 골목에 깔려 있었다. 점심시간 후의 잠깐 동안 산책을 즐기는 여사무원들의 삼삼오오가 눈에 띄었다.

검찰청 들머리에서 고층건물의 신축현장을 보았다. 검찰청 건물을 신축한다고 들은 건물이었다.

'검찰청 건물의 고층화!'

란 생각이 뇌리를 스쳤다. 사방에 고층건물이 죽순처럼 솟아나고 있는 판국이라 검찰청도 이에 질세라 기를 쓰고 있는 것 같은 느낌이 들었다. 건물을 고층으로 지을 만큼 검찰업무가 성업을 이루고 있다는 것을 사회를 위한 질서유지의 활동이 그만큼 활발하다고 해서 환영해야 할 일인지, 고층 건물을 짓지 않곤 대처할 수 없을 정도로 검찰업무가 팽창하고 있는 사실을 우울해해야 할 일인지 알 수가 없었다.

법원을 둘러싼 숲은 이미 추색에 물들어 있었다. 상록수의 상록이 바래진 빛깔로 변하고 윤택을 잃어가는 것은 나이를 먹은 여자의 머리가 백발이 되지 않고 빛을 남기고 있는 기분과 같지 않은 바가 아니다.

대법정 앞에 서성거리고 있는 사람들 틈에 끼어들며 시계를 보았다. 개정 시각 두 시까진 아직 이십여 분이 남아 있었다. 나는 양지 쪽 공간을 찾아 서서 담배를 피워물었다. 사람이 많이 모인 곳에선 담배를 꺼내기가 주저스러웠던 감정이 이제 말쑥이 가셔 있다는 것은 이상한 일이다. 천천히 담배연기를 내뿜으며 주위의 사람을 살폈다. 혹시 김소영의 백부 김 교수가 나타나지 않을까 해서였다. 그러나 그 사람의 모습은 보이지 않았다.

그런데 언제나 같은 사람들이 모여 있을 까닭은 없는데도 같은 사람이 모인 것처럼 느껴지는 까닭이 무엇일까, 하고 나는 생각했다. 비슷한 운명의 사람들은 비슷한 표정을 갖게 마련이다. 법원이라고 하는, 검찰청이라고 하는 결정적 의미를 가진 건물이 빚어내는 냄새가, 사람으로 치면 체취와 같은 것이 너무나 강하기 때문에 그 근처에 사람을 세워놓으면 모두가 엇비슷하고 따라서 언제나 비슷한 분위기가 양성되고 마는 것인지 모른다.

바로 눈앞으로 젊은 여자의 부축을 받으며 칠순 가까워 뵈는 노파가 지나갔다. 파뿌리란 표현이 영락없이 어울리는 머리칼을 뒤통수에 동여 쪽을 진 뒷모습을 시선으로 좇으며 내게도 할머니가 생존해 계시면 저런 나이 또래, 저런 모습이 되어 있을 텐데 하는 감상에 젖어들었다.

'저 할머니는 아들 때문에 온 것일까, 손주 때문에 온 것일까?'

아무튼 저런 할머니를 이런 곳에 오게 한 사람이면 아들이건 손주건 좋을 것이 없다는 생각이 들었다. 운이라고 해서 불효의 죄를 면하는 것은 아니다.

노부모를 모시고 있으면 원행을 하지 않는다는 것은 효의 극의를 가르친 말이다.

'그러나 효란 무엇일까?'

내겐 효도해야 할 아버지도 어머니도 할아버지도 할머니도 없다. 효에 대한 지각이 생기기도 전에 대상자는 모조리 세상을 떠났다. 그러한 내게 있어선 '효'란 것은 행복의 개념일 수도 있다. 사람으로 태어나 효도할 기회를 갖지 않았다면 사람으로서의 가장 큰 도리를 다하지 못한 것이 된다.

"그러나 효도는 형식화되었을 때 보람을 잃는다. 자연스러운 마음의 흐름이어야 한다."

라고 한 어느 선배의 얘기가 기억 속에 되살아났다. 그 선배는 다음과 같이 말하기도 했다.

"효도, 아니 효도에 대한 강요가 민족을 망쳤다. 이 때문에 모두들 사고와 행동에 있어서 고식적으로 되었다. 부모란 아들딸이 좋은 일을 안 해도 좋으니 편하게 오래만 살아주길 바란다. 입신출세를 바라지 않는 바는 아니지만 어디까지나 모험을 하지 않는 범위 내에서의 일이다. 그리고 부모들이 생각하는 그 입신출세의 내용이라는 것은 철저하게 체제 내의 관념이다. 부모가 시키는 옳은 일이란 그 정도와 범위가 빤하다. 요컨대 효도를 하자면 모험을 안 해야 한다. 혁명 따위는 엄두도 내지 못한다. 기껏 큰 회사에 들어가서 승진이나 바라고 관리가 돼서 국록이나 먹는 소인배가 되어야 한다. 그러한 효도사상이 만연해 있는 사회에 어떻게 줄기찬 독립운동이 가능할 수 있었겠는가. 어떻게 혁명이 가능하겠는가. 효도가 독소일 수 있다는 것은 그것이 비굴한 출세주의, 추잡한 개인주의에 도의적인 명분을 주기 때문이다. 효도사상을 절멸하지 못하는 한 이 나라에 앞날은 없다……."

이렇게 말하고 그 선배는 삿가시의 예를 들어 보이기도 했지만 효도할 필요성을 상실한 내겐 하등의 소용이 없는 소리였다. 허나 어느 정도 타당한 의견쯤으로 생각한 것은 사실이었는데, 효도할 필요가 전연 없는데도 나의 사상은 고식을 면하지 못하고 혁명적인 것으로 되지도 못하는 것을 보면 그 선배의 말은 일종의 관념이지 진실이랄 수는 없는 것이었다.

아까의 노파는 법정 건물의 입구 가까이에 서서 멍청한 눈을 뜨고 있었다. 그 멍청한 눈에 비친 것이 무엇일까. 그 가슴에 오고가는 심상은 어떤 것일까. 독립이고 혁명이고 정의고 진리고, 모든 것을 팽개쳐버리고 저 처량한 늙은 마음을 위로해주는 일이 가장 중요한 일이 아닌가, 하는 마음으로 나의 가슴은 일순 벅찼다. 누가 뭐래도 좋다. 노모와 이마를 맞대고 된장 뚝배기를 가운데 놓고 오손도손 얘기를 하며 보리밥을 먹으며 평온하게 지낼 수만 있다면, 늙은 몸을 이끌고 법원 근처에서 서성거려야 하는 저런 일을 피하고 가끔 처녀였을 적을 회상하기도 하며 시름없이 살아가도록 늙은 어미를 모실 수만 있다면, 그 이상으로 이 인생에 소중한 일이 또 있겠는가 말이다.

그러나 내가 느끼고 있는 일은 효도 이전의 문제, 효도 이상의 문제이긴 해도 효도 그것은 아닐지 몰랐다. 효도는 외고 펴고 할 일이 아니고 인정의 유로流路에 맡겨야 할 문제이기 때문이다. 사랑에 충실하지 못하는 것처럼 비참한 일은 없다. 더욱이 부모에 대해선……. 나는 남쪽의 지리산, 이름 없는 언덕에 있는 어머니의 무덤을 생각했다. 이미 내 행복은 그 무덤 속에 묻어버린 것인지 몰랐다. 행복을 어머니 곁에 묻어놓고 또 무슨 행복을 찾겠단 말인가. 나는 행복어사전의 불가능을 깨달았다. 차성희를 잃는 것쯤은 문제될 것도 없었다. 결정적인 것을 상실한 사람에게 상실할 것이 또 있을 까닭은 없다.

밝은 곳에 있었던 눈으론 법정 안이 어두컴컴했다. 조금 앉아 있으니 모든 윤곽이 선명하게 나타났다.

이윽고 이른바 피의자들이 간수들의 호송을 받고 들어오기 시작했다. 오랏줄에 엮여 십수 명의 사람들이 들어와 앞줄과 뒷줄의 좌석을 채웠다. 김소영은 네 명의 여자와 묶인 채 두 번째로 들어와 두 줄째 좌석 왼편으로부터 세 번째에 앉았다. 바로 그 뒷줄엔 간수들이 앉아 있었고 조금 사이를 띄워 방청석이 시작된다. 내 자리는 방청석 두 줄째 왼편 가에 있었기 때문에 김소영의 옆얼굴을 간수들의 어깨 틈으로 바라볼 수가 있었다. 조금 여위어 보였는데 그것이 김소영의 얼굴에서 잡기를 덜어준 듯했다.

재판장이 들어오고 검사가 입회했다. 호명과 동시에 선고가 시작되었다. 김·박·이·최·정 등 한국의 대표적인 성들을 가진 사람들이 징역 칠 년, 오 년, 삼 년, 사 년, 사 년……, 이런 식으로 선고를 받았다. 무슨 죄를 지었는지 알 까닭이 없지만 절차가 단순한 그만큼 비정의 도가 심했다. 그러나 비정·유정을 따지는 것이 아니라 유죄 무죄를 따져 거기 상응한 벌을 주고 있는 것이다. 비정하지 않은 벌이란 원래 있을 수가 없다.

드디어 김소영의 차례가 왔다.

"징역 이 년."

이란 선고였다. 나는 까닭도 없이 현기증을 느꼈는데 이어지는 말이 있었다.

"집행유예 오 년."

그때의 내 기분을 어떻게 형용하면 좋을까. 나는 재판장 앞으로 달려가서 "고맙습니다, 고맙습니다." 하고 몇 번이고 절을 했으면 하는 충동마저 느꼈다. 다음 여자들의 선고가 있었다. 하나에겐 징역 오 년이 선고되었고 하나에겐 징역 삼 년이 선고되었다. 오 년을 받은 여자는 그 뒷모습만으로도 침착하게 보였는데 삼 년을 받은 여자는 심한 충격을 받은 모양으로 휘우뚱 상체가 무너지는 듯하더니 바닥에 거꾸러지고 말았다. 기절을 한 것이다.

여자 하나가 기절을 했건 말건 선고 공판은 끝났다. 판사들과 검사들은 퇴장했다. 그 틈에 기절한 여자에게 달려드는 사람이 있었다. 아까의 그 노파였다. 그러나 노파는 기절한 사람 가까이에 가지 못하고 말았다. 여간수의 부축으로 겨우 정신을 되찾은 그 여자를 다시 오랏줄에 묶을 때는 두 번째에 끼여 김소영의 앞이 되었다. 김소영이 묶인 채 손을 들어 그 여자의 등을 두드리며 뭐라고 속삭였다.

김소영이 법정에서 나갈 때 나와 눈을 맞추었다. 마음의 탓인지 일순 그 얼굴이 밝아진 것 같았다.

법정 밖으로 나왔다. 담벼락을 등지고 퍼더버리고 앉아 있는 노파가 눈에 띄었다. 멍청한 눈은 허공을 향해 있었고 같이 있는 젊은 여자가 노파의 등을 어루만지며 울고 있었다. 나는 그들의 사연을 알고 싶은 마음이 간절했지만 억지로 시선을 그곳에서 피하고 걸어 나왔다. 그리고 언젠가의 환상을 뇌리에 그렸다. 재판장이 들어와 한참 동안 피의자들을 바라보고 섰다가 다음과 같이 선언한다.

"지은 죄를 생각하면 죽여버려도 당연하지만 여러분을 징역 살린다고 해서 그 죄가 무마될 것도 없어질 것도, 보상될 것도 아니니 모두들 집으로 돌아가시오. 그리고 다신 죄를 짓지 마시오. 오랏줄에 묶여 왔다갔다하는 건 결코 좋은 일이 아닙니다."

만일 이렇게만 되었더라면 그 노파가 담벼락 앞에 넋을 잃고 퍼더버리고 앉진 않았을 것이 아닌가. 뿐만 아니라 오늘의 법정은 환성의 도가니가 되었을 것이 아닌가.

강신중 변호사의 사무실에 갔다. 삼십 분쯤 있어야 돌아온다기에 기다리기로 했다. 화보를 보다가 신문을 읽다가 하며 시간을 보냈다. 그러다가 문득 앞으로 김소영이 어떻게 할 것인가, 하는 데 생각이 미쳤다.

'또 술집으로 나갈 것인가?'

달리 직장이 있었으면 좋겠다는 생각이 들었지만 나로선 엄두가 나질 않았다. 그 일까지 강 변호사와 의논해보아야지, 하고 있는데 강 변호사가 돌아왔다.

"어떻게 되었습디까?"

강 변호사가 먼저 물었다.

"집행유예를 받았습니다."

하자,

"대강 그렇게 짐작하긴 했지만……. 하여간 잘 됐습니다."

하고 강 변호사는 새하얀 이빨을 드러내며 웃었다.

"감사합니다."

"내가 뭘 했다구."

"모두가 강 변호사님 덕택 아닙니까."

"내 덕택은 없습니다."

하고 강 변호사는 또 웃었다.

"그럴 까닭이 있겠습니까."

"아냐, 아냐. 난 변론다운 변론도 안 했고 그럴 건덕지도 없었소. 순전한 판사의 재량이오."

"괜히 겸손하시지 마십시오. 그런데 집행유예면 오늘 나옵니까?"

"나오지 않구, 오늘 나옵니다."

"검사가 의의를 달면?"

"검사가 의의를 달아도 소용없습니다. 그리구 의의를 달 까닭도 없구요."

"언제쯤 나올까요?"

"아마 다섯 시는 넘어야 나올 거요. 조금 늦을 수도 있죠. 사무절차상 밤중이 될지도 모르죠. 그러나 집행유예가 된 이상 하룻밤을 더 재울 순 없세 돼 있습니다."

"사례는 얼마를 하면……."

"사례?"

하고 강 변호사는 웃으며 덧붙였다.

"요전번 받았던 돈도 돌려주었으면 싶은데 사례가 또 뭡니까."

내가 다시 말하려고 하자 강신중은 손을 내저으며 말했다.

"그보다도 앞날의 문제를 신중히 하시오."

"무슨 말씀입니까?"

"그 여자와 다신 관계를 갖는 일이 없도록 말입니다. 우 부장께서도 그걸 걱정하고 있습니다."

강신중은 칸막이 저편에 있는 여비서에게 들리지 않게 낮은 소리로 말했다.

나는 얼굴이 붉어지는 걸 느꼈다. 그래서 솔직히 말했다.

"조심하겠습니다. 그런데 어디 좋은 직장이 없을까요? 다시 술집에 안 나가게 하기 위해서 말입니다."

강신중의 얼굴에 빙그레 웃음이 돌았다.

"서형은 금년 몇 살이죠?"

"삼십 세까진 아직 이삼 년 있습니다."

강신중은 생각하는 얼굴이 되더니 조금 망설이는 투로 말했다.

"김소영이란 여자는 혼자 걸어갈 수 있는 여잡니다. 서형은 앞으로 할 일이 많은 사람 아닙니까. 그 사람의 직장 걱정까진 하실 필요가 없을 것 같은데요."

"그러나……."

하고 나는 어물어물했다. 강신중의 말이 계속되었다.

"그 여자의 직장이라면 공장 아니면 가정부 아니겠소. 미숙련 여공이 한 달에 받는 급료가 얼만지 아십니까? 형편없어요. 겨우 끼니를 이을 정도가 될까 말까. 가정부? 그런 직장에 있던 여자는 가정부 노릇 못합니다. 기껏 약간 조건이 좋은 비어홀이나 살롱 같은 데 소개하면 되겠지만 나나 서형이 나설 영역이 아닙니다. 서툴게 노력해봤자 소용없는 일이니 일체 간섭하지 않는 게 좋을 겁니다. 세상을 살아가는 지혜에 있어선 그 여자가 도리어 서형보다 나을지도 모르니까."

나는 그 말이 옳다고 생각했다.

"좋은 말씀 들었습니다."

하고 일어서려고 하자 강신중은 잠깐만 기다리라고 하곤 이런 말을 했다.

"쑥스러운 얘기지만 여자 문제에 대해선 신중을 기해야 할 겁니다. 동정심만 가지고 결합되는 거 좋지 않습니다. 그 사람이 있었기에 내가 클 수가 있다, 세속적인 그런 뜻으로서가 아니라, 인간으로선……뭐라고 할까, 정확한 표현을 할 수 없는데 하여간 그런 여자와 결합하는데……서형 같은 청년은 앞으로 선택의 자유가 있으니까, 더욱."

나는 망설이며 더듬기도 하며 뭔가를 전하려고 하는 강신중의 태도에 선배로서의 성실을 보았다. 그러나 그 말의 내용엔 승복할 수가 없었다.

그래서,

"크산티페가 소크라테스를 만들었을지도 모르지 않습니까?"

하고 나는 장난스럽게 말했다.

"크산티페?"

하더니 그는 내 말을 알아들었던 모양으로,

"그래서 차원 높은 사람들헌텐 함부로 충고하지 않기로 하고 있었는데."

하며 머리를 긁었다. 그렇게 되니 겸연쩍스러웠다.

"선생님의 뜻을 잘 알겠습니다. 어떤 의미로이건 그 여자를 아내로 할 생각은 없습니다. 그 점만은 안심하셔도 좋을 겁니다."

"됐어, 괜히 노파심을 내본 것뿐이오."

강신중은 석연한 태도로 말했다.

"이래저래 고맙습니다."

하고 나는 강신중 변호사의 사무실에서 나왔다.

"기회 있거든 우리 대포나 한 잔 합시다."

하는 소리를 등 뒤로 들으며 나는 천천히 계단을 내려왔다.

다섯 시 십 분 전이 되었을 때 나는 공개적으로 우 부장에게 조퇴를 신청했다.

"카추샤가 감옥 문을 나온다고 하니 네플류도프가 천상 가봐야 하지 않겠습니까."

차성희에게 전연 반응이 없었다는 것은 눈꼬리의 시역視域만으로도 알 수가 있었다.

"못 가게 하면 어떻게 하겠소?"

우 부장의 말이 퉁명스럽게 나왔다.

"못 가게 하시면 안 가죠 뭐."

대답이 시무룩했던 모양이었다.

"대답이 시무룩한 걸 보니 결재 안 하곤 안 되겠는걸."

우 부장이 부드럽게 말했다.

"부장은 마음이 약해 탈이야."

정 차장이 한마디 끼웠다. 그 말엔 아랑곳 않고 부장은,

"가려면 빨리 가봐요. 우물쭈물하다가 엇갈리게 될라."

"여러 가지로 미안합니다."

하고 나는 편집국을 빠져나왔다. 회사 앞에서 택시를 잡으려는데 좀처럼 잡히질 않아 조바심이 났다.

"서씨."

하는 안민숙의 말이 등 뒤에 있었다. 뒤돌아보니 안민숙이,

"감시반으로 제가 따라가기로 했어요."

하며 입을 삐쭉했다.

"감시반이 뭐요?"

"김소영 씨의 포로가 되지 않도록 하는 감시반이지 뭐겠수?"

나는 헛허 하고 웃었다. 그리고 물었다.

"그건 안민숙 씨의 단독의사요? 달리 교사자가 있소?"

"내 자유의사예요."

하고 안민숙은 입을 다물어버렸다. 가까스로 택시를 잡을 수가 있었다. 시간은 다섯 시 이십 분. 김소영이 출소한 후가 아닐까, 하는 불안이 있었지만 달리 도리가 없었다. 택시가 독립문을 지날 적에야 안민숙이 입을 열었다.

"사람의 성의에 대해서 감사할 줄은 알아야 할 것 아뇨?"

"감사한다구?"

"차성희 씨의 오해를 방지하기 위해 희생정신을 발휘한 거예요. 남의 속도 모르고."

나는 어이가 없어 웃었다.

"참말로 남의 속을 모르는 사람은 당신이구먼."

"뭐라구요?"

"나는 차성희 씨를 포기한 지 이미 오래요. 그 사람은 어린애 업고 저 자바구니 들고 가파른 골목길을 올라 셋방으로 돌아가진 않겠다고 합디다. 그러나 나는 기다리고 있죠."

"뭘 기다리죠?"

"차성희 씨가 나를 배신하길."

"……"

"정확하게 말하면 나를 배신했다는 마음을 가지며 미스터 뉴욕한테

222

로 가길 기다리고 있는 거죠."

"무슨 뜻인지 알 수가 없군요."

"알 날이 있을 겁니다."

"난 그런 수수께끼 싫어요."

"요컨대 나는 관대한 사람이 아니란 말입니다."

"역시 저에겐 수수께끼예요."

"도리가 없죠. 나로서도 그 이상은 설명할 수가 없으니까."

안민숙은 나를 잠깐 바라보고 있더니 뚜벅 말했다.

"차성희 씬 서씨를 사랑하고 있어요."

그리고 덧붙였다.

"서씨가 남자다운 남자가 되길 기다리고 있을 뿐예요."

내가 한마디 하려는데 택시가 멈췄다. 길 건너에 서대문교도소가 있
었다.

나는 부리나케 길을 건너 교도소의 바깥마당으로 들어섰다. 다섯 시
가 넘었는데도 사람들이 우글거리고 있었다. 마음이 좋아 뵈는 중년부
인을 붙들고 물었다.

"오늘 출소하는 사람들 나왔을까요?"

그 부인은 고개를 저었다. 모른다는 뜻인지 안 나갔다는 뜻인지 알
수가 없었다. 그래서 물었다.

"부인께선 여기서 뭘 하시죠?"

"옷 차하 받으러 왔소."

"차하?"

내 어휘엔 없는 단어였다. 차하, 차하가 뭘까.

어디선지 호명 소리가 있었다. 누군가가 달려가는 모양이었다. 무슨 대합실 같은 데서 옷 보따리를 들고 나오는 사람이 있었다. 옷 보따리를 들고 나온 사람이 나와 마주 서 있는 중년 부인 곁으로 갔다.

"아직도 멀었수?"

"차차 부르겠죠."

나는 그들의 응수를 듣고 비로소 옷 차라는 것이 수감자들의 옷을 되돌려주는 행위를 말한다는 것을 알았다. 교도관의 정복을 입은 사람이 내려오고 있었다. 그 사람을 기다려 물었다.

"오늘 나오는 사람 나갔습니까?"

"미결 말이오, 기결 말이오?"

되묻는 그의 얼굴엔 표정이 없었다. 나는 얼른 대답할 수가 없었는데 곁에서 안민숙이 나섰다.

"오늘 집행유예를 받은 사람인데……."

"아직 안 나갔소."

"언제쯤 나오나요?"

안민숙이 거듭 물었다.

"글쎄요."

하고 그는 지나치려고 했다.

"오늘 나오긴 나오는 거죠?"

안민숙이 따라가며 물었다.

"집행유예를 받았다면 나올 겁니다. 시간은 알 수 없어두요."

하고 교도관은 멀어져갔다.

"오늘 나온다니 얼마나 반갑겠어유."

아까의 중년부인이 한숨을 섞어 한 말이었다. 그리고 덧붙여 말했다.

"나오는 사람에게 생두부를 먹이세요. 생두부를 먹여야 한대요. 꼭 먹이세요."

"고마워요, 아주머니."

안민숙이 대답하고 이어 뭔가를 물으려는데 그 아주머니를 호명하는 소리가 있었던가 보았다. 아주머니는 대합실 같은 곳으로 총총히 들어가버렸다.

주변에서 사람들이 없어져갔다. 대합실의 문이 닫혔다. 햇빛은 빨려들어간 듯 사라졌다.

박명 속에서 한동안 건물들의 윤곽이 선명하더니 차츰 흐려졌다. 군데군데 가등이 켜졌다. 정문 근처에 얼만가의 사람이 서성거리고 있을 뿐 인적기가 뜸하게 되었다.

나와 안민숙은 정문을 향해 층계를 올라갔다. 육중한 문이 닫혀 있는 품이 바로 감옥의 문이었다. 저 문 안이 감옥이란 느낌은 야릇했다. 높이 돌담을 쌓고 육중한 철문을 닫아선 그 속에 사람을 가두는 버릇은 어느 때 어느 곳에서부터 비롯되었을까.

"미스 안, 저 속에 갇혀보고픈 생각 없소?"

무료함이 시킨 질문이었다.

"서씬?"

하는 질문이 되돌아왔다.

"나는 교도관 시험을 보았으면 했던 사람야."

"붙들려 갇히기 전에 지레 감옥살이하려구?"

안민숙의 이 말은 내 가슴을 뜨끔하게 했다. 내가 교도관이 되려고 마음을 먹었던 그 바탕엔 형무소에 대한 공포가 있었던 때문이 아니었을까, 해서였다. 구체적으로 그런 의식을 해본 적은 없다. 그러나 어떤 불운으로 뜻하지 않게 감옥살이를 하게 될는지 모른다는 데 대한 공포는 항상 잠재하고 있었던 것 같은 느낌이 들었다.

그런 공포가 어떻게 해서 비롯되었을까. 대학시절 많은 선배와 동기가 감옥에 드나들었다. 군대시절엔 같은 내무반에 있던 사람이 육군형무소에 가는 걸 본 적이 있다. 감옥에 대한 공포는 그런 경험으로 해서 비롯된 것인지 모른다. 꼭 죄를 지어야만 감옥에 가는 것이 아니란 인식이 부지불식간에 공포의 씨앗을 뿌린 것이 아닐까.

완전히 밤이 되었다. 으스스 한기가 스며 올랐다. 철문은 까딱도 하지 않았다

"늦어질 것 같은데 미스 안은 집으로 돌아가지."

"기다렸던 게 아까워 좀더 기다려야겠어요."

"고집 세우지 말구."

"안가는 원래 고집이 세다우."

"……."

여덟 시를 이십 분 넘게까지 기다려야만 했다. 그때사 철문 달린 귓문으로 교도관 아닌 사람들이 나오기 시작했다. 맨 먼저 나온 사람은 보퉁이를 낀 채 가등 밑에서 두리번거리더니 빠른 걸음으로 어둠 속으로 사라졌다. 마중 나온 사람이 없었는가 보았다. 그 다음 나온 사람은 중년의 남자였는데 여러 사람들이 그를 둘러싸고 호위하듯 하며 가까운 데 세워둔 자동차를 탔다.

"K라는 놈이다. P시의 시장을 한……."

어디선가 이런 말이 들렸다.

"큰 고기는 빠져나가는 법야."

이런 맞장구가 있었다. 계속 사람들이 쏟아져 나왔다. 마중 나온 사

226

람이 있는 경우도 있었고, 없는 경우도 있었다. 가끔 울음을 터뜨리는 광경도 있었다.

나는 그런 광경을 지켜보다가 하늘의 별을 보다가 했다. 찬란하게 별이 깔린 하늘 아래서 각양각색의 드라마가 비좁은 문으로부터 한 개의 선을 이루어 빠져나와 바다 같은 도시에 거품처럼 휘말려들고 있는 것이다.

누구를 기다리고 있는지 거의 잊고 있었을 무렵. 안민숙이 내 팔꿈치를 꾹 질렀다. 문등 밑에 김소영의 모습이 보였다. 예외 아니게 보퉁이를 가슴에 안고 낭패를 당한 소녀의 얼굴이 된 듯하더니 걸음을 옮겨놓았다. 둘러서 있는 사람들 틈을 빠져나왔을 때 나는 그녀 가까이로 갔다.

"소영이."

소영은 멈칫 섰다. 그리고 나를 확인하자 매달릴 듯 동작을 취하다가 주저주저했다. 안민숙의 얼굴을 발견했기 때문인지 몰랐다. 나는 뭉클한 가슴의 충격을 느끼면서도 안민숙의 존재가 의미하는 것을 처음으로 깨달았다. 만일 안민숙이 곁에 없었더라면 소영과 나는 서로 부둥켜안고 눈물을 흘리는 한 장면을 가졌을 것이었다. 그런 장면이 있었으면 그 장면이 새로운 국면으로 빚어질 가능성 또한 있었을 것이었다.

"고생했지?"

"고생 없었어요."

김소영의 말은 담담했다.

"안민숙 씨야. 소영이를 위해서 수고가 많았어."

"소영 씨, 축하합니다."

안민숙이 감개가 서린 한마디를 했다.

"고마워요."

꾸벅 소영인 머리를 숙여 절을 했다. 그런데 그 말투는 서울말의 억양으로 돼 있었다.

"자 갑시다."

내가 앞장을 섰다. 안민숙과 소영이 나란히 뒤따랐다.

독립문 근처에서 택시를 잡았다. 소영과 안민숙이 뒷좌석에 타고 나는 앞자리에 앉았다.

"소영이, 어딜 갈래?"

김소영이 우물쭈물한 끝에,

"아무데라도 가지예."

"참 서 선생, 소영 씨에게 생두부를 먹여야 하잖아요?"

안민숙의 말이었다.

"생두부야 식당에 가면 있을 테지만 먼저 갈 곳을 정해야지."

내 말에 이어 안민숙이 물었다.

"전에 하숙하시던 곳으로 가면?"

"거긴 안 돼요. 벌써 다른 사람이 들었다고 했어요."

"어디 갈 만한 곳이 없나?"

"없는데요, 친구들이 있긴 하지만도 어디 있는지 모르겠고예."

"그럼 일단 여관에라두……."

안민숙이 이렇게 말하자,

"걱정 안 하셔도 돼요. 전에 일하던 집엘 가볼 테니까요."

내가 말하면 경상도 사투리로 대답하는 김소영이 안민숙의 말엔 꼭 서울말 억양으로 대답했다.

"전에 일하던 집이라면 관철동?"

"그래예."

"관철동 어디쯤이지?"

"그 근처에만 가면 돼예."

나는 운전사더러 관철동으로 가자고 일렀다. 택시가 광화문 근처에 왔을 때였다.

"전 이쯤에서 내리겠어요. 버스 정거장 가까운 곳에서 세워주세요." 하고 안민숙은 시간이 늦었으니 집으로 가야겠다는 변명과 함께 건강에 조심하라는 말을 김소영에게 하고 택시를 내렸다. 안민숙이 내리자마자 김소영의 말이 있었다.

"나 관철동에 안 가요."

"그럼 어디로 갈 건데?"

"아무데서나 내려줘요."

"그래가지구?"

"설마 갈 데 없을라꼬."

하여간 나는 종로 이가 관철동 근처에서 택시를 세웠다. 그리고 무턱대고 음식점이 즐비한 골목으로 들어섰다. 특별히 초라한 집만을 가린 것은 아니지만 우리가 찾아든 집은 초라하기 짝이 없는 집이었다. 서울하고도 종로 한복판에 이런 집이 있었나, 싶을 정도였으니 말이다.

"뭘 먹고 싶지?"

"아무거나 좋아요."

나는 동태찌개 식사를 시켰다. 생두부도 같이 주문했다.

김소영은 왕성한 식욕으로 두부 한 모를 눈 깜짝할 사이에 먹어치우고 동태찌개를 곁들여 밥을 먹기 시작했다. 어느 정도 배가 찰 무렵에서야 내가 우두커니 앉아 있는 걸 발견한 모양이다.

"서씨도 뭘 좀 안 잡술래요?"

"먹고 싶지가 않아, 그러나……."

하고 나는 소주 한 병과 빈대떡을 시켰다. 내가 제일 싫어하는 게 빈대떡인데 그걸 시켜버린 것은 그만큼 식욕을 잃고 있다는 증거였다.

소주를 마시면서 나는 생각했다. 소영이 서슴없이 '서씨'라고 한 까닭에 관해서였다. 분명히 안민숙은 소영이 앞에선 '서씨'란 호칭을 쓰지 않았던 것이다. 그러나 나는 곧 소영이 '서씨'라고 한 데 다소의 저항감을 느끼고 있는 나 자신을 우습게 생각하기로 했다. 나 같은 주제에 '서씨'면 어떻고 '서가'면 어떠냐는 기분으로 바뀌었다.

"서씨, 참 고마웠어요."

식사를 끝내고 냅킨으로 입을 닦으면서 소영이 윗눈으로 나를 보았다.

"내가 어쨌다구."

"변호사한테서 얘기 다 들었어요. 그리고 재판 때마다 와준 것도 고마웠고, 오늘도."

하며 소영은 눈물을 찔끔거렸다.

"모두 다 인연 아닌가배."

"서씨만 아니몬 나는 평생 감악소에 살아도 괜찮겠다 했지. 그런데 서씨 생각한께 자꾸만 나오고 싶었어."

그러다가 소영은 돌연 정색을 했다.

"아까 그 아가씨 서씨하고 어떻게 되지예?"

"신문사에 같이 있는 동료지, 그밖엔 별일 없어."

"나는 서씨의 애인인 줄 알았어예."

"애인?"

하고 나는 실소를 터뜨렸다.

"그라몬 서씨의 애인은 그 사람인 것 같다. 언젠가 같이 면회 온 사람."

차성희를 두고 하는 말이었다. 나는 잠자코 있을 수밖에 없었다.

"내 짐작이 옳았재? 그렇지예? 그 사람 참 예쁘데예. 서씨헌텐 꼭 어울리는 색시감이더만예."

나는 대답을 않고 시계를 보았다. 아홉 시를 조금 지나고 있었다.

"왜 옛날 일하던 집으로 안 갈려는 거지?"

"이 꼴 해갖고 어떻게 그런 델 가."

"그 꼴이 어때서."

김소영은 다갈색 양복천으로 된 투피스를 입고 있었다. 기름기 없는 머리이긴 해도 빗질이 잘 돼 있었고 화장기 없는 얼굴이 그런대로 청결했던 것이다.

"빨리 갈 곳을 정해야 하지 않아?"

"그래도 그 집엔 안 가. 그 집에서 다시 일하게 된다 캐도 낮에 가야지, 감악소에 나온 발로 가몬 깝뵈게 되는 기라요. 올데갈데없는 여자라꼬."

딴은 그렇다고 생각했다. 그러나 어떻게든 처리를 해야 되는 것이었다. 나는 점점 거북해져 마음이 무거웠다. 소주를 연거푸 마셨다. 내 마음의 움직임을 짐작했던지 김소영이 시무룩한 투로 말했다.

"내 걱정은 말아요. 알아서 할 낀께요."

"알아서 한다? 그럼 됐어."

하고 나는 일어섰다. 셈을 하고 밖으로 나오긴 했으나 보퉁이를 안고선 소영을 길 한가운데다 두곤 헤어질 수가 없었다.

"서씨 하숙은 전의 그곳인가예?"

"아냐."

"그럼?"

"이사를 했지. 초라한 아파트를 한 칸 샀어."

"누구허구 같이 사는데예?"

"아무하고도 같이 안 살아. 나 혼자 있어."

"결혼준비로 산 거지예?"

"그럴지도 모르지."

나는 종로 쪽으로 걷고 있었다. 소영이 따라오고 있었다. 어디서 어떻게 매듭을 지어야 할지 난감한 기분이었다.

"참."

하고 돌아섰다.

"소영이 돈 가진 것 없지?"

나는 천 원짜리 몇 장을 꺼내 소영의 손에 쥐어주려고 했다. 그러나 소영은,

"필요없어예. 오늘 밤 필요한 만큼은 있어예."

하고 받으려 하지 않았다.

그러고 보니 헤어질 계기가 또 없어진 셈이었다.

종각 쪽으로 발을 옮겨놓으며 나는 말했다.

"잘 생각해봐. 어디 갈 만한 데가 있나 없나……."

"그럴 필요도 없어예. 여관에 들면 될 낀디 뭐."

"내일은?"

"옛날 있던 집으로 찾아가보든지, 소개업소에 가든지 하몬 될 끼고예."

"또 술집에 나갈 참인가?"

"술집이면 어때예? 서씨 같은 사람 만난 것도 술집에선데예. 술집에 안 있었으면 서씨 같은 사람, 만날 수 있었겠어예?"

내 마음이 돌연 슬픔으로 꽉 찼다. 사실 이렇게 슬픈 소릴 들어보긴 평생에 처음 있는 일이었다.

"소영이."

"예?"

"우리 집에 갈까?"

"서씨 아파트에예?"

"그래."

"가도 돼예?"

"되구말구. 나 혼자 사는 곳인데."

"아이구……."

하다가 말고 소영은 다시 시무룩해졌다.

"폐가 되는 것 아닐까예?"

"괜찮아."

나는 비로소 편안한 마음이 되었다.

하늘을 쳐다봤다. 찬란한 별들이 머리 위에 있었다. 유난히 맑게 갠 하늘이었다. 내 시선을 좇아 소영도 얼굴을 하늘로 향했다.

"별들이 웃고 있는 것 같네예."

썰렁한 방인데도 젊은 여자가 들어서니 한결 화려한 빛깔이 돌았다. 나는 사들고 들어온 사과·귤·빵·소주 등이 싸인 꾸러미를 책상 위에 놓고 매트를 폈다.

"방바닥이 차니까 이 위에 앉아."

"방이 왜 이렇게 차예?"

소영이 손바닥으로 방을 문질렀다.

"불을 지피지 않았으니까 차지."

"왜 불을 지피지 안 해예?"

"귀찮아서."

"귀찮으몬 내가 해드릴까예?"

"그럴 필요 없어."

소영은 변소·부엌을 두리번거리고 오더니,

"홀애비 방에 시가 씰는다 쿠더니 참말로 그러네예."

하고 웃었다.

"미안하지만 시가 씰 정도는 아냐."

하고 나도 웃었다.

그러자 소영이 금방 생각이 났다는 듯이,

"목욕탕 이 근처에 있어예?"

하고 물었다.

"있지."

"어디예?"

"목욕탕 문 닫지 않았을까? 벌써 열 시 반인데……."

하면서도 나는 창문을 열고 목욕탕의 연돌을 가리켰다. 밤하늘에도 그 윤곽은 비교적 선명했다.

"아까 오던 길로 내려가다가 오른손 편으로 오 분쯤 걸어가면 돼."

그리고 수건과 비누를 챙겨주었다.

"그럼 갔다 올게예."

소영은 쾌활하게 말하고 바깥으로 뛰어나갔다. 나는 매트 위에다 이불을 꺼내놓고, 그러나 펴지는 않고 포개진 채 뒤두고 귤 한 개를 까서 뱃속에 넣으며 생각에 잠겼다.

"서씨 같은 사람 만난 것도 술집에선데예."

하는 말에 슬픔이 솟구쳐 올라 소영을 데리고 오기는 했으나 난처한 기분은 그냥 남아 있었다. 나는 소영이 돌아오면 단호히 내 각오를 말하고 목욕탕 근처에 있는 여관에 가서 자리라고 마음을 먹었다.

한 시간쯤 후에 소영이 돌아왔다. 씻은 머리칼에서 살큼 비누 내음이 났다. 수영장에서 막 나온 여대생이 지닌 신선함이 있었다. 나는 와락 욕정에 사로잡힌 자신을 발견하고 소스라치게 놀랐다.

'아무래도 오늘 밤은 그냥 넘기긴 힘들 것 같다.'

라는 예감이 나를 우울하게 했다.

사과와 귤을 소영 앞에 내놓고 나는 소주병 마개를 땄다. 그런 나를 보고 소영이 끼득끼득 웃었다.

"왜 웃지?"

"서씨도 꽤나 술꾼이네예."

"오랜만에 소영일 만났는데 그럼 술 안 마시고 되겠어?"

"내가 한 잔 쳐드리지예."

소영이 소주병을 내게서 뺏어들었다. 소주를 몇 잔 한 뒤 입을 열었다.

"왜 터무니없는 사람을 간첩으로 몰았지?"

"그렇게라도 안 했더라면 그날 밤 그 사람허구 같이 자게 돼 있었어예."

"그렇다고 간첩으로 몰아?"

"인상이 정말 간첩 같았어예. 지금 간첩 아니라도예, 언제이건 간첩할 사람이라예."

"언젠가 날 보구두 간첩이라 했지? 나와 그 사람과 닮았단 말인가?"

"천만에예, 서씨를 간첩이라 쿤 것은 서씨가 우리 삼촌을 닮아 너무나 미남이었기 때문에 그랬고예. 그 사람은 진짜로 간첩 같았어예. 독침도 가지고 있고예."

나는 화제를 바꿀 수밖에 없었다.

"감옥소살이는 어땠어."

"편하데예."

"편해?"

"그래예. 밥 굶을 걱정 없고예, 술 취한 사람들로부터 망신당할 걱정 없고예……."

"고달픈 일은 없었나?"

"없었어예."

"같이 있는 사람들에게 시달림을 받았다든가 하는 일은?"

"모두 좋은 사람들이었어예. 모두 억울한 사람들이고예. 남편만 잘 만났으면 대통령 부인이 될 수 있었을 낀디 남편 잘못 만난 죄로 모두 그런 델 들어온 기라예."

"죄는 전부 남자에게 있다, 그 말인가?"

"그렇지예, 남편 잘 만난 여자 들어온 것 못 봤어예."

"남자란 남자가 모두 대통령이 되었더라면 여자 죄수는 없어지겠지."

나는 오랜만에 유쾌하게 웃었다.

"다 대통령이 될 수 있다면 남자 죄수도 없어질 거디예."

"그랬던가?"

하고 나는 크게 웃었다. 김소영의 논리가 너무나 정연했기 때문이다.

"그런데 감옥에서 대강 어떤 걸 생각했지?"

"아빠랑, 엄마랑, 백부님 생각도 했어예. 그러나 서씨 생각을 제일 많이 했어예. 아빠, 엄마, 백부 생각을 하면 평생 감옥에 있어도 좋다 싶었는데 서씨 생각만 하면 나오구 싶었어예."

"그밖의 생각은?"

"참 내가 있는 미결사는 기결수들 있는 자리에 있었어예. 그런데 거긴 사형장이란 게 있었어예. 시멘트 담을 둘러친 자그마한 기와집인데 파랗게 칠한 문이 달려 있었어예. 모두들 그걸 넥타이공장이라꼬 하드만예. 그걸 본께 이상하데예. 삼촌이 저 속에서 죽었구나 싶으니까 더욱 더욱 이상하데예. 그런데 그런데……."

"그런데, 어쨌어?"

"그런데, 나도 그 속에 가서 목을 매달고 죽었으몬 싶으데예. 엄마처럼 쓸쓸한 동산에서 소나무가지에 매달려 죽지 말고 아담한 기와집 속에서 죽었으면 싶데예. 내가 그렇게 죽었다고 들으몬 서씨가 울어줄 끼다 싶은 게 자꾸자꾸 죽고 싶어지기만 했어예……."

김소영의 두 뺨에서 눈물이 줄줄이 흘러내렸다. 나는 탁상의 티슈페이퍼를 한 움큼 꺼내주며 눈물을 닦으라고 했다. 김소영이 진정하길 기다려 나는 본론을 꺼낼 참이었다. 그러기 위해선 두어 잔쯤 소주를 더 마실 필요가 있었다.

"소영이 들어봐."

소영의 맑은 눈이 나를 쳐다봤다.

"오늘 밤 소영이 혼자 여기서 자요."

"……."

"난 딴 데 가 잘 테니까."

"싫어예, 싫어예."

순영은 어린애의 어리광처럼 몸을 틀었다. 그리고 한다는 말이,

"내 지금 아따라시이라예. 그래서 오늘 밤에 꼭 따라온 기라예. 내일 어떻게 될지, 아따라시이가 안 될지 몰라서예. 아따라시이 드리려고 마

음을 묵은 기라예. 열 달 동안 간수해온 아따라시이라예. 그래서 목욕
도 했어예."

그 언젠가의 정감이 지금의 욕정과 어우러져 내 전신은 회오리바람
에 휩싸인 기분으로 되었다. 손끝 하나라도 소영의 몸에 닿기만 하면
빨갛게 단 철판 위에 던져진 살점처럼 될 판국이었다. 나는 마른 입을
침으로 축였다. 그리고 단호하려고 했다.

"소영이, 난 약혼을 했어. 약혼한 남자가 너와 같이 잘 순 없잖아."

"결혼해달라는 말도 아니고예, 같이 살자는 말도 아니라예. 내 아따
라시이만 드리몬 그만이라예."

"그 아따라시이를 소중하게 간직해둬. 좋은 사나이가 나타날지 모르
는 일 아냐?"

소영의 눈이 이글이글 타는 것 같았다. 금시라도 덤빌 듯 몸을 떨기
까지 했다. 탁 갈라진 목소리가,

"같은 감방에 아주머니가 있었는데예. 열 달쯤 고스란히 지냈으몬 아
따라시이가 된 기나 다를 끼 없은께 그 아따라시이만은 세상에서 제일
좋은 사람에게 주라고 했어예. 그리고 나선 거저 주든지 팔아묵든지 하
라 했어예."

나는 될 대로 되어라 하고 소영을 끌어안았으면 하는 충동에 번번이
사로잡혔다. 그 충동을 이겨내는 힘은 꼭 한 가지 관념이었다.

'내일 아침 일찍 차성희가 들이닥칠지 모른다.'
라는 관념이 그것이었다.

어떻게 해서 이런 짐작이 솟았는진 설명할 수가 없다. 우연히, 그렇
다, 우연히 솟은 짐작인데 그 짐작을 되풀이할수록 거의 확정적인 빛깔
을 띠었다.

'차성희는 틀림없이 나의 배신을 확인하러 올 것이다. 나는 알면서 함정에 빠질 수는 없다.'

시계는 열두 시가 가까워 있었다. 나는 일대 용기를 내어 일어섰다.

"소영이, 내 사정을 알아줘."

소영은 멍청히 나를 쳐다봤다. 그 눈빛은 처량했다. 흉포와 인종이 뒤섞인 복잡한 눈빛이었다.

"빵이랑 달걀이 있으니까 아침에 먹어."

문을 열고 복도로 나왔다. 기탈한 듯 소영은 움직이지 않았다.

"문단속 잘 하고 자아."

복도에서 이렇게 소리쳐놓고, 그것은 이웃이 들으라는 작위였다. 나는 재빨리 아파트를 빠져나왔다.

어두운 골목을 여관을 향해 걸어 내려오면서 하늘을 우러러봤다. 늦은 달이 떠오르는 때문인가. 하늘은 짙은 파란색으로 변해 있었는데 별들은 여전히 찬란했다. 나는 잠깐 걸음을 멈추고 내 심상을 들여다보는 마음으로 되었다.

단 한 번쯤 소영의 말마따나 그 아따라시이를 선사받을 수도 있었을 텐데 왜 이렇게 완강하게 거부하느냐의 그 까닭을 찾았다. 그것은 차성희로 하여금 내가 그를 배신했다는 확증을 잡지 못하게끔 해야겠다는 오직 그 일념이었다. 사랑은 이미 떠났는데도 내가 배신해서 두 사람의 사이가 갈라진 것은 아니란 증거를 세우기 위해서였다.

'이것을 사랑이라고 할 수 있을까?'

'노.'라고 내 가슴은 답했다.

'미스터 뉴욕의 출현만 없었더라도 나는 차성희의 마음에 부담감이 들지 않도록 최선을 다해 차성희를 고이 보낼 수가 있었을 것을……'

내게도 이렇게 지독한 데가 있다는 것은 새로운 발견이었다.

이튿날 아침, 나는 여관에서 곧바로 회사로 나갔다. 출근시간보다 이십 분이나 빠른 시간이었다.

텅 빈 교정부 자리에 앉아 담배를 피우고 있노라니까 차성희가 들어왔다. 그 역시 십 분이나 빠른 출근이었다. 차성희는 나와 시선이 마주치자 애매하게 웃었다. 나는 내 짐작이 적중했다는 것과 동시에 내 승리를 깨달았다.

"서 선생 아파트에 들렀죠."

자리에 앉으며 차성희는 아무렇지 않게 말했다.

"그래서요."

"김소영이란 분이 있데요."

"그래서요."

"아주 예뻐졌던데요."

"갈 데가 없다기에 하룻밤 방을 빌려주었죠."

"철저한 네플류도프시군요."

차성희의 얼굴에 시니컬한 웃음이 남았다. 나는 드디어 결정적인 확증을 잡았다.

이 여자는 결코 나를 사랑하지 않는다는.

그러나 차성희는 또 다른 무슨 계기가 있기까진 나를 사랑하는 체를 해야 할 고역을 치러야 할 것이었다. 나는 속으로 은근히 웃었다. 그리고 엉뚱한 후회를 했다.

'얼마 동안만 그 아따라시이를 그냥 지키고 있으라고 김소영에게 말이라두 해두어야 할 것이었는데……'

하고.

가야 할 곳이 하도 많아서 나는 이렇게 서 있는 것이다

드디어 사건은 터지고 말았다.

파직된 기자들의 복직과 그밖에 몇 가지의 요구조건을 내걸고 편집국 기자들이 회사 측에 최후통첩을 내밀어놓곤 실력행사에 들어간 것이다.

실력행사래야 별 게 아니다. 요구조건을 들어줄 때까진 신문제작을 안 하겠다는, 이른바 사보타주를 시작했다는 뜻이다.

카타스트로프破局 가운덴 숙명적인 것이 있기는 하나, 대강 그렇게 되지 않아도 될 것이 그렇게 되었다는 그런 것이 많다. 조그마한 관용, 조그마한 인내, 조그마한 양보, 이를테면 약간의 양식이 피차에 있었더라면 능히 피할 수 있었던 것을 그 조그마한 것, 그 약간의 것이 부족해서 엄청난 불행을 빚는 경우가 허다하다. 그러니까 인생일지 모른다. 인간이 모두들 영리하게 되어 카타스트로프를 모두 피했더라면 서기 천 년쯤에 이 세계는 포만상태를 이루어 지금 우리가 이래저래 고민하고 살 여지가 없어졌을 뿐 아니라, 우리가 생존할 의미 자체가 벌써 상실되어 있을지 모를 일이다. 그러니 혹시 다음과 같은 철학이 가능하지 않을까.

'인생을, 사회를, 지구를 지탱하고 있는 것은 인간의 어리석음이다. 역사를 만들고 있는 것도 인간의 어리석음이다.'

인간이 어리석지 않고는 진시황 같은 존재가 출현할 까닭이 없다. 나폴레옹이 존재할 까닭도 없다. 천재가 빛나는 것은 인류의 어리석음이 어두운 배경을 만들어주었기 때문이다. 바보 만세! 어리석음 만세!

고등학교 때 내가 배운 역사 선생은 성成이란 사람이었는데 그분은 다음과 같은 말씀을 하셨다.

"우리를 해방시킨 결정적 원인을 만든 사람은 일본 군국주의의 괴수인 도조東條英機라고 할 수가 있다. 그자와 그 일당이 무모한 전쟁을 시작하지 않았더라면 우리가 일본으로부터 해방되는 시기는 훨씬 지연되었을 것이다. 그러니 해방이 우리에게 커다란 은택이라면 도조야말로 은인이라고 할 수 있다. 오늘날 이와 같은 규모와 내용으로 대한민국이 성립된 사정을 공산당을 전제로 하지 않곤 납득할 수가 없다. 같은 이유로 이승만 정권의 성립도 공산당을 전제해야 한다. 박헌영 일파가 그토록 애써서 결국은 대한민국을 있게 한 결과를 낳았다. 그러니 역사는 단순하게 이해해선 안 되고 성급하게 판단을 내려서도 안 된다."

그러나 그는,

"이것도 하나의 해석, 즉 그렇게 해석할 수도 있다는 것뿐."이라고 덧붙이길 잊지 않았다. 하나의 사건을 두고 몇 갈래의 해석이 가능하다는 것과 인간의 어리석음이 역사를 만드는 필요 불가결한 조건이란 것을 수긍한다고 하더라도 지금 눈앞에 전개되어 있는 사건을 그런 식으로 보아 넘길 수는 없는 것이 아닌가.

일일이 현장에 참여한 것은 아니니 소상하게 알 까닭은 없지만 그 사

건이 파국 직전에까지 에스컬레이트되어 간 과정을 나는 도식적으로 그려볼 수 있을 것 같다. 처음엔,

"파면된 기자들을 복직시켜줘야 할 것 아닙니까?"

"생각해보지. 시기란 것도 있는 거니까." 하는 식으로 서로 웃음을 머금은 대화가 오갔을 것이었다. 그런데 다음엔,

"언제 복직시킬 겁니까. 이대로 끌고만 있을 겁니까?"

"왜 모두들 야단들인가. 이편에도 생각이 있어. 잠자코 기다려." 하는 따위로 약간 말에 가시가 돋기 시작했을 것이고, 그 다음엔,

"이거 안 되겠습니다. 무슨 결판을 내야겠어요."

"어떤 결판을 낸다는 거야. 회사엔 회사의 인사원칙이 있어." 하는 거친 말투가 오갔고 또 그 다음엔,

"벌써 이게 몇 달쨉니까. 이러시면 정말 좋지 못한 일이 발생할 겁니다."

"그거 협박이야?"

"협박이 아니고 사실을 말하고 있는 겁니다."

"도대체 자네들의 태도가 불쾌해. 물러가 있어요." 하는 정도로 에스컬레이트되면 "정말 좋지 못한 일이 발생할 것."이라고 말한 그 말을 뒷받침하는 준비를 서둘게 되고 한편에선 그 움직임에 신경을 곤두세우게 되어 마음은 굳어만 간다. 그러니 그 다음은 대화가 아니고 공방전이 될 수밖에 없다.

"이 이상 기다리고만 있을 수 없습니다. 가부간 태도를 결정해주셔야죠."

"태도 결정하는 데 자네들의 지시를 받을 필요가 없어."

"그럼 어떻게 하겠다는 겁니까?"

"기다리라고 하잖았나."

"지금까지 기다렸는데두요?"

"지금까지가 아니라 언제까지든 기다리라고 하면 기다려야지."

"요는 성의가 없다, 이 말씀이군요."

"자네들은 자네들 할 일이나 해, 괜히 생트집 잡지 말구."

"억울하게 파면된 사람 복직시켜달라는 게 트집 잡는 겁니까?"

"뭣이 억울하단 말야?"

"그들의 파면이 말입니다."

"조금도 억울한 게 아냐. 질서라는 것은 무시할 수 없어. 허나 자네들 허구 토론할 생각 없어. 물러가 있어요."

"확실한 대답을 받기까진 물러가지 못하겠습니다."

"맘대로들 허게. 난 이 이상 말 안 해."

"그럼 그 사람들의 복직은 불가능하단 말입니까?"

"맘대로 해석해."

일이 이쯤 되면 정의감이 강한 젊은 기자들이 발끈할 수밖에 없다. 목적의 관철은 고사하고 분을 풀어야겠다는 마음이 앞서는 사람이 나온다. 뿐만 아니라 이때까지 맞서왔던 관계로 무슨 대항 수단을 강구하지 않으면 안 될 상황으로 말려들어버린 것이다.

신중론이 나오기도 하는데 이상스럽게도 신중론을 폈기 때문에 급기야는 과격파를 대변해야 할 입장에 몰리는 경우가 생겨나기도 해서 결국은 강경한 문서가 작성되기에 이른다.

동정론적 방법으로선 불가능하게 되었으니까 부득이 명분론을 내세우게 되고 명분론을 내세우려니까 민주언론의 사명감을 언급하기에 이르러 그 요구서의 문안은 묵직한 것으로 될밖에 없다. 그리고 그 내용은 너무나 당당하기 때문에 그 요구를 듣지 않거나 내용에 동의하지 않은 사람은 민주언론의 반역자로 낙인찍을 수 있는 그런 것이었다.

그런데 회사 측은 일고의 여지가 없다는 듯 그 요구를 일축해버렸다.

그날 아침 나는 옆집 부부싸움을 말리고 나오는 길이었다. 남의 집 싸움을 말릴 정도로 나는 싱거운 사람이 아닌데 그 집 아이가 달려와서 아빠가 엄마를 때려죽일지 모르니 아저씨, 살려달라는 바람에 부득이 출동한 것이었다.

"내 돈 갖고 내가 술을 마시건 말건 네가 무슨 참견이냐."고 남자는 고함을 질렀고,

"계집 자식 다 굶어죽어도 너만 처마시면 그만이냐."는 여자의 반발이었다.

요컨대 싸움의 라이트모티프는 이것이었는데 싸움의 양상은 사뭇 거칠었다. 연탄집게가 나뒹그러져 있었고, 빗자루의 자루가 빠져 있었고, 밥그릇까지 동원되어 방 안은 수라장이 되어 있었다. 그런데 아빠가 엄마를 때려죽일지 모른다는 아이의 말은 그릇된 정보였다.

"이년을 당장 때려죽이겠다."고 주먹을 쳐들고 으르렁대는 건 남자였지만,

"이놈아 죽여봐라, 죽여봐." 하고 기를 쓰면서 연탄집게, 빗자루 할 것 없이 닥치는 대로 손에 들고 마구 두들겨 패는 편은 여자였기 때문이다.

나는 그 싸움을 말리면서 터져 나오려는 웃음을 겨우 참았다. 그 까닭은 여자가 아무거나 갖고 남편을 후려치면서 그 동작마다에 자기가 얻어맞는 것처럼 비명을 질렀기 때문이다. 즉, "이년 때려죽여야겠다."는 남자의 고함과 동시에 여자는 잡히는 물건이면 뭐든 들고 그걸로 남

자를 치며 자기가 맞는 것처럼 비명을 올리는 판이니 그 현장을 목격하지 않고 소리로만 듣는 사람은 누구나 남자가 여자를 때리고 있는 거라고 착각할 수밖에 없는 것이다.

싸움의 원인은 어젯밤 남자가 술에 취해 곤드레가 되어 돌아왔는데 아침에 챙겨본 결과 어쩌다 덤으로 생긴 오천 원을 홀딱 마셔버렸다는 것을 여자가 알았다는 데 있었다.

남자는 마흔 살이 한둘 넘은 노동자인데 그 얼굴부터가 호인으로 생긴 사람이다. 자기의 수입을 한 푼도 낭비하지 않고 시민아파트나마 장만할 수 있을 정도로 착실하기도 했다. 그러한 사람인데도 약간의 공돈이 생겨놓으니 술집으로 발길이 옮겨졌던 모양이다.

이윽고 싸움은 끝났다. 그것은 내가 말렸기 때문이라고 하기보다 여자가 먼저 지쳤기 때문이었다. 나는 방 한구석에 퍼져 앉아버린 남자의 이마에 있는 핏자국을 물수건으로 닦아주고,

"어려운 세상에 사이좋게 살아도 될동말동한데 싸움까지 해서야 어디……"

하는 내 자신 무슨 소린 줄도 모르는 말을 중얼거리며 그 싸움의 현장에서 나왔다. 바로 문밖에 온 얼굴을 눈물 철갑을 한 아이가 멍청히 서 있었다. 그 속수무책인 당황한 표정이 충격처럼 내 가슴을 찔렀다. 가만히 아이의 머리에 손을 얹어보다가 한마디 말도 못하고 그 자리를 떠났다.

회사 쪽으로 걸음을 옮겨놓으며 내내 생각한 것은 그 부부의 싸움이었다.

'오천 원의 낭비가 대판 싸움으로 번지는 가정이란 무엇일까?'

'가끔 싸울 수 있도록 얼굴을 맞대고 살 수 있다는 것만도 좋은 일이

아닌가.'

이런 생각을 하다가도 나는 피식 웃었다. 죽이겠다고 으르렁대며 주먹을 쳐들고 되레 아내로부터 호되게 얻어맞으면서도 그 주먹을 휘둘러 상대방을 때리지 못하는 마흔 살의 사나이의 그 몰골이 그지없이 유머러스했던 것이다.

'지금쯤 어떻게 수습되어 있을까.' 하다가 나는 그 어리석고도 미친 것 같은 그들의 생활이야말로 눈물겹도록 인간의 내음이 풍겨지는 생활이란 느낌을 문득 가졌다. 그렇게 사는 동안 서로의 사랑이 칡덩굴처럼 얽히고설켜 어떤 한도 두 사람을 갈라놓지 못하게끔 된 것이 아닐까. 여자가 남편을 때리면서도 자기가 맞는 것처럼 비명을 지르는 것은 일부러 하는 엄살이 아니고 남자의 아픔을 자기 아픔처럼 느꼈기 때문일 것이다.

섬세한 실로 짜놓은 듯한, 이른바 고상한 사람들의 사랑은 잉크의 한 방울로써도 돌이킬 수 없게 오염되는 하얀 비단 같지만 흙을 묻힌 채 얽히고설킨 칡덩굴로 엮인 그들의 사랑은 오염을 모를 것이었다.

'그것은 생명처럼 질기다!'

이런 결론을 지으며 지하도를 빠져나오는데 김달수가 반대편에서 나타났다. 지하도를 도로 건너 현대다방으로 가라는 것이다.

"왜?"

"가보면 알 거야. 일 났어."

다방 한구석을 차지하고 교정부원 전원이 모여 있었다.

부부싸움을 말리느라고 늦었다고 변명할 필요가 없었다. 우동규 부장과 윤두명 씨 사이에 맹렬한 설전이 벌어지고 있었기 때문이다.

"……그래 편집국원 전원이 스트라이크를 하고 있는 판인데 우리들만 출근을 해야 한다, 이 말이오?"

윤두명은 그답지 않게 흥분하고 있었다.

"왜 못한단 말요?"

우 부장의 얼굴에도 흥분한 기색이 있었다.

"부장은 기자들의 요구서를 읽어봤소?"

"읽었소."

"그 요구서에 틀린 대목이 한 군데라도 있습디까?"

"없었소."

"그런데 왜 그러십니까?"

"옳은 일이면 꼭 그대로 해야 하나요?"

"가능한 한도 안에선 해야죠."

"그럼 윤형은 회사를 상대로 극한투쟁을 하면 회사가 굽혀들 거라고 생각하우?"

"우리의 단결이 강하면 굽혀들지 않을 바도 아니겠죠."

"윤형, 그 진심으로 하는 소리요?"

윤두명이 그 말엔 답하지 않고,

"사람에겐 최소한도의 의리라는 것은 있어야 하지 않겠습니까. 적어도 언론인으로선 말입니다." 하고 화두를 바꿨다.

"윤형은 언론인인지 몰라도 나는 언론인이 아니오."

"같은 직장에 있는 사람으로서의 의리는 있지 않겠소."

"그들이 우리에게 의논이라도 하고 그런 걸 냈소?"

"의논하지 않았더라도 그들의 주장이 옳으면 한 직장에서 일하고 있는 처지로서 동정적으로 협조하는 마음쯤은 가져야 할 것 아닙니까."

"윤형은 의리적으로 이 문제를 생각하고 있는 모양입디다만 나는 현실적으로 이 문제를 생각하고 있소."

"현실적 문제로두 기자가 파면된 채 그냥 둘 순 없는 것 아닙니까."

"그러나 그건 우리 힘엔 버거운 일이오."

"그러니까 그들의 투쟁에 합세해주자, 이 말입니다."

"우리가 합세하면 되겠소?"

"단결을 과시하는 효과는 있겠죠. 그리고 이 사건이 너무 확대되면 곤란하다는 생각이 들어 회사가 굽힐지도 모르는 일 아닙니까."

"그 때문에 신문을 못했으면 못했지 굽힐 사람들이 아닙니다."

"그러니까 더욱 맹렬한 투쟁을 해야 할 것 아닙니까. 자칫 잘못하면 많은 희생자를 낼지도 모르니까요."

"자칫 잘못하면이 아니라 일은 끝났소. 먼젓번엔 겉으론 뭐라고 했건 나는 그들을 도우려고 했고 그런 전술도 썼소. 그러나 지금은 사정이 달라요. 그들을 복직시킬 의향이 있었으면 벌써 그렇게 했을 거요. 그런데 그러지 않았다는 덴 회사 측에서도 만만찮은 생각이 있는 거요. 절대로 기자들의 압력엔 굴복하지 않겠다는 거요. 한번 그런 버릇을 들여놓으면 앞으로 자꾸 곤란한 문제가 생길 거니까 이번 기회를 시금석으로 하려는 각오로 있단 말요."

"꼭 그렇다면 그들은 민주주의를 말살하려는 것 아뇨?"

"그들의 관심이 민주주의에 있는 줄 아시오? 그들의 관심은 사업에 있지 민주주의에 있는 게 아뇨. 경영에 지장이 있는 거면 가차없이 잘라낼 배짱이란 말요."

"그럴수록 이편에서도 배수의 진을 쳐야 할 것 아닙니까."

"배수의 진? 어디 등지고 싸울 강물이라도 있수? 윤형, 우리 센티멘털리즘 그만 합시다."

"그래도 안 됩니다. 우리는 비굴할 순 없어요. 이런 직장에 연연해서 사람의 쌍통을 깨뜨릴 순 없는 것 아닙니까?"

"이런 직장? 윤형은 언제부터 이런 직장을 얕잡아보게 된 거요?"

우 부장의 말에 노기가 서렸다.

"결코 얕잡아본 것은 아닙니다. 거지가 되더라도 비굴할 순 없다는 말입니다."

"훌륭하신 말씀입니다. 그런데 나는 자본주의의 사회에 살면서 그 룰을 어기지 않고 살겠다는 것을 비굴하다고 생각하지는 않습니다. 그걸 비굴하다고 느끼는 사람이라면 혁명을 해야죠. 혁명할 의지도 각오도 없는 사람이라 그런지 모르기는 해도 주어진 환경에서 최선을 다하고 사는 태도가 비굴할 순 없죠."

"그것이 비굴하다는 게 아니라 같은 직장의 동료들이 실직을 각오하고 싸우는데 그걸 좌시 또는 방관하고만 있다는 게 비굴하다는 겁니다."

"불가능하다는 것을 알면서도 단지 비굴하지 않기 위해서 덤벼야 하는가요?"

"가능 불가능은 해봐야 알 일 아닙니까?"

"해보기 전에 나는 알아요. 이 문제의 귀결만은 알고 있어요."

"만일 우 부장과 우리의 힘이 보태졌더라면 되었을 일이 우리가 배신했기 때문에 실패하는 경우도 상상할 수 있지 않겠습니까?"

"배신이란 말을 어디다 쓰는 거요. 우리가 어째서 배신이란 거요."

"결과적으로 그렇게 된다는 겁니다."

"그런 말 나는 딱 질색이오, 결과적으로 그렇게 되다니……. 일부 사람들이 스트라이크를 했다, 그 스트라이크가 보람이 없다는 것을 확신하고 참가하지 않았다, 결국 스트라이크는 실패했다. 그러면 결과적으로 배신한 거로 된단 말이오?"

"우 부장은 왜 안 된다고만 하시죠?"

윤두명이 언성을 높였다.

"더 이상 말하기 싫소. 하여간 나는 스트라이크에 참가 안 할 것이고 우리 부원도 참가시키지 않겠소. 그래도 꼭 참가하고 싶은 사람은 마음 대로 하시오. 그러나 그때부터 교정부와는 관계없는 사람이 된다는 것 만 명심하시오. 자, 일하러 갑시다."

하고 우 부장이 일어섰다.

"지금 가도 일거리가 없을 겁니다. 여기에 조금 더 앉았다가 갑시다."

계수명이 이렇게 말하고, 그래도 우 부장이 나가려고 하자,

"그럼 내가 잠깐 나가서 사정을 살펴보고 오겠습니다." 하며 밖으로 뛰어나갔다. 윤두명이 일어서서 나갔다. 우 부장은 그냥 자리에 앉았 다. 그리고 중얼거렸다.

"안 돼, 그렇게 해선 안 돼!" 정 차장이 입맛을 다셨다.

"극한투쟁은 그야말로 극한에 가서 해야 하는 건데."

"가만히만 있었더라면 그 사람들 벌써 복직되었을 거야."

우 부장의 이 말이 있자,

"그걸 어떻게 압니까?" 하고 김달수가 시무룩하게 말했다.

"회사는 어떡하든 기자들의 압력에 못 이겨 복직을 시켰다는 말은 듣 기 싫었던 거야. 그런 것을 한 달이 멀다 하고 들쑤셔놓으니……."

"그건 부장님의 괜한 추측입니다. 회사 측은 당초부터 복직시킬 의사 가 없었던 겁니다. 회사도 반성할 줄 알아야죠."

"그래 김달수 씨도 스트라이크에 가담했으면 싶단 말인가?"

우 부장이 무섭게 노려봤다.

"제 생각으론 그래요."

"그렇다면 그렇게 하시지."

"우 부장님의 생각이 그렇게 돌아주었으면 할 뿐예요."

"그, 무슨 말야."

"스트라이크를 하되 우 부장과 같이 했으면 싶다, 그 말입니다."

김달수의 그 말에 우 부장의 마음이 누그러든 모양이었다.

"낸들 회사 측이 옳다고는 생각하지 않아. 아무리 영리사업체이기로서니 신문사가 그래선 안 된다는 것쯤은 알고 있어. 그러니 물론 반발심도 있지. 그러나 상황이란 게 있지 않나. 말하지 않아도 누구라도 알고 있고, 느끼고 있는 상황 말야. 회사는 그 상황을 든든하게 이용하고 있는 거라. 편승하고 있다는 말이 옳을지 모르지. 우리의 욕심으로선 만부득이 그런 상황을 긍정하더라도 회사가 고민하는 태도만이라도 보여주었으면 해. 그런데 그런 흔적은 없고 큰 배를 탄 것처럼 배짱만 부리고 있으니 딱해. 그러나 도리가 없어. 절대적인 조건 속에선 그저 순종할 수밖에 없는 게 아닌가."

"순종에도 한계가 있지 않겠어요?" 김달수의 말이었다.

"그 한계라는 것은 무거운 절을 떠나라고 하느니보다 가벼운 중이 떠나는 거야."

"회사가 이런 꼴이면 우리도 슬슬 떠날 준비를 해야 하겠구먼요." 난데없이 박동수가 한마디 끼웠다. 우 부장이 있을 때면 좀처럼 말을 하지 않는 그였는데도 나름대로의 울분은 있었던 모양이다.

"중이 떠나면 어딜 가겠는가. 결국 그 절이 아니라도 다른 절로 가야지. 아까 윤형은 거지가 되더라도라는 말을 했지만 병신도 못 되는 거지는 얻어먹기도 힘들어. 실직이란 것이 얼마나 무서운 것인진 겪어본 사람이나 알 거야. 무교동이나 관철동 술집에 나와 있는 계집애들의 부모는 어떤 심정이겠어. 당자들의 심정은 고사하고라도 말야. 낸들 신나게 대들어보고 안 되면 옥쇄라도 하고 싶어. 그러나 우리 부원이 몽땅 실직이나 하면 어떡허나 싶은 생각을 하니 몸이 떨려. 우리가 몽땅 없어진대도 신문사는 조금도 겁내지 않아. 예비군이 얼마라도 있으니까. 지금 우리가 채우고 있는 자리쯤 메우기란 하루아침의 일야. 이런 판국이니 자기는 얼마든지 구직할 수 있는 자신이 있어도 남에게 누를 끼칠까 봐서도 행동 조심을 안 할 수가 없지."

"그러나 일은 이왕 벌어져버리지 않았습니까. 이런 사정에 회사 편을 들 순 없는 게 아녜요?"

김달수의 말은 진지했다.

"누가 회사 편을 들겠어? 각자 분수를 지키자는 거지." 하고 한숨을 쉬더니 우 부장은 중얼중얼했다.

"사실은 극한투쟁을 할 요량이면 노동조합을 만들어야 하는 거야."

"그럴 가망은 없지 않습니까."

박동수의 말이었다.

"그럴 가망이 없으니까 회사를 상대로 극한투쟁 아니라 극한투쟁의 할애비 노릇을 해도 안 되는 거야."

침묵이 흘렀다. 나는 신문사를 그만두었을 경우를 생각해봤다. 용달차 운전을 하고 거리를 쏘다니고 있는 내 모습이 일순 뇌리를 스쳤다. 운동모와 비슷한 걸 쓰고 선글라스를 낀 작업복 차림의 사나이! 어쩌면 남의 글을 찍은 활자의 흔적을 핥아보고 재어보고 고치고 하는 어줍은 꼬락서니보다는 훨씬 스마트할지 몰랐다. 나도 김달수처럼 우 부장이 좋다고만 하면 스트라이크에 끼어도 무방하다는 생각을 했다. 계수명이 돌아왔다.

"공장 사람들의 동요는 전연 없는 것 같구요, 부장·차장만으로도 신문을 만들 준비를 하고 있는 것 같던데요."

계수명의 말이 있자 우 부장이 일어서더니

"그럼 모두들 여기에 있어. 나와 정 차장은 먼저 나갈 테니까." 하더니 덧붙였다.

"미스 차만 따라오시오. 혹시 전령이 필요할지 모르니까."

우 부장과 정 차장이 나가고 나니 갑자기 분위기가 을씨년스러워졌다. 스트라이크에 가담한 것도 아니고 가담 안 한 것도 아닌, 애매한 지대에 남아서 꾀만 부리고 있는 것 같은 묘한 기분이었던 것이다.

"신문사에 있어서의 교정부원이란 무엇이냐?"

계수명이 푸념처럼 시작했다.

"신문사라도 갖가지가 있죠. 런던 타임스, 르 몽드, 프랑크푸르트, 츠와이퉁, 다겐스 니히터, 볼티모어 선, 그러니 교정부원도 갖가지로 틀려요." 안민숙이 한 말이었다.

"괜히 똑똑한 척 말아요. 교정부원은 동질동격이야. 무슨 아이디어가 필요한가, 주장이 있나, 잘해봤자 보통이고 잘못하면 야단이고……. 빨리 이놈의 직업 집어치우기 위해서라도 스트라이크나 한번 해봤으면 좋겠다." 하고 김달수는 탁자를 쾅 쳤다. 엽차잔이 엎어져 물이 안민숙의 스커트 쪽으로 흘러갔다.

"연설 두 번만 하셨다간……."

안민숙이 김달수를 째려봤다.

"놀면 놀고 말면 말구……. 이것 어중찜찜해서 못 견디겠는걸."

박동수가 투덜댔다. 그런 박동수를 보고 계수명이 빈정댔다.

"박형, 남대문시장에 나가보슈. 우리 공동으로 오늘 박형의 휴일 만들어줄게. 혹시 순대나 떡 사먹는 여자가 있을는지 아우?"

"정의에 불타는 동료들이 목하 스트라이크 중인데 어찌 내가……."

박동수가 근엄하게 얼굴을 꾸몄다.

"벼룩에도 낯짝이, 빈대에도 체면이 있단 말유?"

계수명이 계속해서 싱글벙글했다.

"모닝부터 이러기요?"

박동수는 노골적으로 불쾌한 표정을 했다.

우동규 부장이 돌연 나타나더니,

"모두들 갑시다." 하고 일으켜 세웠다.

편집국 기자들도 스트라이크에 참가한 사람은 반수가 안 된다는 것이었다. 이 소식을 들었을 때 내 가슴은 쿵 하는 소리를 냈다. "아뿔싸!" 하는 생각이 잇달았다. 그때 자각한 일이지만 내 마음의 바탕엔 그 스트라이크가 성공하길 비는 소망이 있었던 것이다.

그런데 반수가 스트라이크를 이탈했다면 일은 글렀다고 짐작해야만 했다. 만일 편집국이 텅텅 비어 있었더라면 이왕에 버린 몸으로 치고 교정부 한 모퉁이에 앉아 일을 하는 체도 할 수 있었겠지만 반수가 스트라이크에서 탈락한 마당엔 이왕에 버린 몸으로 칠 배짱마저 무너져버린 느낌이었다.

"그 봐, 내가 이번 거사는 안 된다고 하잖았어?" 하고 뽐내는 것 같아서 갑자기 우 부장이 미워지기조차 했다.

'아아, 이 신문사를 그만둘 날도 얼마 남지 않았구나.' 하는 마음을 다져보며 나는 우 부장을 따라 신문사 안으로 들어갔다.

편집국 내부는 초상난 집을 방불케 하는 황량함이었다. 모두들 자기

자리를 찾아 앉았다. 윤두명의 자리만 비어 있었다. 우 부장의 시선이 그 빈자리에 가 있는 것을 보자 정 차장이 나직이 말했다.

"윤두명 씨는 스트라이크파에 가담한 모양입니다."

우 부장의 말은 없었다.

울적한 기분일 때는 신나는 기사라도 있으면 다소의 위안이 된다. 그런데 내게 걸려든 것 가운데 엉뚱한 해설기사가 있었다. 카렌 앤 퀸란이란 미국의 소녀가 죽지도 못하고 살지도 못하는 처지에 놓였는데 전혀 치유될 가망이 없는데도 안락사를 시키지 못해 그 부모가 법원에 재정裁定을 신청했다는 것이다. 그 소녀의 아버지의 말은 애절하다.

"나는 내 딸을 죽게 하고 싶진 않다. 오직 정상상태로 돌아오길 바랄 뿐이며 주主의 의사에 맡길 뿐이다. 정상상태로 돌리는 것이 그 아이를 살게 하는 것이라면 주는 내 딸을 살려줄 것이고 그렇지 않다면 죽게 하소서."

기사를 읽어보고 나는 의학의 발달이 이러한 어처구니없는 경우를 만들어놓았구나 하는 감회를 가졌다. 산소호흡기와 심장조절기가 있기 때문에 인간으로서의 다른 모든 성능은 죽어버렸는데도 호흡기와 심장만 살아남아 식물인간이란 묘한 현상이 일어난 것이다.

그런데 한 가지 의혹은 만일 부모들이 치료비를 감당 못할 처지인데도 병원당국은 안락사를 법률이 금하고 있다는 이유로 무작정 그런 상태로 둬두었을까 하는 문제다. 만일 부모에게 치료비를 지불할 능력이 없다고 해도 병원 측이 기어이 재판관의 판결을 받아야만 심장조절기의 기능을 정지하겠다고 나설까?

해설기사의 타이틀은 '죽을 권리는 있어야 할 것이 아닌가?'로 되어 있었는데 본인의 의식이 없어져 있는 이상, 그런 표제는 난센스가 아닌가.

그런데 그 '죽을 권리'라는 말만은 묘하게 나의 심상에 새겨졌다. 살아갈 권리, 소신껏 일할 수 있는 권리도 없는데 죽을 권리가 무슨 소용인가 말이다, 하다가도 그러니까 죽을 권리는 있어야 한다는 생각이 들었다. 같이 군대생활을 했던 친구 가운데의 하나가 자살한 사건이 뇌리에 되살아났다.

신문이나 소설에만 있는 것으로 알았던 자살사건이 내 주변에 발생했을 때의 그 놀라움을 나는 아직껏 잊을 수가 없다. 그 친구는 세상 사람들이 모두 자살해도 그만은 그런 짓을 안 할 사람이었다. 쾌활했다. 건강했다. 친구들에게 정도 많았고 그 자신 많은 친구의 사랑을 받기도 했다. 그랬는데 여자 하나 때문에, 술집의 작부 때문에 육군 하고도 삼년을 지내야 될 수 있는 병장이 간단하게 목숨을 끊어버린 것이다.

'하기야 인생은 간단한 것인지 모른다. 카빈총 탄환 한 개면 깨끗하게 처리할 수 있는, 그렇게 간단한 것이 인간이니까.'

점심을 구내식당에서 김달수와 이마를 맞대고 먹었다. 식구 반이 줄었으니 한산할 수밖에 없었는데 그렇더라도 너무나도 조용했다. 정상이 아닌 상태에선 사람은 말수가 적어지는가 보았다.

"오늘 밤 한 잔 할까?" 김달수가 낮은 소리로 말했다.

"좋지."

헌데 퇴근할 무렵 어울려 술집에 가긴 해도 점심시간부터 술집에 가자는 제안을 하는 예는 나나 김달수에겐 이때까진 전혀 없었던 일이다.

김달수와 약속을 하자마자 문득 후회가 들었다. 스트라이크파에 가담한 양춘배를 찾아 오늘 밤은 같이 술을 마셨으면 하는 생각이 일었기 때문이다. 그러나 김달수와의 약속을 취소할 마음까진 없었다.

잡담을 할 심정이 피차 아니었고 보니 오후의 시간은 지루하기 짝이 없었다. 내 눈은 본의 아니게 차성희 쪽으로 자꾸만 쏠렸다. 물방울무늬를 놓은 옥색 스카프가 아무렇지 않게 목 언저리에 걸려 있는 것이 하얀 얼굴과 대조를 이뤄 우아하기까지 했다. 아무리 봐도 국산품은 아닌 것 같았다.

'그럼 미스터 뉴욕의 선물일까?'

갑자기 차성희에게 용서를 빌고 싶은 충동을 느꼈다. 나는 마음속으로 차성희에게 적잖은 실례를 범했다. 배신감을 갖지 않곤 내 곁을 떠나지 못하게 해야 한다는 감정부터가 차성희에 대한 모욕이었다.

저자바구니를 들고 어린애를 업고 가파른 골목길을 올라 판잣집에 들어가길 자원하는 여자가 이 세상 어디에 있을까. 하물며 고급 자가용차를 타고 호화로운 저택으로 들어가는 길이 트여 있는데 말이다.

'조선호텔의 레스토랑에 공주님처럼 모시고 가서 졸한 내 자신을 고백하고 재벌회사의 입사시험을 치겠다고 맹서라도 할까?'

어떤 인연으로 움이 튼 사랑의 싹을 정성껏 가꾸어보는 것이 얼마나 갸륵한 일이냐. 그러나 그것은 순간적인 환각일 뿐이었다. 차성희의 차가운 얼굴엔 범접을 못하게 하는 그 무엇이 있었다.

나는 얼른 그 환각을 지워버리고 오늘 밤은 안민숙과 같이 술을 마실까 하는 생각으로 쏠렸다. 안민숙과 같이 무교동을 걸어본 지도 꽤 오래되었다. 차성희와 나와의 사이가 냉전 상태로 들어가자 우리는 서로 오해를 사지 않을 마음으로 상종을 피해왔던 것이다.

"내일 간지間紙가 야단났군."

편집부장이 교정부 언저리에 와서 투덜투덜하더니 아무도 응수를 하지 않자 자기 자리로 돌아가버렸다. 편집부국장이 나타났다.

"아무래도 교정부에서 몇 사람 응원을 해줘야겠는데." 하고 아쉽게 말을 꺼냈다.

"그건 안 됩니다." 우 부장이 단호히 말했다.

"이런 사태가 오래 지속되면 할 수 없는 일 아뇨."

부국장은 이렇게 말하며 우 부장의 눈치를 살폈다.

"부국장도 딱하오. 이런 판국에 우리 부원을 스트 브레이커로 이용하려는 건 너무한데요." 우 부장의 말투는 시무룩했다.

"스트 브레이커가 또 뭐요. 사정 따라 어떻게 하자는 건데."

"그게 스트 브레이커가 아닙니까."

"하여간 교정부원을 사회부 기자나 경제부 또는 정치부 기자로 발탁할 수도 있는 거니까, 너무 빡빡하게 생각하지 말아요." 하고 부국장은 자기 자리로 돌아갔다. 조금 있더니 정 차장이 한마디 했다.

"교정부에 수 터지게 생겼군!" 시니컬한 말투였다.

"화중지율火中之栗이란 말이 있지. 불 속의 밤을 주워선 안 돼."

부장의 말은 침울했다. 나는 사태가 심각해져간다는 것을 느꼈다. 내가 신문사를 그만두는 날이 의외로 빨라질 것이 아닌가 하는 예감 같은 것도 있었다. 그 예감을 실증이나 하는 것처럼 하나의 사건이 생겼다. 문화부장이 파리에서 온 잡지를 펴들고 내 곁으로 왔다.

"스페인의 프랑코 총통이 곧 죽을 모양인데, 이거 좋은 읽을거리가 될 것 같애요."

문화부장은 내 마음을 끌어보려는 듯 말을 시작했다.

"좋은 읽을거리를 어떻게 하겠다는 거요." 우 부장의 거친 말이 날아왔다.

"이걸 번역을 해서 간지에 실었으면 하는데 번역할 사람이……."

문화부장이 우물쭈물했다.

"문화부장, 오해하지 말아요. 여긴 교정부지 번역부가 아닙니다." 우 부장의 말은 여전히 거칠었다.

"우 부장, 그러지 맙시다." 문화부장은 어이가 없다는 듯 웃었다.

"지금 이 자리에서 번역해달라는 얘기는 아니니 걱정 마슈. 서형너러 집에 가지고 가서 번역해달라고 부탁할 참이었소. 사외고료를 내죠."

"사외고료를 낸다면야 내가 관여할 문제가 아니지." 하고 우 부장의 표정은 풀어졌다. 나는 이 일을 맡지 않을 것이라고 각오를 하면서도 그 잡지를 받아들었다. 우선 그 내용을 읽어보고 싶었던 것이다. 이 지구 어디에서 프랑코라는 독재자가 죽음 직전에 있다는 사실을 느껴보는 것도 나쁠 것이 없다는 생각에서였다.

'프랑코는 극우 권위주의의 화신이었다.'는 문장으로 그 기사는 시작되어 있었다. 잇달아 '더러는 그를 히틀러와 무솔리니의 한패라고 해서 저주했고, 더러는 훈장을 앞가슴 꽉 차게 달고 거창하게 행동하는 그를 조소의 대상으로 삼았다.'는 글귀가 있었다.

'그러나 이와 같은 조소와 저주에도 불구하고 그는 삼십육 년 농안 스페인을 지배했다. 철통같은 지배였다. 누구도 그의 지배에 항거하지 못했다. 그러나 이 지배자도 드디어 죽음의 문턱에 섰다. 그의 지배력도 섭리의 힘엔 항거할 수 없는 것이다.'

이어 프랑코는 약간 다른 종류의 독재자란 설명이 있었다. 그는 웅변으로써 대중을 선동하는 그런 독재자도 아니었고, 나치스나 파시스트처럼 거창한 철학을 꾸며대는 그런 독재자도 아니었다. 뿐만 아니라 그는 영웅 숭배의 풍조를 만들어 내지도 않았고 아첨하는 기풍을 조장하지도 않았다. 그가 요구한 것은 무조건의 복종뿐이다. 그는 자기를 위대하다고 아첨하는 자들을 멀리할 줄 아는 지혜를 가지고 있었다. 그는 대중을 철저하게 지배하는 방법은 공포 분위기의 조성이란 것을 잘 알고 있었다.

'공포에 의한 지배'라고 하지만 그는 많은 지지자를 가지고 있었다. '그에게 봉사함으로써 이득을 얻는 자'들이다. 일반 국민은 스페인적이 아닌 그의 품성에 두려움을 느끼고 있었다. 스페인적이란 쾌활하고 재잘대기를 좋아하는 기질이다. 그런데 프랑코는 프러시아의 장군과 같은 훈련을 받고 자란 사람이다.

'······프랑코가 모로코 주둔 사령관을 하고 있었을 무렵의 이야기다. 식사가 나쁘다고 해서 군대 내에 소동이 있었다. 그때 어느 군인이 음식이 담겨진 그릇을 프랑코의 면상을 향해 던졌다. 프랑코는 즉시 취사책임의 장교를 불러 식사를 개선하도록 일렀다. 그러고는 한 가닥 감정의 흔적을 보이지 않고 아까 밥그릇을 던진 군인을 가리키며 명령을 내렸다. 저놈을 끌어내어 당장 총살하라······.'

자기를 향해 밥그릇을 던졌다고 부하를 즉석에서 총살할 수 있는 인간이란 그다지 흔하진 않을 것이다. 나는 이 대목에서 멈췄다. 그 인간에 대해 흥미를 상실한 것이다. 그리고 나의 군대생활을 회상해보았다. 밥그릇을 던졌다고 총살할 만한 지휘자를 찾아보는 마음이었다. 그러할 수 있는 권한만 있었더라면 능히 그렇게 했을 사람이 없는 것은 아니었다.

'편집국장에게 항의를 했다고 해서 파면을 시킨 사람들······.'

문득 생각이 이렇게 뛰자 나는 다시 잡지를 끌어당겼다. 고발하는 뜻으로라도 이런 기사는 많은 사람에게 읽혀야 하는 것이 아닐까 하고.

프랑코는 삼십삼 세 때 장군이 되었다. 1934년 광부들의 스트라이크가 있자 무어인 군대를 써서 무자비한 수단으로 광부들을 탄압했다. 이로써 좌익들의 미움을 산 그는 1936년 인민전선이 총선거에 승리하여 정권을 잡자 카나리아 군도로 망명했다. 그후 곧 모로코로 건너가서 반란군을 조직, 스페인 본토에 상륙해서 삼 년 간에 걸친 내란을 일으켰다. 그리고 그는 독일과 이탈리아의 협력을 얻어 정부를 굴복시키고 그 자신이 스페인의 지배자가 되었다. 프랑코란 총통이 생겨나기 위해선 결국 백만 명이 죽어야만 했다. 정당과 노동조합을 불법화하고 불평분자는 사형이 아니면 감옥에 몰아넣었다. 이렇게 해서 스페인은 세계에서 감옥인구가 제일 많은 나라가 되었다.

이차대전이 끝날 무렵에만 해도 프랑코의 스페인은 UN에의 가입조차 금지된 버림받은 나라였는데 차츰 세계의 정세가 유리하게 움직였다. 소련의 세력이 유럽의 평화를 위협하게 되자 미국과 그 동맹국은 스페인의 환심을 사려고 했고 1953년엔 미국과 스페인의 군사협정이 이루어졌다. UN에도 가입하고 아이젠하워 대통령의 방문도 있었다. 그때를 게기로 히틀러와 무솔리니의 초상을 내리고 그 자리에 아이젠하워의 초상을 걸었다. 1960년대에 들어선 소련을 비롯한 그 위성국들과 통상협정을 맺기까지 하고 숙적인 소련을 향해 "러시아의 공산주의가 오늘날 러시아를 강대국으로 만들었다는 것을 부인하지 못하는 이상 공산주의에도 좋은 점이 있는 모양이다."고 말하기까지 했다.

국제적으론 이렇게 태도를 바꾸었는데도 프랑코는 국내정치에선 조금도 변하지 않았다. 여전히 공포정치 · 독재정치로 일관했다. 그런데 경제적으론 기적을 만들었다. 1960년에 국민의 평균소득 삼백 불이었던 것이 1970년엔 이천 불로 늘어난 것이다…….

나는 그 기사를 읽고 상반되는 두 개의 생각을 가졌다. 하나는 공포의 수단밖엔 믿지 않는 철저한 인간불신으로 일관한 독재자를 고발하는 셈으로 이것을 번역해서 발표하는 것이 좋다는 생각이었고, 또 하나는 이것을 번역하는 행위가 곧 기자들의 스트라이크를 파괴하는 결과가 되는 것이니 해선 안 된다는 생각이었다.

주변을 둘러보니 건너편에 안민숙과 차성희가 앉아 있을 뿐 아무도 없었다. 일거리가 없고 해서 모두들 다방으로 나간 모양이었다.

"서 선생, 그것 재미있어요?" 안민숙의 말이 건너왔다.

"재미있어."

"그래 그걸 번역할 참예요?"

그때 내 마음은 결정되었다.

"안 할 작정이오." 나는 잡지를 들고 문화부장에게로 가서 그 책을 놓고 아무 말 없이 돌아섰다.

"서형." 문화부장이 불렀다.

나는 뒤돌아보지도 않고 안 하겠다는 뜻으로 손만 흔들어 보이고 내 자리에 돌아와 앉았다.

신문사를 그만두고 뭘 할까. 나는 며칠 전에 받아놓은 운전면허 생각을 했다.

'용달차 운전수가 된다?'

그렇더라도 남의 차를 운전하긴 싫었다. 알아본 결과에 의하면 남의 차를 운전할 경우엔 월수 삼십만 원 안팎이라고 했다. 삼십만 원 안팎이면 신문사에서 받는 월급의 칠 할가량밖엔 안 된다. 자기 차를 운전하면 월수 오십만 원은 된다고 했으니 이왕이면 그렇게 하고는 싶지만 용달차를 살 만한 돈이 있을 까닭이 없다. 중고차 한 대에도 쓸 만한 것이라면 몇백만 원을 주어야 한다는 것이니 용달차 운전수 되긴 당분간 무망한 노릇이었다.

'교도관 시험?' 이것은 공상이었지 막상 현실문제로 하고 보면 얼토당토않은 일이다. 우선 그 제복이란 게 비위에 맞지 않는다. 제복을 입어야만 가능한 직업처럼 쓸쓸하고 어색한 것이 있을까! 이런 생각에 잠겨 있을 때 윤두명으로부터 전화가 왔다.

"난 신문사를 그만둘 참이오."

묻지도 않는 소리를 해놓고 할 얘기가 있으니 오늘 밤 어디서 만나자고 했다. 나는 김달수와 선약이 있어서 안 되겠다고 거절했다.

"김달수도 데리고 나오지, 그럼."

이런 윤두명의 말이었기 때문에 나는 하는 수 없이 거짓말을 보탰다.

"양춘배 씨, 사회부에 있는 양춘배 씨와도 같이 만나기로 돼 있는데요."

"그럼 내일로 미루지. 내일 밤 시간은 비워둬요."

하고 윤두명의 전화는 끝났다.

"윤 선생 뭐라고 했어요?" 안민숙이 물었다.

"윤두명 씬 신문사를 그만두겠대."

"그래요?"

별반 놀라지도 않은 투로 안민숙이 한숨을 섞어,

"서 선생도 신문사를 그만둘 생각을 하고 있죠?" 했다.

"어떻게 아셨소?"

"교정부원 이 년에 눈치만 남은 걸요."

나는 차성희의 얼굴에 살큼 홍조가 비낀 것을 보았다.

"만일 신문사를 그만둔다고 하면 서 선생 뭘 하실 거예요."

안민숙의 이 질문은 다분히 차성희를 의식하고 한 것일 것이었다.

"글쎄, 한 달쯤 빌빌하다가 강원도 광산에나 가서 광부 노릇이나 할까 해."

"왜 하필이면 광부예요?"

"광부가 있어야 연탄이 있지. 꼭 필요한 존재 아닌가배."

"꼭 필요한 게 왜 광부만이겠수? 서 선생만한 외국어 실력이면 무역상사 같은 데 필요할 건데 말예요. 수출전선에 나가서서 반짝반짝 해보시지 그래요."

"미스터 뉴욕처럼 되란 말인가?" 하고 싶었지만 물론 입 밖으로 발성되진 않았다.

"오늘 밤 김달수 씨랑 한 잔 하실 모양인데 우리도 한몫 끼워주지 않으실래요?"

안민숙이 차성희에게 동의를 구하는 투로 말했다.

"좋죠."

"헌데 사회부의 양춘배 씨도 끼인다죠?"

"그럴 요량이지만, 그 사람은 스트라이크파가 돼놔서 나올 수 있을지 모르겠어."

"그보다도 안타파가 스트라이크파와 어울리려고 하겠어요?"

그것도 일리가 있는 말이었다. 그러나 양춘배는 그처럼 빡빡한 사람은 아니었다. 나는 신문사에 환멸하기 위해 들어온 것 같다고 말하던 양춘배의 약간 피로한 듯한 얼굴을 눈앞에 그렸다. 언젠가 양춘배는 이런 말도 했었다. "도리어 교정부에 있는 게 편할지 모릅니다. 명색이 취재기자랍시고 황소도둑의 기사는 못 쓰고 바늘도둑 기사만 써야 하는 판이니 직업에 대한 최하의 의무도 다하지 못하고 있는 꼬락서니 아뇨? 우리는 지금 곤충의 신문을 만들고 있는 겁니다. 참새쯤만 돼도 취재망을 뚫고 나가버립니다. 기껏 곤충들만 걸려드는 거죠……." 그때 나는 그러한 고민을 느끼는 것만 해도 좋은 일 아니냐는 뜻의 말을 했더니 양춘배는 "말을 그렇게 하고 있을 뿐 고민은 안 해요. 인간의 순응력이란 건 대단한 데가 있습니다. 미리 사태를 선취하고 요구하기도 전에 순응할 태세를 갖추게 되니까요." 하고 씁쓸하게 웃었다.

그때의 대화를 상기하고 내가 말했다.

"안민숙 씨, 곤충의 신문이란 걸 아시오?"

"곤충의 신문?"

"그렇소. 지금 이 신문사에서 만들고 있는 신문은 곤충의 신문이지 인간의 신문은 아니랍니다."

"무슨 뜻이에요?"

"한번 생각해봐요. 양춘배 씨가 한 말이오."

"곤충의 신문! 알 것도 같은데요."

"사람들이 모여 기껏 곤충의 신문을 만들고 있다면 이것도 큰일 아닙니까."

나는 덤덤히 말하고 건너편 빌딩 쪽으로 시선을 돌렸다. 유리창이 붉게 물들고 있는 것을 보니 하루 해도 얼마 남지 않았다. 떠들썩한 소리가 일기에 그쪽으로 눈을 돌렸다. 저편 조사부가 있는 구석에서 흥분한 말소리가 들려왔다.

"……그래도 기자야? 언론인이야?"

스트라이크를 하는 기자들이 스트라이크를 반대한 기자들을 보고 퍼붓고 있는 욕설인가 보았다.

'아아 저래선!' 나는 붉어지는 뺨을 쓰다듬으며 가슴속으로 신음했다. 기자들 사이에 갈등이 일어선 안 되는 것이었다.

비풍悲風에 몰려 계절은 끝났다

가을에서 겨울로 치닫는 속도는 몰아붙이는 바람을 닮았다. 서울의 겨울은 이처럼 성질이 급하다. 이런 까닭으로 낡은 겨울 점퍼를 꺼내 입고 보면 차라투스트라는 온데간데없어지고 아침저녁의 출퇴근길은 인내를 필요로 하는 행군의 뜻을 갖는다.

연탄이 싫대서 방을 냉장고로 만들 수는 없는 형편이었다. 나는 아침이면 옆방에서 얻어온 불로 아궁이에 연탄을 지피기로 했다. 집에 돌아올 땐 연탄은 말끔히 재로 변해 있지만 다소의 온기는 남아 있다. 밤엔 연탄을 지피지 않고 석유난로 하나만으로 보온하기로 했다. 나로선 기막힌 생활 기술을 발휘한 셈이다.

석유난로를 피워놓고 이불을 뒤집어쓴 채 책을 읽고 있으면 가난의 의미를 알 수 있을 것만 같은 심정이 된다. 궁하진 않게 가난하게 산다는 표본을 실행하고 있는 것 같아 웃음이 입 언저리에 돌아 오르기도 한다. 석유난로가 있으니 궁하진 않다. 그러나 이불을 뒤집어쓰지 않으면 추위를 견딜 수가 없으니 가난한 몰골인 것만은 틀림이 없다.

그런데 이러한 밤과 밤이 꼭 같을 수가 없고 매양 그 빛깔과 무늬를 달리하는 까닭이 책에 있다고 느낀 것은 나의 위대한 발견이었다. 체호

프를 읽고 있으면 인간은 약간 불행한 것이 격에 맞는다는 생각으로 해서 내 자신의 처지가 안타깝도록 갸륵하다. 사로얀을 읽고 있으면 엄동설한에 러닝셔츠 바람으로 냉장고에서 꺼내온 맥주를 마시고 있는 사람들은 인생을 모독하고 있는 존재로 느껴진다. 추울 땐 추워야 하고 더울 땐 덥게 느끼며 살아야 하는 것이다. 카프카를 읽으면 궁색스러운 처지에서 생겨난 사상만이 인간적인 사상일 것이란 관념이 솟기도 한다. 알퐁스 도데의 작품을 읽으면 남프랑스의 태양이 숫제 추운 방에 솟아오른다. 어느 책은 애인처럼 속삭이고, 어느 책은 인자한 교사처럼 충고하고 어느 책은 냉엄한 과학자처럼 법칙을 설명하고, 어느 책은 악우惡友처럼 유혹한다. 당당한 웅변을 토하는 책, 하고 싶은 말을 기억 못하고 더듬거리고 있는 책……. 책을 읽는 것이 현실 생활 이상으로 진실일 수 있다는 사실의 발견처럼 놀라운 일이 또 있을까. 한 권의 책을 통해 시대와 공간을 뛰어넘어 수발한 두뇌와 깊은 인정과 대화할 수 있다는 것은 하여튼 반가운 일이다.

"아무도 없는 집에 빨리 들어가면 무얼 하나. 대포라도 한 잔 하면 어때." 하는 친구의 권유를, 가끔 나는 "아냐 집에 기다리는 사람이 있어." 하고 거절할 수 있는 것은 책 때문이다. 누가 기다리느냐고 거듭 물으면 "하여간 기다리는 사람이 있다."고 얼버무려 엉뚱한 상상을 유발시키기도 하는 것이지만 내 마음을 정직하게 고백할 수만 있었다면 "아나톨 프랑스가 기다리고 있다." 또는 "이병주가 기다리고 있다."고 했을 것이다. 누가 뭐라고 해도 그래서 나는 고독하지도 않았고 추운 겨울밤이 겁나지도 않았다. 그런데 겨울이 채 깊어지기도 전의 어느 날 나는 끔찍한 참사의 목격자가 되었다.

그날 아침도 나는 여느 때와 마찬가지로 연탄불을 얻으러 옆집 방문

270

을 두들겼다. 연탄불을 얻는 방식은 불이 붙어 있는 연탄을 얻고 내 연탄을 대신 주는 교환방식이었다.

보통 때 같으면 문을 두들기기가 바쁘게 안으로부터 호응이 있어야 하는 법인데, 두 번, 세 번, 네 번을 두들겨도 아무런 반응이 없었다. 어젯밤 분명히 사람들이 있었던 것을 확인한 나는 또 부부싸움이라도 해갖고 열전이 시작될 준비의 침묵인가, 또는 열전 끝의 침묵인가, 하는 추측을 해봤지만 그렇더라도 아직 등교시간이 아니니 아이들은 집 안에 있을 것이었다.

이상하다고 느낀 나는 그 옆방의 옆방으로 갔다. 그 집에선 활발하게 아침식사 준비가 진행되고 있었다.

"옆집 문을 두드려도 기척이 없는데 아무래도 이상하네요." 했더니,

"늦잠을 자고 있는 거겠죠." 하며 그 집 부인은 자기 집 연탄불을 빌려줄 의향을 보였다.

"어젯밤 늦게까지 있는 걸 보았는데 혹시 그 뒤에 어디로 간 것은 아니겠죠?" 하고 내가 물었다.

"글쎄요. 밤중에 어딜 갔겠어요."

부인은 불이 활활 타고 있는 연탄을 아궁이에서 꺼내며 혼잣말처럼 했다. 나는 일단 그 연탄을 들고 와서 내 방 아궁이에 집어넣고 다시 옆집으로 가서 문을 두들겨보았다. 역시 반응이 없었다. 이상한 예감이 들었다.

'혹시 연탄가스 중독?'

이 생각이 번득이자 나는 다급해졌다. 그 옆집의 주인을 불렀다.

"아저씨, 아무래도 이상합니다. 연탄가스 중독이 아닌가 해요. 빨리 좀 나와보세요."

사나이가 파자마바람으로 나왔다. 그는 황급히 옆집 문을 두들기며,

"황씨, 황씨." 하고 불렀다. 대답이 없자,

"문을 부숴야겠구만." 하고 망치를 들고 나오더니 문을 향해 탕 쳤다. 문은 간단히 열렸다. 동시에 연탄가스의 냄새가 코를 쏘았다.

달려가서 미닫이를 열었다. 네 식구가 이불을 차고 동서남북으로 머리의 방향을 달리한 채 몸뚱이는 한 덩어리로 얽혀 의식을 잃고 있었다. 방 이곳저곳에 토해낸 물질들이 질펀하게 깔려 있었다.

나는 밖으로 뛰어나와 114에 가장 가까운 곳에 있는 병원의 전화번호를 물었다. 그리고 시립병원의 앰뷸런스를 불렀다.

삼십 분쯤 후에 앰뷸런스가 와서 네 식구를 옮겨 싣긴 했는데 의사의 표정으로 보아 절망상태라고 느꼈다.

병원엘 가자 곧 응급치료가 시작되었다. 위와 장의 내용물을 토하게 하고 산소호흡을 시키는 등, 미리 마련돼 있는 절차가 있는 모양으로 순서 있게 진행되기는 하는데 의사나 간호원들의 동작엔 정열이 없어 보였다. 그저 기계적인 동작인 것처럼 느껴졌다.

"가망이 있겠습니까. 가망이 있겠죠?" 하고 물어보았지만 의사의 대답은 냉담했다.

"글쎄요. 조금 기다려봐야죠."

하여간 기다려보기로 하고 나는 복도로 나와 전화통을 찾고 있는데 간호원이 나를 붙들었다.

"보호자가 누구죠?"

"보호자?" 나는 말뜻을 분간할 수 없는 채 이렇게 되물었다.

"치료비를 낼 사람 말예요." 간호원은 짜증스러운 표정이었다.

"살려만 주슈, 내가 내도 낼 테니까요."

"그런 말이 어딨어요." 간호원은 화를 냈다.

"저 사람들은 내 이웃인데요. 가족 전붑니다. 그러니 보호자가 누구냐고 해도……."

말을 하면서도 내 말에 요령이 없다는 것을 깨달았다.

"앰뷸런스는 누가 불렀죠?" 간호원의 질문은 차가웠다.

"내가 불렀소."

"그럼 선생님께서 책임을 져야죠."

"살려만 준다면 책임을 지겠소."

"하여간 저기 가서 수속을 밟아줘야겠어요."

나는 속에서부터 끓어오르는 분노와 같은 것을 느꼈지만 꿀꺽 참았다. 내 실수로 환자들에 대한 치료가 소홀해지면 곤란하다고 느꼈기 때문이다. 창구로 가서 보호자란에 내 서명은 했지만 환자들의 이름은 알 수가 없었다. 그저 황씨 일가 네 명이라고만 적었다.

"보증금을 선불해주셔야겠는데요.."

사무원이 나를 보고 한 소리다.

"돈이 없는데요." 하자 사무원의 눈이 일순 바래지는 것 같았다. 어이가 없을 때, 그리고 곧 그것이 노여움으로 변하려고 할 때 나타나는 눈빛이었다. 나는 얼른 말했다.

"아무튼 내가 책임지겠소."

"책임을 어떻게 진다는 거죠?"

사무원의 입 언저리에 냉소가 돌았다. 그리고 뱉듯이 말했다.

"돈을 가져와야 합니다."

"우선 치료를 해주면 돈은 이따 가지고 오겠소."

자연 내 말도 거칠게 되지 않을 수 없었다. 사무원이 나를 쏘아보며 뭐라고 하려고 할 때 나는 포켓에서 신분증을 꺼냈다.

"이것을 맡기겠소. 돈을 가지고 와서 찾아가죠."

사무원은 내가 내놓은 신분증을 힐끔 보더니 돌연 태도가 바뀌었다.

"아, 신문사에 계셔요?" 하더니 그것을 집어들고 안으로 들어갔다. 이, 삼 분쯤 지났을까 사무원이 나타났다. 그리고 내 신분증을 도로 내게로 밀어놓으며,

"좋습니다. 사정이 되시는 대로 가지고 오시죠. 치료비는 이따가 계산하겠어요." 하고 애교까지 부려 보였다. 나는 신분증을 챙겨넣고 천천히 걸어 나왔다. 한낱 신문사 교정부원의 신분증이 깔끔하고 쌀쌀하고 각박하기조차 했던 사무원의 얼굴에 애교 담긴 웃음을 피울 수 있는 마력을 가졌다는 사실은 정말 신발견이었다.

가까스로 공중전화박스를 찾았다. 신문사에 전화를 걸었다. 교정부장은 내 음성을 듣자 다짜고짜 신경질을 냈다.

"도대체 어떻게 된 거야. 뭘 하고 있어, 빨리 출근해." 나는 구구한 설명을 했다.

"사람이 모자라 죽을 판인데 이웃집 연탄가스 돌보게 됐어? 잔말 말구 빨리 나왓!"

나는 또 얼만가의 설명을 보탰다.

"당신이 중독이 돼서 죽는 형편 아니거든 빨리 나와요."

나는 도무지 그럴 순 없다고 간청을 했다.

"당신이 그곳에 있다고 해서 죽을 사람이 살아나지 않을 테니까 의사에게 맡겨두구 빨리 나와요." 하고 교정부장은 전화를 딸깍 끊어버렸다. '딸깍' 하는 소리의 비정! 그 비정한 소리에 대한 반발 때문인진 모른다. 나는 어떤 일이 있어도 그들을 내버려두고 떠날 수 없다는 눈물

겨운 다짐을 했다.

복도를 걸으며 고쳐 생각했다. 결코 우동규 부장이 보통 사람보다 냉정하고 비인간적인 사람인 때문은 아니라고. 먼 사람의 소식으로 듣는 연탄가스 중독은 이미 뉴스도 아닌 것이다. 그러니 내가 병원을 떠나지 못하는 것은 우동규보다 인정이 많아서가 아니라 그렇고 그렇게 얽혔을 때 그렇게 되지 않을 수 없는 일종의 상황에 불과하다.

내가 응급실로 돌아왔을 땐 이미 최후의 판결과 집행이 끝나 있었다. 황씨 부부와 열 살 난 아들의 얼굴에선 산소마스크 같은 것, 파이프 같은 것이 철거되어 있었다.

의사나 간호부는 나를 힐끔 보았을 뿐이다. 보면 알겠지, 하는 그런 시늉으로 보았다. 그 때 만일 여덟 살 난 계집애가 아직 살아남아 치료를 계속 받고 있었기에 망정이지 그렇지 않았더라면 나는 보증금을 선불하지 않았기 때문에 병원 측이 고의로 그들을 죽인 것이 아닐까 하는 의혹을 품을 뻔했다.

세 시체는 시체실로 옮겨져야 했다. 나는 그 시체를 따라가기도 해야 하고 여덟 살 난 아이의 생명을 지켜보기도 해야 하는 엇갈린 마음으로 곤혹했다.

여덟 살 난 아이의 소생을 확인하기까진 한 시간쯤을 더 기다려야 했다. 그때 나 혼자로선 어떻게 할 도리가 없다는 것을 깨달았다. 할 수 없이 다시 신문사에 전화를 걸었다. 이번에도 우동규 부장이 전화를 받았다. 또 날벼락 같은 소리가 터져나올까봐 일순 주춤했는데 이번엔 의외에도 말씨가 부드러웠다.

"그 사람들 무사하우?"

"세 사람은 죽었습니다."

"뭐라구?"

"여덟 살 난 계집애 하나만 겨우 살아날 가망이 있습니다."

"가족이 넷이었던가?"

"예."

"그것 안됐구면."

감정이 묻어 있진 않았지만 말만이라도 고마웠다. 나는 용기를 얻어 누구든지 한 사람 보내줘야겠다고 부탁했다.

"헌데 말야." 하고 좀 망설이듯 하더니 우 부장은,

"혹시 일가족 집단자살이나 아닌가 챙겨봐요."

그 말을 듣자 문득 마음의 동요를 느꼈으나 즉시 부인했다.

"그럴 리는 없습니다."

"하여간 사회부 기자를 보낼게."

"그게 아니고 나를 좀 도와줄 사람이 있어야 하겠습니다."

"알았다, 알았어." 하고 병원의 소재지와 방 번호를 묻곤 저편에서 전화를 끊었다. 십 분 후에 나타난 사람은 정이란 사회부 기자였다. 그는 나를 보자마자,

"집단자살 아니었소?" 하고 물었다.

"그런 건 아닐 겁니다." 했더니 그는 냉소를 머금고 나를 보았다. 그리고 한다는 말이,

"어떻게 그렇게 간단하게 단정할 수가 있소. 그 사람들의 방을 살펴 봤소?"

"아뇨."

"혹시 유서라도 있었을는지 모르는데. 그 사람들 집 아시오?"

"압니다."

"그럼 주소를 적어주슈." 해놓고는 정 기자는 의사를 찾아갔다. 조금 있다 나온 그의 얼굴엔 엷은 웃음이 깔려 있었다. 그 이유를 곧 알 수가 있었다.

"의사의 말로는 이 병원에선 금년 겨울 들어 첫 가스중독 환자라고 하는데 어쩌면 서울에서의 첫 희생자일지도 모르겠어. 그렇다면 조그마한 특종은 되는데." 하고 그는 손을 내밀었다. 주소가 적힌 쪽지를 달라는 것이다. 내키지 않아 쪽지를 쓰지도 않고 있었는데 나는 그를 이용할 생각을 하고 얼른 주소를 써서 내밀었다.

"시민아파트니까 찾기가 쉬울 거요. 그런데 취재를 하려면 아무래도 반장을 찾는 게 나을 거요. 반장이 없으면 반장 부인이라도 좋으니 취재가 끝나거든 병원으로 보내주시오."

"알았소." 하고 그는 바쁜 걸음으로 걸어 나갔다. 아마 신문사의 자동차를 대기시켜놓고 있는 모양이었다. 병실로 들어가보았더니 아이는 잠들어 있었다. 깨어보니 엄마도 아빠도 없어졌다, 로 될 것이 뻔한데 저 아이는 앞으로 어떻게 될 것인가 하고 생각하자 목이 메었다.

'여기 또 하나의 불행의 싹이 텄다.'
는 마음과 내 비력非力에의 인식이 겹쳤다. 이 불행의 바다 속에 행복의 가능은 없을 것이었다.

그러면서도 엉거주춤한 내 처지가 쑥스럽기 짝이 없었다. 죽은 세 사람의 운명이 관념적으로 슬프기는 하되 눈물이 솟을 정도로 슬프진 않고, 고아가 된 아이에게 동정은 하되 그 아이를 부둥켜안고 안타까워 몸부림칠 정도도 아닌 심정임에도 병원을 떠나버릴 수 없는 그 처지가 엉거주춤하다는 것이다. 스스로 병들었거나 병든 사람에게 깊은 정애를 갖지 않고는 병원이란 견딜 수가 없는 곳이기도 했다.

나는 바깥으로 나왔다. 현관 근처에서 어슬렁거렸다. 갑자기 공복을 느꼈다. 아침부터 아무것도 먹지 않았다는 생각이 공복감을 더했다. 그런데 누군가가 나타나줘야 식사를 하러 갈 수 있는 것이다. 초조감이 일기 시작했다.

점심때가 지나서야 김달수가 나타났다. 김달수를 보았을 때 나는 결정적인 선고 같은 것을 느꼈다. 우 부장이 내 처지를 설명하고 누군가가 나한테로 가야겠다고 했으면 응당 와야 할 사람은 차성희라야 하는 것이다. 감정은 딴 곳으로 향하고 있다고 해도 체면치레만으로라도, 아니 체면을 차리기 위해서 차성희가 왔어야 했다. 그럼에도 불구하고 차성희가 나타나지 않았다는 것은 그의 마음의 내용이 이젠 체면을 차릴 필요마저 없다고 결정된 때문일 것이었다.

"세 사람이 죽었다며?"

김달수의 물음은 건성이었다.

"그랬어."

내 대답도 건성이었다.

"어린애만 남았다구?"

"응."

"병실이 어디야. 내가 지켜봐줄 테니까 서군은 식사나 하고 와."

그의 눈치는 꽤나 적중했다. 그래서 김달수와 나완 서로 말동무가 되는 것이었다.

"김군이 지켜볼 것도 없어."

"도와줄 사람이 필요하다는 말이었는데?"

"아파트 반장에게 연락을 해줬으면 했던 거야."

"그럼 내가 연락을 해주지."

"아냐, 아까 정 기자가 그리로 취재하러 간다기에 부탁을 해뒀어."

"그래? 그러니까 그게 정 기자의 기사였군."

김달수는 고개를 보일 듯 말 듯 끄덕였다.

"어떻게 썼는데."

"금년 들어 서울에서 첫 연탄가스 중독으로 세 사람이 죽고 하나는 중태라고 되어 있더구먼. 내가 교정을 봤지."

"그저 연탄가스 중독사 갖곤 기사가 안 되는 모양인가?"

"일 단짜리밖엔 안 되겠지."

"그 기사는 몇 단이야."

"삼 단이었지, 아마."

"그런 점에서 신문은 사회를 대표하고 있는 것인지 모르지."

나는 이렇게 중얼거렸다.

"옳아, 사건이니 불행이니 해도 남의 일엔 관심이 없는 게 사회니까. 그런 일이 있었다는 걸 알 정도면 그만인 거라. 단수를 정하는 척도가 비정적인 사회의 척도와 일치하고 있으니 신문의 존재 이유가 그런 데 있는 것이 아닐까?"

이런 소릴 지껄이면서 김달수는 근처의 식당에까지 동행해주었다. 두부찌개를 시켜 밥을 먹는데 배는 고픈데도 입맛이 없었다.

"딱한 일이 생겼다."

식당에서 나와 다방으로 가서 자리를 잡자 김달수가 이렇게 말을 꺼냈다. 나는 그의 다음 말을 기다렸다.

"오늘 나더러 우 부장이 사회부로 갈 의향이 없느냐고 묻는 거야."

"비슷한 꼴이 되었구나."

"비슷하다니?"

"나는 문화부로 가라는 부탁을 받고 있어. 부탁이 아니라 강제적인 명령이야."

사실 나는 그 문제 때문에 매일처럼 고민하고 있었다.

"그래서 어쨌어."

"다음달까지 보류해달라고 했지."

"다음달까지 보류한다는 건?"

"신문사를 그만두든지, 어쩌면 그때까진 스트라이크가 해결될지도 모른다고 생각한 거지."

"스트라이크는 해결되지 않을 거야."

김달수는 단정적으로 말했다. 나도 그런 짐작이었지만 물었다.

"무슨 근거로 그런 말을 하나."

"그 스물다섯 명은 철통같이 단결하고 있어. 요구조건이 관철되지 않으면 신문사에 돌아올 사람들이 아냐. 그런데 그들은 워낙 우수한 사람들이기 때문에 신문사에선 계속 무마공작을 했던 거라. 보통 친구들 같아 봐, 벌써 파면하고 말았을걸. 헌데 회사에서도 방침을 굳힌 모양이더라. 사내에서 어떻게 인원 보충을 해서 이대로 밀고 가기로 하고 스트라이크파 전원을 파면한다는 거야."

"그렇게 되면 나도 신문사를 그만둘 작정이다."

연탄가스 마시고 죽는 사람도 있는데 신문사쯤이 뭐냐는 생각이 순간 들기도 했던 것이다.

"나도 동감이다. 동감이긴 한데……." 하더니 김달수는 이런 말을 했다.

"며칠 전야. 윤두명 씨를 만났지. 윤씨의 말론 우리는 말짱 낙지 같은 놈들이란 거여. 스트 브레이커는 사람이 아니라는 거지. 그따위로 비굴하게 살아 뭣할 것이냐 말도 나왔어. 일일이 옳은 말씀이야. 그러나 스르르 부아가 나더먼. 스트라이크에 끼지 않는 사람에게도 이유가 있고 명분이 없지 않거든. 비굴해서만은 아니잖아? 약간 경우에 어긋나도 선배의 말을 들어야 할 경우가 있고, 또 신의도 있는 것이니까 말야. 사실 솔직하게 말해서 우동규 부장의 입장을 어떻게 우리가 곤란하게 만들 수 있겠나. 하물며 우동규 부장의 말에도 일리가 있거든. 무모한 싸움을 말라는 것 아냐? 윤두명 씨의 말이 옳은 그만큼은 우 부장의 말도 옳아. 그러나 만일 스트라이크파가 총파면을 당하는 그런 꼴이 되면 나도 신문사에 붙어 있을 수가 없다는 생각을 하고 있었지. 그런데 윤두명 씨가 그런 태도로 나오니까 반발이 생기더라, 이 말이야. 그래 비굴하건 말건 나는 지금의 태도를 바꿀 수가 없다고 버텨버렸지."

"그랬더니?"

"빙그레 웃고 말더먼."

"그래 어떻게 할 텐가."

"윤두명 씨에 대한 반발 때문만으로도 신문사를 그만둘 수가 없고, 그만두지 않으면 사회부로 가야 할 것 같고, 이왕 신문사에 남을 판이면 그렇게 하는 게 유리하고, 유리한 만큼 주위가 둘러보이고……. 그러나 결국……."

"결국 어떡하겠다는 건가."

"결국 그만둬야 할 것 같애."

"내 마음과 당신 마음이 어떻게 그처럼 같을까."

"존재가 의식을 결정한다, 그것 아닌가. 나와 당신의 환경이 같으니 생각도 같을 수밖에."

우리는 서로 쳐다보며 웃었다.

병원으로 돌아왔다. 아이는 아직 잠결에 있었다. 무슨 일이 있으면 전화를 하겠다고 하고 김달수를 돌려보냈다. 혼자가 되어 빈사의 갈림 길에서 소생하여 잠자고 있는 여덟 살 난 여식애의 얼굴을 바라보고 있으니 문득 윤두명 씨 생각이 났다.

나도 나흘 전에 윤두명에게 불려가서 한바탕 입씨름을 한 적이 있었다. 그러나 그때 윤두명이 한 말은 김달수가 들었다는 말과는 달랐다. 윤두명은 내게 종교를 권했다.

"황당무계한 신을 믿자는 그런 얘기는 아니오. 섭리를 신으로 삼자는 얘기요. 섭리의 신은 우리말로 번역하면 상제가 되는 거요. 영국엔 데이즘理神論이란 게 있소. 그 이신론을 우리는 토착적으로 파악하고 신앙하자는 거요……."

이에 대해 나는,

"윤형의 말씀엔 납득이 갑니다만 믿을 마음으로 되지 않으면 그만 아닙니까." 하고 반발했다.

"믿을 마음으로 마음을 가꿔야죠."

"원래 이신理神이란 믿어도 좋고 안 믿어도 좋은 그런 것 아닙니까?"

"믿어도 좋고 안 믿어도 좋은 그런 것이라면 믿는 편이 유리하지 않겠소." 하고 신앙을 모체로 한 조직은 교단이 되는 것이며 교단은 어떤 조직보다도 강하니 천 명을 거느린 교단에 속하면 혼자서 천인력을 가진 것이나 마찬가지라고 하곤,

"생각해봐요, 그렇게 되면 결국 천인력을 가진 사람이 천 명이 되니까 천을 자승自乘한 힘이 되는 거죠. 만일 교단의 인원이 만 명이라고 하면 어떻게 되겠소. 꾸준히 노력하면 이 나라를 지배할 수도 있게 될 것이오."

하며 힘주어 말했다. 어안이 벙벙해서 나는 한참 동안 그를 바라봤다. 그의 말은 계속되었다.

"섭리를 믿는다는 건 섭리를 작용시키는 신을 믿는다는 말이오. 신을 믿는다는 건 신의 마음에 들게 언동한다는 얘기요. 신은 정正을 좋아하되 부정을 좋아하지 않소. 선을 좋아하되 악을 좋아하진 않소. 그러니까 사람은 정의감에 입각한 행동을 하게 되는 거요. 그러나 교단을 갖지 않는 사람, 교단에 속해 있지 않는 사람은 정의감에 입각한 행동을 했기 때문에 고립하는 경우가 생기오. 교단에 속한 사람은 고립되지 않소. 유일한 예외는 교단에 속한 사람을 구하기 위해선 정의를 저버리는 수단을 쓸 수가 있소. 상제를 믿는 사람을 돕기 위해 하는 노릇은 어떤 노릇이건 상제의 승인을 받을 수 있단 말이오."

"기껏 그런 것이라면 일종의 협동단체 비슷한 게 아닙니까."

"협동단체이기도 하죠. 만일 서형이 백만 원 돈이 필요하다면 교단원 만 명으로 치고 백 원씩 내면 되는 것이니까요. 그러나 그런 것뿐만은 아닙니다. 안식이 있고 구원이 약속되니까요. 사람은 저마다 어떤 원한을 품고 있습니다. 그 원한을 풀어야만 구원이 있는 법인데 우리 상제교에 들어오기만 하면 그 모든 것이 해결됩니다. 사람이 종교 없이 이 허망한 세상을 어떻게 살겠소."

"종교를 가질 바에야 천주교도 있고 불교도 있는데 왜 하필 상제교를 믿을 필요가 있습니까?"

"같은 종교인데 왜 우리 토착의 신을 믿지 않고 엉뚱한 나라의 엉뚱한 종교를 믿을 필요가 있느냐, 이 말이죠."

"아무래도 나는 납득할 수가 없습니다."

"납득하기 위해 우선 교단에 들어오시오. 우리는 교단을 만들어나가자는 얘기요. 타락된 기성종교와는 다른 생신한 종교를 만들잔 말이노. 한 많은 우리 민족의 실정에 맞는 종교를 우리 힘으로 만들잔 말이오."

"그런 일엔 취미가 없는데요."

"취미의 문제가 아니고 생명의 문제요. 나는 이렇다 할 사람이 아닌 사람에겐 절대로 이런 일을 권하지 않소. 내가 서형에게 굳이 권하는 것은 서형이 고독하기 때문이오. 총명하기 때문이오. 어느 정도 세속적인 일을 초월하는 능력이 있다는 걸 알기 때문이오. 기필 우리 교단의 중심인물이 될 것이란 자신이 내게 있기 때문이오."

나는 애매하게 웃고만 있을 수밖에 없었다. 윤두명은 열을 올렸다.

"서형은 서형 혼자만 살면 그만이라고 생각하오? 서형 덕택에 많은 고아들이 잘 자랄 수가 있고 많은 불행한 사람들이 잘 될 수가 있는데 그리고 일을 힘들이지 않고도 할 수 있는데도 그런 마음가짐도 못하겠다는 거요?"

"내 나름대로 노력할 일이 있지 않겠습니까."

윤두명은 자기의 교단이 얼마나 팽창했는가를 설명하기 시작했다. 생명을 나눠 가질 수 있는 혈맹의 신도가 천 명이 넘는다는 것이며, 후보신도를 말하면 만이란 숫자에 육박한다는 것이다. 현재 키우고 있는 고아가 백여 명, 이들은 신도들이 하나둘씩 맡아 기르고 있고 지금 보광동에 합숙하고 있는 사람만도 남녀 삼십 명이 넘는다고 했다. 덧붙여 무슨 사업이라도 아이디어만 내놓으면 해낼 수 있다는 자신도 피력했다.

"그만한 실력이 있으니까 신문사를 그만둘 수가 있었겠습니다."

본의 아니게 내 말투가 빈정거렸다.

"신문사를 그만두는 건 내 사업에 있어서도 이만저만한 손해가 아닙니다.. 그런 것을 나는 박차버린 거요."

이런저런 말만 되풀이하다가 그날 밤은 요령부득으로 헤어졌던 것인데 나는 아침에 보증금을 후불하게 작용한 나의 신문사 신분증에 생각이 미쳤다. 윤두명이 신문사를 그만두는 게 이만저만한 손해가 아니란 말은 그런 사정과 관계가 있을 것이었다.

나는 지금 앞에서 잠자고 있는 아이가 갈 곳이 없으면 도리 없이 윤두명과 의논해야겠다는 생각을 했다.

"그 사람 직장을 찾느라고 혼났소." 하고 서너 사람을 거느리고 아파트의 반장이 병원을 찾아온 것은 오후 세 시쯤 되어서였다. 아직 서른 안팎으로 보이는 반장은 병실과 시체안치소, 병원사무실 등을 부산하게 돌아다니고 난 후 대합실에서 담배를 피워물고 나에게 인사를 했다.

"서 선생이라고 하셨죠. 오늘은 수고가 많았습니다."

"이웃사촌이란 말이 있지 않습니까." 하고 나는 덤덤히 말했다.

반장의 말에 의하면 죽은 사람은 황차석黃且石이란 사람과 그 가족인데 통이나 동의 명부로 봐선 고향이 충청도 예산이란 것뿐 연고자를 발견할 수 없었다고 했다. 본적지에 황차석 본제입납이라고 하고 전보를 띄워놓았다는 말도 했다.

"직장은 어디였습니까?"

"서빙고 근처에 있는 블록 찍는 공장이었습니다. 날품팔이가 돼서 밀린 노임 같은 것도 없고, 이런 변을 당했어도 그 공장에선 해줄 일이 없다는 그런 태도였습니다. 그래도 같이 일하던 사람들이 얼만가의 부의돈을 갖고 올 모양입니다."

"병원비는 어떻게 되겠습니까."

"시료환자로 할 수밖에 없는데 잘 될지 모르겠습니다. 그러나 어떻게 되겠죠. 죽은 사람만 불쌍하지. 사람이란 참으로 허망한 겁니다." 하고 젊은 반장은 침통한 얼굴이 되었다.

나는 여덟 살 난 딸아이의 얘기를 해봤다.

"충청도에서 친척이라도 올라와 데리고 가주면 모르지만 여하간 사정이 딱하네요. 몇날 며칠을 울고 지낼 건데 누가 그걸 봐주노."

"정 갈 데가 없으면."

하고 나는 내가 맡겠다고 했다. 윤두명 씨와 의논을 해볼 요량이었다.

"고맙습니다. 그렇게까지 마음을 써주시니."

젊은 반장은 반장으로서의 의무감 같은 것을 똑똑히 느끼고 있는 것으로 보였다.

"반장님이 오셨으니 전 가보겠습니다."

하고 일단 어린애가 있는 병실로 들어가려는 참이었다. 선생인 듯한 젊은 여성을 따라 네댓 명의 꼬마들이 몰려들었다. 순식간에 병실 안은 울음바다가 되었다. 꼬마들은 "미순아." "미순아." 하고 소리소리 외치면서 울기 시작했다.

미순이라고 불린 그 애는 눈을 멍청히 뜬 채 그들을 바라보고 있었다. 영문을 통 알 수 없다는 그런 표정이었다. 선생으로 보이는 여성은 연신 그 애의 머리를 쓰다듬고 있었다.

나는 차마 못 볼 것을 본 것 같은 기분에 사로잡혔다. 발소리를 죽여 그 방에서 나와선 긴 복도를 걸어 병원을 나섰다.

해는 서쪽으로 기울어 거리는 빌딩의 그늘에 덮여 있었고 차가운 바람이 슬슬 일기 시작했다. 나는 갑자기 갈 곳이 없다는 사실을 발견하고 당황했다. 외로웠다.

신문사를 향해 발걸음을 떼어놓다가 허전함을 이기지 못해 근처의 다방에 들어갔다. 위층은 기원이 되어 있는 조그마한 다방이었다.

커피를 시켰다. 설탕을 탔는데도 묘하게 쓴맛이 남았다. 커피의 쓴맛과는 다른 그런 쓴맛이었다. 건너편 좌석의 손님이 레지를 상대로 농담을 걸고 있었다.

"이 커피는 국산 담배꽁초로 만든 것이냐 미제 담배꽁초로 만든 것이냐."

"별 손님 다 보겠어."

레지는 뾰로통해지며 돌아섰다. 등에 지퍼가 달려 있는 연두색 원피스가 지퍼 있는 그 부분만 낡아 하얀 실밥이 노출되어 있었다.

나는 들었던 커피잔을 다 마시지도 않고 도로 놓아버렸다. 담배꽁초로 만든 커피라고 단정할 순 없었으나 그런 거라고 오해를 받아도 할 수가 없는 커피였던 것이다. 그 무렵 신문지상에 보도되고 있던 가짜 커피의 기사 탓인지 몰랐다.

담배꽁초로 커피를 만들어 돈을 번다. 그 돈으로 어린애의 과자도 사 주고 학교에 월사금을 바친다. 혹은 좋은 옷을 사 입을지도 모른다. 담배꽁초 커피를 팔아 나는 아이들 교육을 시키고 이렇게 좋은 옷도 사 입었다. 그런 자각이 행복을 만들어낼 수가 있을까. 그런 자각이 자신의 옷에 아름다움을 느낄 수가 있을까. 살기 위해선 사람은 얼마든지 추잡해질 수 있다지만 그럴 바엔 차라리 연탄가스를 마시고 죽어버리는 게 나은 일이 아닐는지.

이런 엉뚱한 생각을 하고 있는데 눈앞에 와 선 사람이 있었다. 입안에선 맴도는데 입으론 그 이름이 나오지 않았다.

"서재필 씨 아냐?" 하는 바람에,

"당신은 배동균." 하고 나는 일어섰다. 군에 있을 때 같이 있던 친구였다.

"이거 얼마만인가. 자넨 신문사에 있다고 들었는데 여긴 어떻게."

"그저 이 근처에 왔다가 우연히 들렀지."

나는 배동균의 몰라보게 변해 있는 모습을 보고 놀라움을 금할 수가 없었다. 여위어서 얼굴의 과골이 튀어나오고 나이답지 않게 굵직한 주름마저 보였으니 말이다.

"자네 뭘 하나?"

코카콜라를 시켜놓고 물었다.

"매일 여기 나와 있어." 하고 그는 손가락으로 천장을 가리켰다.

"기원?"

"그래."

"참 자네는 바둑을 잘 뒀지."

"잘 두긴. 허나 기원이라도 없었더라면 저 세상에 갔을 거야."

"그건 무슨 소린고."

"오랜만에 만나 시시한 소린 하지 말자."며 그는 손을 저었다. 나는 아침부터 있었던 일을 대충 얘기하고 쓸쓸하게 웃었더니

"인생에 허무를 느낀단 말인가? 인생은 원래 허무한 거라." 하고 그는 제법 달관한 듯한 포즈를 취했다.

갈 곳이 없어 쓸쓸하던 터이라 그를 만난 것이 반갑기 한량이 없었다.

"좀 이르지만 어디 가서 술이나 한 잔 할까?" 하고 그의 마음을 떠보았다. 그는 좋다고 했다.

나는 그를 데리고 관철동 소영이 있는 집으로 갔다.

소영이 반기는 모습이 애처로웠다.

술이 두어 잔 들어가자 배동균이 신세타령을 시작했다. 어느 사립대학의 경제학과를 나와 그가 제대한 후에 들어간 곳이 염직업을 하는 중소기업체였다. 한 반년 동안은 보세가공품의 일거리도 풍성하고 해서 경기가 좋았는데 어찌어찌 하다가 부도내고 회사가 망했다. 그 다음에 취직한 곳도 역시 중소기업이었는데 얼마 안 가 도산, 이렇게 몇 차례 겪고 나니 완전히 실직상태가 되어버렸다.

"망할 운이 내게 붙어다니는 것 같아 미안해서 취직운동을 하기도 겁이 나."

그는 자조의 웃음을 웃었다.

"큼직한 회사에 시험을 쳐보지그래."

"새로 대학을 나온 놈하고 경쟁이 되나. 그런데다 반년쯤 앓아누웠어. 지금은 사방이 꽉꽉 막힌 기분야. 하는 수 없이 바둑집에 나와 앉아 있는 거라. 궁상스럽게 셋방에 처박혀 있을 수도 없구. 바둑만 붙잡고 앉으면 하루 해는 수월하게 가주거든."

"결혼 안 했나?"

"했지."

"그럼 자넨 바둑집에서 소일한다지만 가족이 야단 아닌가."

"여편네가 봉제공장에서 일하고 있어."

"얹혀사는 신세로군."

"귀찮거든 날 내버리고 가라고 해도 아직 서양풍을 못 닮았는지 갈 요량을 안 해. 그저 바둑집이건 어디건 좋으니까 동리 사람들 보게 출근하는 척이나 해달라는 거여."

"자넨 그 점만은 행복하구나. 정숙한 부인을 만났으니 말이다."

그때였다. 김소영이 어디선가 불쑥 나타나더니 그 말꼬리를 잡았다.

"정숙한 것만으로 남편이 행복할 수 있다면 내게도 자신이 있어요."

해놓곤 내 귀에다 대고,

"아직 아따라시인데 어떡하지?" 하며 상을 찌푸렸다.

"요 계집애가 아마 서군에게 홀딱해 있는 모양이로구나."

배동균이 익살을 떨었다.

"그럼요. 난 홀딱 반해 있어요. 그러나 이 어른은 안 된대. 가끔이라도 좋다구 해도 안 통해요."

김소영이 부끄럼 없이 털어놓았다.

"저기 가 있어."

나는 나직이 말해 소영을 보내놓고 계속 배동균의 말을 듣자고 했다.

"러브 스토리도 아니고 미제라블 스토린데 들어 뭣할 거고."

"아냐, 나도 곧 실직할는지 몰라. 실직했을 때의 마음먹이를 배워두고 싶은 거다."

"이 친구." 하더니 배동균이 눈을 부릅떴다.

"너 실직이 장난인 줄 아나? 실직했을 때의 마음먹이를 배울 것이 아니라 실직 안 하도록 마음먹이를 배워야 해. 실직이 얼마나 비참한 건지 알기나 하나? 거지처럼 비굴해야 하고, 죄인처럼 쩔쩔매야 하고, 온 세상이 모두 나를 비웃는 것 같고, 사장 똥을 핥아 실직이 안 될 수 있다면 그렇게도 할 각오까지 하게 되었는데 내 경운 회사가 농땅 방하는 판이니 핥을 똥도 없다, 이거야. 여자가 오죽해서 ×을 파는 줄 알아?"

"비굴하게 직장에 연연하는 것보다 차라리?"

"차라리가 뭐야. 비굴이 아니라 비굴 할애비 노릇을 하더라도 잠자코 붙어 있어. 좋은 직장이 기다리고 있다면 몰라도 그것도 없이 직장을 그만둔다는 건 파멸이야. 일시적인 비굴은 요다음에 보상할 수가 있지만 파멸한 뒤엔 아무 짓도 못해."

　빨리 술이 도는 모양으로 배동균은 몸을 비비 꼬고 입 언저리에 게거품을 뿜어가며 실직을 해선 안 된다고 떠들어댔다. 나는 가슴이 공동이되어 그 속을 북풍이 스쳐가는 것 같은 추위를 느꼈다.

겨울 속의 봄에 의미가 있는가

"왜 이렇게 붐비지?"

"일요일이라 그래."

혼잡엔 소음이 따른다. 그 소음 가운데서 이런 말을 집어 듣고도 나는 웃을 수가 없었다. 일요일이라서 결혼식장이 붐빈다, 일요일이라서 버스 터미널이 붐빈다, 등등의 말은 성립될 수가 있지만 일요일이라서 화장장이 붐빈다는 말은 아무래도 어색하다.

따지고 보면 어색할 것이 없을지도 몰랐다. 사람이 일요일에 맞추어 죽을 수야 없겠지만 사람은 일요일에 맞추어 태워질 수는 있을 테니 말이다.

아무튼 그날 일요일의 화장장은 구정을 앞둔 서울역처럼 붐비고 있었다. 이곳저곳에서 울음이 있었지만 그러한 혼잡과 소란 가운데서는 울음조차 무색하다. 만사가 공장의 공정을 닮은 루틴을 쫓고 있는 그런 곳엔 원래 슬픔이니 뭐니 하는 감정이 개재될 수가 없는 것으로 보였다.

나는 황씨 일가 삼 인의 죽음을 슬퍼하기 위해서 화장장까지 따라온 셈이었는데, 인간이란 게 아무것도 아니라는 것, 그러니까 그 죽음을 슬퍼할 까닭이 없다는 것을 새삼스럽게 깨달았을 뿐이다.

만일 인간이 아무것도 아닌 것이 아니라면 그렇게 간단하게 태워 없앨 수가 없는 것이 아닌가. 숨이 끊어졌다고는 하나 어제까지 같은 사람으로서 살아 있었던 그대로의 모습을 지니고 있는 사람을 어떻게 그처럼 간단하게 불태워버릴 수가 있느냐 말이다.

젊은 반장이 장의사의 직원과 말을 주고받으며 그 혼잡 속에서도 민첩하게 움직이고 있는 것을 먼빛으로 보면서 나는 구석진 곳의 벽에 기대 서서 내 자신이 불태워지고 있을 날을, 아니 그 광경을 막연히 생각하고 있었다. 내 장래에 있을 모든 일은 하나같이 불분명하지만 죽는다는 사실만은 결정적인 것이다. 에피쿠로스의 말이 생각났다.

"사람은 죽기 전엔 죽음이 무엇인지를 알 수가 없고 죽은 후에는 더더구나 죽음을 알지 못한다. 결국 사람은 죽음을 알 수 없게 되어 있다는 얘기다. 그러니 이렇게도 저렇게도 알 수 없는 죽음을 두고 고민할 필요가 없느니라."

허나, 이것이야말로 '말'이다. 사람은 죽음이 무엇인지는 몰라도 죽으면 불태워지거나 땅 속에 묻힌다는 사실은 알고 있다. 이 이상의 결정적 사실이란 없지 않는가. 이 이상의 무엇을 알아야 한단 말인가.

죽음이란 불태워지는 것.

죽음이란 묻히는 것.

그처럼 화장장처럼 죽음을 생각하는 데 있어서 부적당한 곳은 없다.

나는 피로와 동시에 이곳에 있어보았자 아무데도 쓸모가 없다는 것을 깨달았다. 죽은 황씨 일가에 대한 슬픔을 강하게 느낄 수만 있다면 그로써 의미가 있다고는 하겠지만 막상 화장실에 와보니 아파트에서 지니고 나왔던 슬픔마저 지탱하기가 곤란하게 된 터이라, 뼈를 줍는다든가, 절에까지 가서 중들과 실무적인 교섭을 맡아준다든가, 하는 일을 못할 바에야 굳이 화장장에 버티어 있어야 할 까닭이 없는 것이다.

젊은 반장을 찾아가 먼저 가겠다고 했다.

"왜 그러세요."

"그저……있어봤자 별 할일도 없구……."

"조금 있다 점심이나 같이 먹고 가시죠, 그럼."

아닌 게 아니라 점심때가 가까워 있었다. 그러나 나는 굳이 먼저 가 겠다고 하고 화장장을 나왔다. 돌아오는 버스 가운데서 생각했다. 점심을 먹지 않고 돌아오는 것이 잘된 일이라고. 만일 점심을 먹게 되었더라면 결과적으로 점심 먹으러 화장장에까지 간 셈이 되었을 것이었다.

반장의 주선으로 황씨 일가의 화장이 끝나고 가까운 절 납골당에 유골이 안치되었는데, 황씨의 본적지에선 아무런 소식이 없었다. 뿐만 아니라 반장이 '황차석 본제입납'으로 부친 편지가 되돌아왔다.

국민학교 2년생인 황미순을 어떻게 처리하는가가 문제로 남았다.

반장을 중심으로 아파트의 주민들이 모여 회의를 열었다. 많은 의견이 있었으나 다음과 같은 결론이 났다.

황씨의 아파트와 세간을 팔되 그 가운데 이십만 원은 긴급히 미순을 위해 써야 할 일이 있을지 모르니 남겨두고 나머지는 미순이 국민학교를 졸업할 때까지의 기한을 재어 정기예금을 한다. 미순의 희망이 있으면 가능한 한 그 희망을 들어주되 특별한 희망이 없을 경우엔 믿을 만한 고아원으로 보내는데 그 후에도 계속 반장이 보살피는 책임을 진다. 미순을 책임지고 양육하겠다는 사람이 나타나면 심사해서 결정하되 역시 반장이 사후에라도 감독하는 책임을 진다…….

대강 이상과 같은 결론을 내놓고 미순을 불러 그의 의견을 물었다.

그랬더니 미순의 입으로부터 뜻밖에도 나와 같이 살았으면 좋겠다는 말이 나왔다. 그리고 뒤이어진 말이 처량했다.

"아저씬 혼자 사시는데 제가 여러 가지 일을 도와드릴 수 있을 것 같애요. 전 밥 지을 줄도 알아요. 빨래할 줄도 알구요. 집안 소제도 잘할 거구요."

모두들 내 얼굴을 봤다. 그 가운데 미순의 눈이 더욱 부셨다.

"그렇게 하면 우리들 이웃이 갖가지로 도와드릴 수가 있을 테니 서 선생 어떻소." 하고 반장이 말했다.

거역할 수가 없었다. 좋은 방도가 생길 때까지 일시적으로 맡겠다는 뜻을 나는 우물우물 말했다.

내가 황씨 일가의 일로 마음을 빼앗기고 있을 동안 신문사에선 드디어 최후의 파국이 오고야 말았다. 스트라이크를 한 스물다섯 명 전원에게 해직통고가 내린 것이다.

이에 대한 편집국 내의 반응은 묘했다. 어떡하든 사건이 낙착을 보았다는 뜻으로 한시름 놓는 듯한 눈치를 보인 파가 있었고, 좋은 해결이 됨으로 해서 비로소 양심의 가책을 면할 수가 있을 것인데 그렇게 되고 보니 딱하다는 기분을 나타내는 파도 있었다.

그날로 김달수는 사회부로 소속을 옮겼다. 내게도 문화부로 가라는 명령이 있었다. 나는 묘한 딜레마에 빠졌다. 김달수가 사회부로 가는데 나만 버티면 달수의 행동을 떳떳치 못하게 부각시키는 결과가 되고, 그렇다고 해서 문화부로 가면 파면된 스물다섯 명, 더욱이 그 가운데 끼어 있는 양춘배에게 면목이 서지 않는 것이었다.

이것은 또한 내 양심이 평온할 수 없다는 뜻이기도 했다. 말하자면 내가 그 스트라이크에 끼지 않은 것은 교정부에 소속해 있다는 이유였는데 만일 문화부로 옮기기만 하면 그와 같은 변명재료가 깡그리 없어지는 것이다.

나는 우동규 부장에게 솔직하게 말했다.

"나를 교정부에 그냥 둬두도록 부장님께서 힘써주십시오. 꼭 문화부로 가라고 하면 난 신문사를 그만둘 수밖에 없습니다."

"이유를 말해봐요."

"이유를 모르셔서 묻는 겁니까. 난 우 부장님의 명령으로 스트라이크에 참가하지 않았습니다. 그런데 지금 문화부로 간다면……."

"알았어. 그러나 그따위 센티멘털한 태도로 사회생활이 가능하다고는 생각하지 마시오. 어차피 세상은 불공평한 거요."

"아무튼 문화부로 안 가게만 해주시오."

"편집국장에게 의견은 말해보지. 그러나 서형, 한번 고쳐 생각해봐. 문화부로 가면 해외여행의 기회도 생겨. 앞으로 예술 활동을 할 수 있는 계기가 될지도 모르구. 갖가지의 기능이 있는 거요. 그러나 교정부, 이건 늪이야 늪. 교정부원으로 들어와서 문화부나 그밖에 다른 부로 갈 수 있다는 건 요행치곤 기막힌 요행이오. 이 기회를 놓치면 영영 이런 일이 있을 수가 없소. 이때 눈 딱 감고 문화부로 가보지그래."

낸들 그런 것을 생각해보지 않았을 까닭이 없다. 교정부원이란 순전히 기계의 부속품에 불과하지만 문화부로 가면 줄잡아 최소한도의 인간은 회복할 수가 있는 것이다. 보잘것없는 것이지만 다소곳한 기획을 할 수도 있을 것이고, 살아 있는 사람과의 대화를 적을 수도 있을 것이고, 재미나는 읽을거리를 찾아 세계 각국의 새로운 출판물을 뒤지는 흥미도 없지 않을 것이다. 이를테면 내 생애에 있어서 새로운 지평이 열리는 대사건일 수도 있다. 그러나 나는 그럴 수가 없었다.

"백 번 고쳐 생각해도 결론은 마찬가집니다. 서투른 문화부 기자 노릇보다 익숙한 교정부원 노릇이 편하니까요."

이와 같은 대화는 다방의 한구석에서 은밀히 이루어졌던 것인데, 퇴근시각을 조금 앞두고 우 부장은 공개적으로 편집국장의 답을 내게 전했다.

"정승도 제 하기 싫은 놈에겐 맡길 수가 없대. 이로써 서재필 씨는 만년 교정부원이다. 그리고 부장 자리는 꿈도 꾸지 마. 내 정년이 아직 십년은 남았고 정 차장이 정년 되자년 이십 넌은 더 남았으니까."

이때 차성희의 눈이 날카롭게 빛났다. 그 눈빛의 날카로움은 옛날의 차성희에겐 없었던 것이었다.

양춘배를 만난 것은 그로부터 며칠쯤 후의 일이다. 인사동 고서점엘 들렀더니 거기서 책을 한아름 사들고 나오는 그를 만났다. 그를 만날 기회를 바라고 있었던 나는 그를 데리고 근처의 다방으로 들어갔다.

"책을 많이 사셨군요."

"이제 할 일이 없으니 책이라도 읽어야죠."

그의 얼굴과 말투에 구김살이 없었다.

"법원에 재소했다죠?"

"회사의 파면조치에 대해 가처분 신청을 했는데 결과야 뻔할 뻔자지." 하고 그는 웃었다.

"결과가 뻔한 걸 하면 뭣하우."

"그저 그렇게 문제를 일으켜보는 거죠. 헌데 서형, 혁명가란 건 나면서 되는 것이 아닙니다. 상황이 만들어주는 거라요. 무독한 뱀을 독사 만든다는 말 있지 않습디까 왜. 사명감이니 하는 것도 저절로 되는 게 아니구요. 전에 혁명가의 전기 같은 걸 읽으면 어떻게 이럴 수가 있었을까 하고 과장을 느끼곤 했는데 지금은 이해할 수 있을 것 같애. 약이 오르니까 두 배 세 배의 힘이 나거든. 이런 일이 없이 돌연 실직했다고 해봐요. 다소 의기가 저상할 것 아니겠소. 그런데 나름대로 투쟁을 하다가 실직을 해놓으니 용기가 마구 끓어오른단 말요. 실직을 했대서 기가 죽거나 하는 감정이 전연 없으니 말요."

양춘배는 이런 얘길 하다가 돌연 화제를 바꾸었다.

"어떤 직장에서건 떳떳한 직장생활을 하려면 노동조합이 있어야 하겠어. 지금은 안보문제도 있고 해서 노동조합 결성에 제한을 가하는 것이 불가피하다고 할 수 있지만, 그 안보문제까지를 감안해서, 안보는 국민 총화를 전조로 해야만 더욱 공고할 수 있는 것이니, 그 총화를 위해서도 노동자의 자율적인 권익옹호를 가능하게 해줘야 하는 거야. 공산당에 대항하기 위해서라도 말요. 더도 말구 현행 노동법이 허용하고 있는 노동조합 정도라도 좋으니 이게 되어야 해. 노동자가 비굴하지 않기 위해서라도……."

나는 노동조합에 관해서 문외한이지만 노동자의 자율적인 권익옹호가 필요하다는 점엔 동의했다.

"회사를 상대로 싸움을 하고 있으니까 종전엔 뵈지 않던 것이 보이더만. 인간관계란 것은 결국 이해관계의 표현에 불과하다는 것, 자가용을 타고 다니는 사람과 버스 타고 출퇴근하는 사람의 의식형태는 이민족의 경우 이상으로 다르다는 것, 이전엔 관념이었을 뿐인 이런 것이 실감으로 느껴지더라 이건데 하여간 많은 것을 배웠어."

"그래 앞으로 어떻게 할 거요."

"당분간 투쟁에 전념하겠소."

"아무런 보람이 없을 텐데두?"

"십자가를 진다, 이거죠. 난 예수를 믿진 않지만 예수가 진 십자가가 당장에 무슨 보람을 가졌수? 우리의 투쟁도 마찬가지지. 언젠가는 보람을 갖게 될 거요. 한국 언론사를 먼 훗날 쓰게 되면, 한때 신문사를 쫓겨나간 그들이 한국 언론의 정통이었다는 평가를 받고 그들의 뜻이 되살아나도록 하는 계기가 될지도 모르는 일 아닙니까. 이것도 나는 중요하다고 생각해요. 우린 그날그날만 생각하고 살아왔거든. 이를테면 본일주의. 그런데 싸움을 하다가 보니 먼 훗날의 일도 생각하게 되었다는 거요. 십자가를 진다는 뜻도 알게 되었구. 우스운 얘기지만 난 신문사에 들어온 뜻과 포부를 파면을 당했다는 그 사실로써 실감할 수 있어서 기쁘다는 생각마저 가지고 있어요. 내 속에서 이러한 각오와 의지와 인내력과 사명감을 발견할 수 있었다는 것도 기쁘구요."

"양형 얘기를 듣고 있으니까 얼굴이 뜨거워지는데요."

"미안해할 건 없어요. 사람이란 사정대로 살 수밖에 없는 거니까. 모두가 모두 꼭 같은 생각으로 꼭 같이 행동할 수 있다면 사회가 성립되겠습니까. 스트라이크에 가담하지 않는 사람들의 정신적 또는 물질적인 성원이 우리들의 투쟁을 지탱해온 하나의 힘이기도 했으니까요. 예를 들면 교정부장인 우동규 씨 같은 분 말예요. 우리가 합숙농성하고 있을 때 몰래 빵이니 술이니 오징어니 담배니 하는 것을 계속 공급해주었어요. 그런 걸 주었대서가 아니라 우리완 의견이 틀리다고 확언하면서도 인정은 또한 별도라고 생각하는 그 마음먹이가 흐뭇하다는 거죠."

"법원에 제소한 일은 전연 가망이 없는 일입니까?"

"공개토론을 해서 일반의 관심을 끌어보자는 것과 판사의 해석이 어떻게 전개되는가에 관한 흥미 이상으로 바랄 건 없어요. 법원이 우리의 가처분 신청을 이유 있다고 판결하더라도 회사는 회사대로 우리들에게 입입금지가처분 신청을 하면 그만이니까."

"노동조합이 되어 있었더라면 사정이 달라졌을까요?"

"천만에요. 헌데 이번 기회에 노동법을 한번 읽어보았더니 우리의 노동법은 참으로 기막히게 돼 있어요. 어느 나라의 노동법에 못지않게 노동자의 권익을 충분히 옹호하게 돼 있어요. 그런데 고용자와 피고용자가 최후적으로 결정적인 대립을 했을 때는 거의 절대적이라고 할 만큼 피고용자가 지게 되어 있는 것이 우리 노동법입니다. 그 법률 만든 사람이 기막히게 머리가 좋은 사람일 거요."

나는 그동안 내 일신상에 있었던 일을 설명했다. 그러면서도 그 설명이 그들과 동조하지 않은 데 대한 변명조가 되지 않도록 신경을 썼다. 그리고 다시 물었다.

"투쟁을 계속한다지만 언제까지라도 그러고만 있을 순 없지 않겠소?"

"한 일 년 버텨볼 참이지. 버틸 수 있는 데까지 버텨보다가 직장을 구하죠. 안 되면 날품팔이라도 하면 될 것 아뇨. 아직 젊으니까. 그래 요즘 책을 사 모으는 겁니다. 실직하고 있을 동안 읽어둘라구요. 날품팔이하게 되면 책도 못 읽을 게 아니겠소."

양춘배는 어디까지나 쾌활했다. 사람이 자기의 신념을 쫓아 행동하고 있으면 그처럼 쾌활할 수 있는 것인지 몰랐다.

미순이 원하고 아파트 사람들이 도와주고 해서 미순을 데리고 사는 덴 그다지 불편을 느끼지 않았지만 커다란 문제에 봉착하고야 말았다. 원래 싫은데다가 그런 사고가 있고 보니 연탄 냄새는 맡기조차 싫은데 미순을 한 방에 재우려면 연탄을 지피지 않곤 난방을 유지할 수가 없는 것이다.

하는 수 없이 석유난로를 피워놓고 한 방에 같이 자게 되는데 요와 이불을 따로따로 하고 자는데도 밤중이 되면 미순이 내 품안으로 파고들었다. 추위에 견딜 수 없는 탓이었다. 그런데 아무리 팔구 세밖엔 안 되는 아이라고 해도 매일 밤 같은 이불 속에 자는 것은 어색하고 번거롭고 마음 편하지 않은 일이었다.

어느 날 반장에게 의논을 했다. 반장은 내 얘길 듣더니, 정 딱하면 자기가 데리고 있어도 좋다고 했다. 허나 그것은 안 될 말이었다. 미순은 내가 자기를 싫어한 것으로 알고 어린 마음에 충격을 받을 것이기 때문이었다. 나는 윤두명의 얘기를 꺼냈다.

"미순이 원한다면 그렇게 하시죠."

반장은 두말없이 동의했지만 미순에게 미리 물어볼 순 없었다. 그래 나는 미순을 윤두명 씨 집으로 데리고 가서 한나절을 거기서 놀려볼 작정을 했다. 그래갖고 그 환경을 관찰해보고 해서 적당하다는 판단이 내려지면 미순의 기분을 물어볼 참이었다.

아이들은 벌써 방학에 들어가 있었지만 내 시간을 만들려면 일요일을 기다려야만 했다. 그 사이 윤두명 씨에겐 사유를 전해놓았다.

크리스마스를 두 주일쯤 앞둔 일요일 나는 미순을 데리고 보광동 윤두명 씨 집을 찾았다. 근처에 가보고 놀랐다. 전에 찾았을 땐 층계 층계로 계단을 따라 가건물 비슷하게 되어 있던 집이 벽돌 양옥으로 탈바꿈을 하고 있었고 판자와 철조망으로 되어 있던 울도 견고한 블록담으로 바뀌어 있었다. 건물 중간쯤으로 통하게 나 있는 대문은 칠흑의 문짝을 큼직하게 끼운 웅장한 것이었는데 초인종이 달려 있는 밑으로 귓문이 있었다.

초인종을 누르자 중학생으로 보이는 남자아이가 빨간 바탕에 흰 줄을 친 운동복 차림으로 뛰어나와 쪽문을 열었다.

"윤 선생 계시니?" 하고 물었다.

"예, 기다리고 계십니다." 하고 그 사내아이는 계단 위쪽을 가리켰다. 그 건물의 특징은 집 안에서 위층, 또는 아래층으로 오르내리는 계단은 없고, 바깥 계단을 통해서만 오르내리게 돼 있었다. 그런데 계단의 양쪽엔 겨울인데도 노랑·파랑·빨강으로 극채색 꽃들이 만발해 있었다. 바깥은 겨울인데 거기만 봄이 와 있는 기분이었다. 어디선가 피아노 소리가 울려오고 있었다.

미순의 손을 잡고 오층에 해당되는 건물 부분에 서자 도어가 안쪽으로 열리고 윤두명의 웃는 얼굴이 나타났다. 안내된 방은 넓은 유리창으로 햇빛을 받아들이고 있는 응접실이었다. 이곳저곳에 폭삭한 소파와 안락의자가 놓여 있고 벽면 한쪽엔 미술전집 같은 것이 가득 차 있었다. 도자기와 꽃병이 드문드문 놓여 있기도 하고 두어 군데 그림도 걸려 있어 얼핏 벼락부자의 응접실을 방불케 하는 속된 내음이 깔려 있다. 윤두명은 응접탁 위의 상자 뚜껑을 열어 그 속에 있는 초콜릿을 권하며 미순에게 물었다.

"얌전하고 예쁜 아이로구나. 이름이 뭐지?"

"황미순이에요."

"나이는?"

"아홉 살요."

"크면 미인 되겠구나. 공부는 잘하니?"

미순은 답을 못하고 눈방울만 굴리고 있었다.

이때 머리를 뒤로 속발한 소녀가 찻잔을 날라왔다. 갈색 저고리에 검은 치마, 검은 스타킹을 신은 청결한 감이 인상적인 소녀였다.

찻잔에 차를 따라놓고 나가려는 소녀에게 윤두명의 말이 있었다.

"정 아주머니 오시라고 해라."

그러자 그 소녀가 나간 지 잠깐 뒤 젊은 여인이 방안으로 들어섰다. 나는 깜짝 놀랐다. 그 여인은 정진동의 누님인 정진숙이었기 때문이다.

"누님, 이게 웬일입니까?"

나는 어릴 적에 부르던 버릇대로 한 것이었다.

"서재필 씬 웬일이세요?"

정진숙이 쌩긋 웃으며 한 말이었다.

"참 두 분은 같은 고향이랬지." 하며 윤두명은 정진숙에게,

"아주머니, 이 귀여운 꼬마를 데리고 가서 은주와 금주와 같이 놀게 하시오." 하고 일렀다.

"도대체 어떻게 된 겁니까?"

정진숙이 미순을 데리고 사라지길 기다려 내가 물었다.

"정진동 씨의 소개로 우리 교단에 들어오셨소."

윤두명의 말은 이렇게 간단했다. 나는 문득 이 교단에 들어오기만 하면 교모라는 명칭으로 윤두명의 아내가 된다는, 언젠가 들은 얘길 상기했다. 그렇다면 정진숙도 윤두명과 그런 관계를 맺고 있는 것일까.

"진동 군이 용하게 누님을 찾아냈구먼요."

복잡한 기분이 서린 느낌으로 나는 이렇게 중얼거렸다.

"작년 가을 강원도 영월에서 찾으셨다오."

"중이 되었다는 말이던데."

"불교보다야 우리 교가 나으니까."

윤두명이 아무렇지 않게 말했다.

"그럼 정진동도 윤형의 교에 들었습니까?"

"오래된 일이오."

나는 또 문득 생각나는 것이 있어서 물었다.

"선인장에 개나리꽃이 피었는가요?"

"지금 열심히 연구하고 있죠."

"참 오다가 보니 계단 양편에 꽃이 피어 있던데 그건 정진동의 솜씬가요?"

"아니지. 우리 집 순동의 솜씨요. 그 화단 밑으론 스팀 파이프가 통해 있죠. 겨울밤엔 비닐을 덮습니다. 접으면," 하고 윤두명은 양손으로 일 미터쯤의 간격을 지어 보이곤 덧붙였다.

"이 정도 부피가 되도록 만들어진 비닐 덮개가 있어요."

"궁전의 관리가 썩 잘 돼 있는 편이로군요."

어느덧 내 말이 빈정대는 투가 되었다.

"궁전이 아니고 성전이오."

윤두명이 당연한 말을 당연히 한다는 투로 말했다.

나는 할 말을 잊었다.

윤두명이 일어서더니

"심심하니 음악이나 들어볼까요?" 하고 전축 곁으로 갔다.

이윽고 장중하면서도 격렬한 선율이 터져 나와 방을 가득 채웠다.

"이 곡 아시겠소?"

한 악장쯤 지났을 때 윤두명이 물었다.

"모르겠는데요."

정말 내 기억엔 없는 곡이었다.

"서형이 가장 좋아하는 이름이 이 음악의 곡명이오."

"내가 가장 좋아한다?"

"그렇소. 서형은 차라투스트라를 좋아한다며?"

"그건 그렇소."

하면서도 나는 한 번도 윤두명 앞에서 차라투스트라를 들먹여본 적이 없다는 것을 깨달았다. 그런데 어떻게 그것을 알고 있을까. 윤두명의 말이 이어졌다.

"이 곡이 바로 차라투스트라요. 작곡가는 리하르트 슈트라우스, 이 디스크의 지휘자는 인도인……."

"리하르트 슈트라우스면 나치 협력자 아닙니까?"

"그렇게 간단하게 색별할 수야 없지."

"내가 생각하기론 윤두명 씨는 나치에 가까이만 간 사람도 싫어할 거라고 믿었는데요."

"나치는 싫소. 그러나 나치 치하에서 음악활동을 했대서 나치 협력자라고 규정하는 덴 나는 반대요."

음악은 제3악장으로 들어서고 있었다. 그러나 나는 그 음악에서 니체의 차라투스트라를 느낄 수가 없었다. 폭풍우를 닮은 것 같은 소란한 음이 나를 피로하게 했을 뿐이었다.

나는 눈을 감고 다른 생각을 쫓기로 했다.

기이한 건축양식으로 된 이 오층집을 지탱하고 있는 힘은? 겨울 속에 봄을 앞당겨놓고 있는 화단을 만들어낸 힘은? 선룸을 방불케 한 응접실에 청결한 소녀와 우아한 여인의 시중을 받으며 군림하는 자세로 있는 이 윤두명이란 사람은?

나는 이제 막 본 정진숙의 맑고 화려한 어느 의미론 행복한 광채가 솟아나고 있는 것 같은 얼굴을 눈앞에 떠올렸다. 거기엔 이미 구봉우의 그림자가 없었다. 구봉우에게 배신당한 마음의 상처란 찾아볼 수 없었다. 자기의 학비로써 상대방을 공부시키고, 그렇게 한 상대방이 고등고시에 합격하자 부잣집 딸과 결혼해버린……그런 까닭으로 세상을 염리厭離하고 신중이 되려 했던……그 어느 날 나를 찾아왔을 땐 몸 둘레에 죽음의 검은 안개를 피우고 있던 그 여인이 무슨 까닭, 어떤 연유로 저렇게 생의 환희에 넘쳐 있을 수가 있단 말인가…….

"서형." 하고 윤두명이 앞자리에 앉는 바람에 나는 번쩍 생각에서 깨어났다.

"서형, 우리 교단에 들어오시오. 그리고 같이 삽시다. 같이 사는 일 외엔 아무것도 속박하지 않으리다. 꼭 신문을 만들고 싶거든 우리 교단의 신문을 만드시오."

"윤 선생."

나는 잠에서 금방 깨어난 사람처럼 얼떨떨한 기분으로 물었다.

"윤 선생은 무엇을 근거로 나를 윤 선생 교단에 들어오라고 하는 겁니까."

"서형에겐 원한이 있습니다. 서형의 가슴속엔 원한이 덩어리가 돼 있어요. 말할 수 없는 원한이죠. 헌데 우리 교단은 원한을 가진 사람들만이 모이는 교단입니다. 이를테면 각기의 가슴에 있는 원한이 구슬을 꿰는 줄, 즉 유대가 되는 거요. 원한을 가진 자는 우리 교단에 들어와야 합니다."

나는 아무리 내 가슴속을 뒤져보아도 원한을 발견하지 못한다. 그런데도 불구하고 윤두명의 말을 듣고 있으니 내 자신조차 아직 발견하지 못한 원한의 덩어리가 어느 곳엔가 숨어 있을 것만 같은 생각이 드니 이상한 일이다.

"사람은 원한을 풀지 않곤 살 수 없습니다. 살았다고 할 수 없습니다. 서형, 어때요. 입교하지 않으시려오?"

"생각해보겠습니다."

어찌된 까닭인지 내 입에서 이런 말이 튀어나와버렸다. 한 순간 전만 해도 상상도 못할 일이었다.

생각해보겠다니, 나는 내 스스로가 어처구니 없었다. 그런데도 나는 생각해보아야 할 것이란 마음을 지워버릴 순 없었다.

'로마'로 통하지 않는 길도 있다

황미순은 그 집이 좋은 모양인가 보았다. 겨울의 뜰에 꽃이 피고, 상자에 손을 넣기만 하면 초콜릿이 있고, 은어 같은 손으로 머리를 빗겨주는 아주머니가 있고 금주와 은주란 놀이친구까지 있는 윤두명의 집이 싫을 까닭이 없는 것이다.

"옷 보따리와 책 보따리는 이다음 일요일에 가지고 오마."

고 했더니 황미순은 눈꼬리를 살큼 추켜올리며 웃었다. 그렇게 하라는 의사 표시였다.

"신학기가 시작되면 가까운 학교로 전학을 시켜야지."

윤두명이 문간에 서서 미순의 머리를 쓰다듬으며 한 말이었다.

나는 윤두명이 이른바 '성전'이라고 한 그 집을 삼백 미터쯤 걸어 나온 지점에서 되돌아봤다. 워낙 높은 지대에 있기도 한 탓으로 빽빽이 들어선 집들을 눌러보는 자세로 그 집은 서 있었다. 푸른 기와와 지붕에 꽂혀 있는 피뢰침이 약한 겨울 햇빛 속에서도 눈부시게 빛나고 있었다.

나는 패잔병이 된 것 같은 기분이 어떻게 해서 내 가슴에 괴게 되었는지 알 수가 없었다. 미순을 떼어놓고 왔대서도 아니다. 미리 그럴 요량으로 데리고 간 것이니까. 땅 밑에 스팀 파이프를 묻어 겨울의 뜰에

꽃을 피우고 있는 그 호사가 부러워서도 아니다. 나는 호사를 부러워해 본 적이 없다.

그럼 무슨 까닭일까.

눈앞에 정진숙의 밝고 화사하고 행복스러운 얼굴이 일순 스쳤다. 그 것과 내 기분과 유관할지 모른다는 생각으로 내 마음은 미궁으로 빠져 들었다. 정진숙의 행복한 모습이 나로 하여금 패잔병 같은 기분으로 몰 아넣을 까닭이 없지 않은가! 답안 비슷한 것이 나타나긴 했다. 불행한 여자를 그처럼 만들 수 있는 윤두명이란 사람의 능력에 대한 질투일지 몰랐던 것이다.

이상한 일이다. 나는 그 언젠가 윤두명을 따라 사창굴에 갔던 적을 상기했다. 비가 오기만 하면 정신착란을 일으키는 창녀가 윤두명이 가 기만 하면 정상을 되찾는 사실을 나는 역력히 기억하고 있다. 캔버스의 가방을 우체부처럼 메고 남산을 걸어 오르내리며 출퇴근을 하는 기인, 인정이 훈훈한 것 같으면서도 엄필순 모녀에겐 매정스럽게 굴어 결국 그 딸이 남긴 천만 원의 돈을 감쪽같이 빼앗아버리고도 눈썹 하나 까딱 하지 않는 얼굴가죽 두꺼운 사나이, 스트라이크파와 합세해선 주저 없 이 신문사를 그만두어버린 사람. 일류에 속하는 현대의 교양을 지니고 있으면서 옥황상제를 믿는다고 선언하고 그 교단으로 들어오라는 뻔뻔 스러운 인간! 그러나 그의 품안에 십수 명의 고아가 자라고, 수천 명의 교도가 그를 교주로서 숭앙하고 있다니, 이건 정말 낮도깨비가 서울의 백주대로를 횡행하고 있다는 얘기가 아닌가.

남이야 어떻게 말하건 윤두명이야말로 행복에의 열쇠를 손아귀에 넣 은 사람이 아닐까.

그렇다고 해서 내가 패잔병처럼 쓸쓸한 느낌을 가질 것까지야 없는 것이 아닌가.

하여간 나는 우울했다. 아직 해가 남아 있는데도 술집에 들러 정신없이 술에 취했으면 하는 충동이 일었다. 옆에 와서 서는 택시를 거절하기까지 하고 나는 무조건 걸었다. 미국 군인이 갑자기 눈에 띄었다. 흰 군인도 있고 검은 군인도 있었다. 한국 여자의 머리를 겨드랑 밑에 끼고 활보하고 있는 고릴라를 닮은 흑인 병사도 있다.

아아, 이곳은 이태원의 거리! 한국의 빛깔로 바래진 아메리카의 거리, 아메리카 빛으로 물든 한국의 거리. 갑자기 내 가슴의 한구석에 호기심이 눈을 떴다. '알라스카'란 다방이 있었다.

나는 그 도어를 밀고 들어갔다. 너무 어두컴컴해서 당장은 두서를 잡을 수가 없었다. 조금 있으니 눈이 어둠에 익숙했다. 구석마다 남녀들이 서로 끼고 앉아 있었다. 남자는 흑인 아니면 백인이었고 여자들은 황인이었다. 나는 가까스로 빈자리를 찾아 앉았다.

나는 이윽고 그곳이 나를 환영하지 않는 곳이란 걸 알아차렸다. 서부활극에 나옴직한, 커튼을 둘둘 말아 두른 것 같은 의상을 입은 멕시코풍의 여자가 내 앞에 와 서더니 한 말은,

"어떻게 왔죠?" 하는 것이었다.

"커피를 마실까 하구요."

"커피 마시려면 한국인 다방으로 가세요."

"여기선 커피 안 파나요?"

"이곳은 한국 사람이 드나드는 곳이 아녜요."

여자의 말은 쌀쌀했다. 나는 어이가 없어서 물었다.

"당신은 어느 나라 사람이오."

"내가 어느 나라 사람이건 상관하지 말아요. 어서 나가세요."

"나는 내가 나가고 싶을 때 나가지, 쫓겨 나가긴 싫은데요."

어느덧 나는 고집스러운 마음으로 굳어져 있었다.

"별사람 다 보겠네." 하고 여자는 몸을 홱 돌려 안쪽으로 들어갔다.

"한국 사람이 한국 땅에서 못 들어가는 다방이 있다니……."

나는 중얼중얼하며 담배를 꺼내 물고 불을 붙였다. 조금 있으니 빨강과 노랑색을 가로 교차시킨, 벌 몸뚱어리 무늬 같은 스웨터를 입은 사나이가 나타나더니 턱 내 앞에 버터 섰다.

"형씨, 빨랑 나가시유."

"난 좀 있다가 나가겠소."

"좋은 말 할 때 빨랑 나가유."

"좋은 말 듣지 않곤 난 못 나가겠소."

"지금 좋은 말 하고 있지 않소."

"모처럼 찾아온 사람을 무턱대고 나가라는 게 좋은 말이오?"

"왜 이렇게 말이 많아."

사나이의 손이 뻗어왔다. 멱살이라도 잡고 끌어낼 셈인 것 같았다.

나는 코앞에까지 손이 왔을 때 왼손으로 사정없이 뿌리쳤다.

"아야야."

사나이는 비명을 올렸다. 비명을 올릴 만도 했을 것이다. 나는 군에 있을 때 태권도 선수였으니까. 손의 아픔이 아직 가시지 않았을 텐데 사나이는 덤벼들 자세를 취했다.

"이 친구가 여길 어디로 알구." 하며 눈을 부릅떴다.

"여기가 이태원인 줄 나는 알아."

나는 거의 다 탄 담배를 버려 발로 비벼 끄고 다시 새 담배에 불을 붙였다. 사나이는 덤빌 듯하면서도 덤비지 못했다. 손을 맞아본 짐작으로 나를 만만히 볼 수가 없었던 것 같았다.

"할 얘기가 있으면 거기에 앉아요. 누가 보면 싸움한다고 하겠어."

나는 점잖게 말했다. 무슨 까닭인지 나는 사고가 나길 바랐다. 사건이 있길 바랐다. 그것이 창피한 싸움질이라도 좋았다. 실컷 때려도 보고 싶었고 두들겨 맞아도 좋을 것 같았다. 이건 이상한 감정이었다. 군에 있었을 때 꼭 한 번 이런 감정에 사로잡힌 적이 있었다는 기억이 되살아났다. 나는 그때 병장 하나를 반죽음할 정도로 두들겨주었고, 그 병장의 친구들로부터 나도 엄청나게 뭇매를 맞았다. 그런데 그 원인은 대수롭잖은 것이었던 것이다.

"조지, 뭣하고 있어."

앙칼진 여자의 소리가 났다. 사나이가 어물어물하고 있으니까 신경질을 터뜨렸는가 보았다.

"빨랑 나가요."

사나이의 손이 다시 뻗어왔다. 나는 그 손을 이번엔 뿌리치지 않고 덥석 잡아 쥐곤 틀었다.

"아야야." 하는 비명과 함께 사나이는 몸을 꼬았다. 손을 빼려고 하면 고통은 배가 된다. 나는 앉은 채 사나이의 몸을 쥐어트는 셈이 되었다. 고통에 이지러진 얼굴을 하고서도 사나이의 입은 살아 있었다.

"다, 다, 당신 이렇게 하기요?"

"내가 어떻게 했어. 당신이 덤비니까 덤비지 못하게 했을 뿐야."

이때

"이 손 못 놓겠어요?" 하고 아까의 여자가 덤벼들었다. 나는 하는 수 없이 잡은 손을 놓았다. 사나이는 저만큼 가서 서더니 잡힌 부분을 다른 손으로 주무르며,

"두고 봐, 가만 안 둘 테니까." 하고 숨을 거칠게 쉬었다. 구석에서 지켜보고 있었던 모양으로 백인 병사가 다가왔다. 그리고 어떻게 된 일이냐고 물었다. 아까의 여자가 맹렬한 엉터리 영어로 씨부려젖혔다.

"유는 알 게 아니냐. 이 집에 코리언이 못 오게 돼 있다는 것을. 그런데 이 사람이 들어와선 나가지 않으려고 하기에 나가라고 했더니 사람을 때리다 행패를 부리고……."

백인 병사가 나를 노려봤다. 얘기가 있거든 해보라는 그런 표정이었다. 나는 천천히 점잖은 영어로,

"나는 남의 손이 내 코끝 일 인치 안까지 들어오는 것은 용서하지 못해. 그래 그 무례한 손에 제재를 가했을 뿐."이라고 말했다. 내 입에서 그들로 봐선 유창한 영어가 흘러나오자 우선 그 여자의 얼굴에 놀라는 빛이 돋았다. 백인 병사는 "나도 내 코끝 일 인치 안으로 남의 손이 들어오면 용서하지 않는다."고 말하며 빙그레 웃었다.

"나와 당신뿐 아니라, 신사는 모두 그럴 것이 아닌가." 하고 나는 그 백인 병사를 앉으라고 했다. 그랬더니 백인 병사는 자기가 앉아 있던 구석 쪽에 남아 있는 여자에게 살큼 윙크를 하곤 내 앞자리에 앉았다.

"내 이름은 에드몬 포략이오."

그는 손을 내밀어 악수를 청해왔다.

"내 이름은 서재필이오, 헌데 당신은 프랑스계 미국인이로군요." 했더니 그는 놀라는 빛으로

"어떻게 아느냐."고 되물었다.

"에드몬이나 포략은 프랑스 이름이 아닌가. 에드몬은 독일에도 영국에도 있는 이름이지만 포략은 프랑스지?" 하고 또 물었다.

"당신은 뭣하는 사람이오."

"난 신문기자요."

교정부원이라고 하려다가 적당한 영어가 생각나지 않아 이렇게 말했다.

"오오, 원더풀! 나도 신문기자 되기가 소원이었소."

이땐 아까의 사나이도 여자도 제자리로 돌아간 듯 주위에 보이지 않았다.

"신문기자가 원더풀할 것도 없지만 솔저(병사)보다는 나을 거요."

"솔저도 제너럴만 되면 신문기자보다 못할 것은 아니다." 하고 그는 싱긋 웃었다.

이렇게 되고 보니 에드몬과 나 사이에 많은 말이 오가게 되었다. 에드몬의 고향은 뉴올리언스라고 했다. 그리고 미국에 가본 일이 있느냐고도 물었다. 없다고 했더니 한번 미국에 가보라는 것이며 미국에 가거든 꼭 뉴올리언스를 찾으라고 했다. 뉴올리언스는 미국의 어느 도시보다도 우아하다고 했다. 에드몬은 '엘리건트'란 표현을 썼다.

에드몬의 고향 자랑을 들으며 나는 자랑할 고향이 없다는 것을 깨달았다. 벗겨진 산이 주위에 있고, 늙은이의 주름처럼 들은 나눠져 있고, 시내는 마를락말락한 수량으로 흐르고 초라한 집들이 늘어서 있는 쑥스러운 거리!

"헌데 여기엔 뭣하러 왔느냐."는 에드몬의 질문이 있었다.

"커피 한 잔 마시려다가 괜히 악의를 만난 셈이지."

나는 악의라는 말을 '멀리그넌스'란 영어로 썼다.

"멀리그넌스는 오버가 아닐까? 불친절한 정도이겠지." 하는 것을 보면 에드몬은 섬세한 성격의 소유자인 것 같았다.

"으레 서툰 외국어를 쓰려니까 과대한 표현이 되든지 모자라는 표현이 되든지 하는 것이지만 오늘 내가 당한 건 분명한 멀리그넌스다."

"그러나저러나 커피를 마시러 왔으니까, 커피를 마셔야 할 것이 아니냐."면서 에드몬은 손을 쳐들었다. 나는 얼른 그를 말렸다.

"난 이곳에선 커피를 마시지 않겠어. 악의를 마셔야 할 만큼 난 목마르지 않아."

그랬더니 에드몬은,

"커피를 마시려고 이런 델 와." 하며 눈을 찔끔했다.

"사실은 당신들과 놀아나고 있는 여사를 한 사람쯤 사귀고 싶었어."

"신문기자로서의 직업의식인가?"

"아냐. 왠지 오늘은 우울해서 그런 생각을 해본 거다."

"특별히 그런 여자라야 한다는 것은?"

"호기심이지. 그들이 무엇을 생각하고 있는가도 알고 싶고, 한국 남자와 비교해서 성적 실감이 어떤가도 알고 싶고……."

"그 호기심은 이해할 만하군. 그럼 내 이것을 빌려줄까?" 하고 에드몬은 새끼손가락을 세워 보였다.

"노, 노. 친구의 애인에겐 손대지 않겠어. 당신은 벌써 내 친구 아닌가. 친구 애인에게 손대지 않는다는 건 한국 남성의 에티켓이다."

"불편한 에티켓이로군."

"에티켓이란 원래 약간 불편한 것 아냐!"

"편리하기 위해서 불편을 참아야 하는 그런 것이란 표현이 정확할 거야."

"미스터 에드몬은 상당히 소피스티케이트하구나."

"그렇지도 않아. 나는 나이브한 솔저로 알려져 있어."

"헤이, 하니야!" 하는 여자 소리가 구석자리에서 들려왔다.

"이거 숙녀를 너무 오래 기다리게 했군." 하고 일어서더니 에드몬은 입을 내 귀 가까이에 가져왔다.

"조금만 기다리고 있어. 우리 다른 데로 가자. 거기서 내 당신에게 여자를 하나 소개해주지."

나는 고개를 끄덕여 보였다. 별로 기다릴 것도 없었다. 에드몬은 여자를 데리고 내 탁자 앞에 와 섰다. 머리칼을 노랗게 물들인 자그마한 체구의 여인인데 들창코였다. 덮어놓고 사람이 좋기만 한 그런 인상이었다.

"수잔 임이오."

에드몬이 소개했다. 여자가 꾸벅했다.

"난 서재필이오." 하고 나도 일어섰다.

카운터에 앉아 있던 알라스카의 마담은 내게서 시선을 돌렸다. 세 사람은 알라스카를 나왔다. 뭐라고 하는 에드몬의 귀띔을 받고 수잔 임이 빠른 걸음으로 앞서 갔다.

"수잔의 친구를 소개하라고 했지."

에드몬의 얼굴에 묘한 웃음이 번져 있었다.

"그 웃음이 뉴올리언스의 웃음인가?"

빈정대는 투로 내가 한마디 했다.

"아냐." 하고 머리를 젓곤 에드몬이 한 얘기는

"한 달 전까지 잭슨이란 흑인 병사와 지내던 여자야. 예쁘기도 하고 위트도 있지. 잭슨은 한 달 전에 고향으로 전속했는데 지금쯤은 잭슨을 잊었을 거다. 그런데……."

"그런데 어떻다는 건가?"

"그런데 잭슨은 그게 크다고 부대 내에 소문이 나 있던 자거든." 나는 그 말뜻을 곧 알아차렸다. 그는 껄껄대면서 덧붙였다.

"코카콜라 병보다도 살큼 컸을 정도니까."

나는 상상을 할 수가 없었다.

"너무 오버한 표현 아닌가?"

"네버, 네버. 그래서 잭슨은 애인을 구하지 못해 혼이 났었지. 겨우 만났다 싶으면 여자가 전부 도망쳐버리는 거라. 허기야 도망칠 만도 하지. 그런데 그 여자만은 감쪽같이 견디어냈거든."

"여자도 컸겠지."

"물론이지. 그러나 체격은 수잔보다도 작으니 이상하지 않아?"

"그럼 지금 우리는 그 여자 집으로 가고 있는 거야?"

"그렇지. 잭슨의 성의가 대단해서 그 여자는 꽤 좋은 집에 살고 있어. 남의 집이 아닌 자기 집에……."

비탈진 골목을 잠깐 걸어 올라갔다. 파랑 대문이 반쯤 열려 있는 집 앞에서 에드몬이 섰다.

어슬어슬 땅거미가 끼기 시작했다. 문등이 켜졌다. 수잔 임이 얼굴을 내밀어 들어오라는 눈짓을 했다.

에드몬과 나는 현관으로 해서 응접실처럼 차려진 방으로 들어갔다. 텔레비전이 있고 전축도 있고 녹음기로 보이는 기계도 눈에 띄었다. 바닥엔 폭삭한 융단이 깔려 있었고 한쪽 벽에 잭슨이라고 짐작되는 흑인 병사의 정장을 한 사진이 걸려 있었다. 입술이 두터운 것이 비아프라의 흑인을 닮았는데 눈은 선량해 보였다.

응접탁자 앞에 앉아 담배를 피우고 있으니 수잔 임이 그 집 주인여자를 데리고 나왔다. 검은 드레스를 입은 조그마한 체구의 여자인데 얼굴이 창백할 정도로 희었다. 누렇게 물을 들인 머리칼이 아니란 점에 호

318

감이 갔다.

"김소향이에요."

여자의 음성은 나지막했다. 나도 내 이름을 댔다.

"술을 자시겠죠?"

김소향이란 이름의 여자가 에드몬에게 물었다.

"한 잔 하고 싶군요. 미스터 서는?" 하고 에드몬이 나를 돌아봤다.

"나도 하겠소."

스카치 병과, 커트, 글라스와 얼음, 큰 글라스 등이 날라져왔다. 치즈 · 크래커가 담긴 접시도 나왔다. 스트레이트로 마신 첫잔이 짜릿하게 나의 위를 자극했다. 나는 윤두명의 집에서 점심을 얼마 먹지 않았다는 사실을 상기했다. 그래 샌드위치라도 없느냐고 물었다. 돈을 지불할 요량으로 서슴없이 이렇게 말해본 것이다.

"샌드위치는 없지만 빵은 있어요. 햄도 있구요."

나는 그거라도 달라고 했다. 빵을 안주로 술을 마시며 이런저런 얘기를 했지만 여자들을 사이에 끼운 얘기여서 흥이 나질 않았다.

"잭슨으로부터 편지가 있었소?"

에드몬이 물었다.

"두 차례 있었어요."

김소향의 영어 발음은 차분했다.

"그 친구 성의가 대단하군."

에드몬이 겸연쩍게 웃었다.

"우리 잭슨은 참으로 좋은 분이었어요."

김소향의 얼굴엔 진정이 서려 있었다.

"아직 그렇게 잭슨을 잊지 못하고 있는데 친구를 데리고 왔으니 큰 실례가 되었군."

에드몬은 김소향의 눈치를 떠보는 듯했다.

"상관없어요. 심심하던 참이었어요."

김소향은 내게로 시선을 비추며 말했다.

"그럼 미스터 서 혼자만 남겨놓고 가도 되겠소?"

에드몬은 장난스럽게 물었다. 나는 그 말을 가로막고 나도 같이 가겠다고 말하려던 참인데, 김소향이,

"선생님의 사정만 허락하신다면 좀 더 놀다 가세요." 하고 공손하게 머리를 숙였다. 에드몬이 활기를 띠고 말을 시작했다.

"미스터 서는 신문기자랍니다. 우리 미국에선 신문기자라고 하면 대단한 겁니다. 보통으로 해서 신문기자가 될 수는 없지요. 코리아에서도 그런 사정은 마찬가지겠죠. 미스터 서와 친해지게 되면 미스 김에겐 여러 가지 좋은 게 있을 겁니다."

"좋은 게 있을 까닭이 없소."

나는 씁쓸하게 말했다.

"그리고 미스터 서는 썩 내 마음에 들었어요. 아까 알라스카에서 불손하게 구는 놈을 족치는 걸 봤는데 여간이 아니더군요. 그런데다 한 말이 멋졌어. 나는 내 코끝 일 인치 안으로 들어오는 남의 손을 용서할 수 없다. 이런 말이었거든. 코리아에 와서 그런 멋진 말 들어보기는 그게 처음이었소. 왜 멋진 거냐 하면 그런 말을 할 수 있자면 첫째 그만한 실력이 있어야 하거든요. 뿐만 아니라 표현이 아주 구체적이라 설득력이 대단하단 말입니다. 나는 부대에 돌아가서 한번 으스댈 거야. 누구도 내 코끝 일 인치 안으로 손을 뻗는 놈은 용서하지 않는다고."

에드몬은 이렇게 한바탕 떠들고 나더니 수잔 임을 보고 가자고 했다.

그들을 전송하고 문단속을 하고 들어오는 김소향을 보고 나는,

"괜히 실례가 되겠습니다." 하고 인사를 고쳐 했다. 그런데,

"창녀의 집에 오신 건데 무슨 실례가 있겠어요."

하는 대답이었다. 나는 당황했다. 무어라 한마디쯤 해야 하는 것인데 적당한 말이 생각나질 않았다.

"창녀의 집을 창녀의 집이라고 한 것인데 왜 그렇게 당황하세요."

하며 코냑병과 글라스를 벽장에서 꺼내더니 내 잔에 코냑을 따르고,

"저도 한 잔 하겠어요."

하고 자기 잔에도 코냑을 따랐다.

"고향이 어디죠?"

어색한 시간을 메우기 위한 질문이었다.

"인천이에요."

코냑의 향기는 좋았다. 나는 그 향기를 맡으며 묵묵히 있었다.

"왜 이런 데 나오게 됐느냐고 물으시진 않으세요?"

코냑 글라스를 살짝 입에 대며 한 김소향의 말이었다.

아닌 게 아니라 그런 질문을 할 뻔했던 것인데 망설이고 있던 중이였다. 나는 점잖게 있을 수밖에 없었다.

"텔레비를 켤까요?"

하고 김소향이 물었다.

"미스 김이 켜고 싶거든……. 난 괜찮아요."

"그럼 켜지 않겠어요. 전 텔레비 좋아하지 않아요."

"나도 좋아하지 않습니다. 숫제 텔레비 수상기를 가지고 있지도 않습니다."

"왜 싫어하시죠?"

"수상기가 없어놓으니 보질 않는 거죠. 그러다가 보니……. 그래서 보지도 않고 싫어진 겁니다."

"텔레비가 필요하시다면 드릴 수가 있어요. 조그마한 게 제겐 또 있거든요."

"필요 없습니다."

다시 침묵이 계속되었다. 내 빈 글라스에 김소향은 코냑을 채웠다.

멀리서 가끔 자동차의 클랙슨 소리가 들릴 뿐 주위는 너무나 조용했다. 이런 시간이면 아파트에선 어린애 우는 소리, 문을 여닫는 소리, 싸움하는 소리 등등으로 대단히 시끄럽다. 김소향으로부터 질문이 있었다.

"저를 대하고 있으니 징그럽다든가 아니꼽다든가……."

내가 이어 받았다.

"메스껍다든가."

김소향이 웃으며 말을 이었다.

"그런 느낌이 나지 않아요?"

"글쎄요. 지금은 코냑의 향기만 나는데요."

나는 가볍게 받았다.

"양공주, 아니 양갈보를 앞에 하고 기껏 그런 냄새밖에 맡지 못해요?"

"그렇습니다."

"정직하지 못하군요."

김소향은 새침한 표정이 되었다.

"그렇다고 해서 부정직한 것도 아닌데요."

"그럼 아무런 께름한 생각 없이 절 안을 수 있겠어요?"

"물론이죠."

"그 말 틀림없죠?"

"틀림없소."

"이태원에 나타나신 바에야 물론 양갈보를 안을 생각을 하셨겠지만."

"굳이 그럴 생각까진 없었는데요."

"그런데요?"

"당신을 보니 안고 싶은 생각이 나는구먼요."

내가 이런 소릴 한 것은 김소향이 만들어준 자연스러운 분위기 때문이었다.

"그것 호기심?"

"그런 것도 있겠죠."

"깜둥이허구 잠자리를 한 여자가 어떨까, 하는 그런 호기심이겠죠?"

"그렇게 구체적인 것은 아닙니다."

"그런데 왜 하필이면 미군, 특히 깜둥이를 상대로 하느냐, 하는 호기심은 나지 않으세요?"

"나죠."

"얘기해볼까요?"

"내키시면 말씀해도 좋습니다."

"혹시 신문기사를 쓰는 데 도움이 될지도 모르잖아요?"

"난 기사를 쓰는 사람이 아니고 남이 쓴 기사가 활자가 되기 전에 활자가 잘못 찍히는 일이 없도록 하는 사람입니다."

"교정기자?"

"잘 아시네요."

"별반 자랑이 되는 지식은 아닐 테죠. 헌데 왜 미군, 특히 깜둥이를 상대로 하느냐, 하는 질문에 대답을 하겠어요."

"내가 한 질문은 아닙니다만."

"일반사회가 제기한 질문에 그런 것이 있지 않겠어요?"

"그렇긴 하죠."

"직업이란 의식이 명확한 까닭이죠."

"뜻을 잘 모르겠는데요."

"우리 사람을 상대로 하는 직업이란 의식보다 항상 죄의식이 묻어 있지만 깜둥이를 상대하고 있으면 죄의식은 없어요. 직업의식이 있을 뿐이지."

알쏭달쏭한 말이었다.

"그럼 저 목욕하고 나올게요."

김소향은 일어서서 방으로 들어가버렸다. 나는 내 손으로 코냑을 따라 마셨다. 무료함이 남았다. 응접탁자 아래를 뒤졌더니 『펜트하우스』란 잡지가 나왔다.

『펜트하우스』란 잡지는 기막힌 잡지다. 여자의 나체사진이 풍성하대서가 아니라 여자의 나체사진을 진열해놓고 제법 장중하게 토를 달고 있는 점이 그렇단 말이다.

여자를 성애용 동물로만 취급하면서 언어의 치장은 어디까지나 예술적이다. 그 잡지를 보고 있으면 성애 이외의 일을 생각하는 사람은 천치 바보처럼 느껴진다.

인격? 난센스!

진리? 난센스!

정의? 난센스!

정치? 난센스!

사업? 그것은 인정한다. 돈을 버는 일이니까. 돈을 벌어야 극상의 성애용 동물을 살 수 있든지 사유할 수 있든지 할 것이 아닌가.

『펜트하우스』의 꽤 부피가 큰 그 잡지는 사진마다 페이지마다 이상과 같은 사상을 선포하고 있는 것이다.

김소향이 핑크빛 네글리제를 입고 나타났다. 바로 그 배경에 잭슨의 사진이 있었다. 나는 새까만 몸뚱어리에 백합처럼 연약하고 흰 소향의 여체가 안긴 장면을 일순 상상했다. 그런데 음탕한 느낌이 따라 돌지 않는 게 이상했다.

핑크빛 네글리제는 반투명이어서 소향의 몸이 지닌 볼록한 곳이며 곡선 같은 것이 잘 나타나 있었다.

"당신도 목욕을 하세요."

나는 아침에 목욕했지만 일단 샤워라도 하기로 했다.

"목욕탕 밖에 가운이 있어요. 새 가운이니까 걱정 말구 입으세요."

욕조는 청결했다. 비누는 쓰지 않고 욕조에 들어앉아 있다가 샤워를 하고 그대로 가운을 입었다. 가운의 감촉이 좋았다. 어떤 무드 같은 것이 풍겨지려는데 나지막이 음향이 흘러나왔다. 이른바 무드음악이. 김소향이란 여자 여간 아니란 생각이 들었다.

응접실로 나왔다. 아무도 없었다.

"이리로 와요."

건넌방에서 소리가 있었다. 도어를 열고 들어갔더니 그 방은 온돌방이었다. 짙은 셰이드 아래에서 부드러운 코발트빛이 새어나오고 있었다. 방 안의 온도는 훈훈했다. 김소향은 네글리제의 앞을 젖혀 음미로운 부분을 그냥 내놓고 양팔을 올려 나를 불렀다.

내가 옆으로 가자 소향은 내 가운을 벗기며,

"아이구 귀여워라." 하고 가벼운 베세를 했다. 나는 그의 익숙한 성애

기교에 모든 것을 맡길 참으로 있었다.

"이 방은 내 방이에요. 잭슨은 이 방엔 들어오지 않았어요."

손으로 혓바닥으로 애무를 하는 사이사이 김소향은 속삭였다.

"이 요는 아직 남자를 몰라요. 이 이불도 아직 남자를 몰라요."

나는 내 자신 황홀한 흥분 속으로 빠져드는 것을 몽롱하게 느꼈다. 그러나 몽롱한 가운데서도 중얼거렸다.

"그것, 그것이 있어야 할 텐데."

"그것? 필요 없어요. 내게 병은 없어요."

"나를 위해서가 아니라 당신을……."

"신경 쓰질 말아요. 기쁨에 방해가 돼요. 난 당신의 아이를 갖고 싶어요."

나는 아연 긴장을 느꼈다.

"놀라지 마세요. 당신에겐 아무런 누도 끼치지 않을게요. 내겐 아이 하나 기를 만한 돈이 있어요. 아이만 낳으면 잭슨이 아버지가 되어준다고 했어요."

나는 다시 황홀 속에 빨려 들었다. 아무것도 생각하기가 싫었다. 그런데 이게 웬일이란 말인가. 어느 단계에 이르러 내가 그에게로 들어가려는 참인데 질펀하게 젖어 있었는데도 김소향은 고통의 비명을 질렀다.

"이상하군."

내가 중얼거렸다.

"뭣이 이상하다는 거예요?"

김소향이 신음 속에서 물었다.

"잭슨은 부대 내에서 제일이라고 하던데."

"그래요, 그래요, 잭슨은."

"코카콜라 병만큼!"

"그보다 더 커요."

"그런데……."

"그런데 뭐예요?"

이편의 동작에 따라 자지러지듯 하며 김소향이 속삭였다.

"그런 사람허구 잠자리를 한 사람이 어떻게 이처럼……."

"잭슨과 잠자리를 했다구요?"

"그랬을 것 아뇨?"

"잠자리는 했어요."

"그런데?"

"그래도 이런 일은 없었어요."

"뭐라구?"

"사실이에요. 만약 이런 일을 했더라면 난 죽었을 거예요."

"그렇다면?"

"우리는 언제나 만지면서 잤죠. 그래도 좋았어요. 잭슨은 내 손으로만 만족했구요."

"그럴 수가 있을까?"

"잭슨은 참으로 좋은 사람이었어요. 나를 좋아했어요. 자기의 천사라고 했어요."

"그처럼 좋아하면서?"

"나를 죽일 수 없었던 거예요."

"사실이우?"

"사실이지 않구요."

나는 김소향의 말을 그대로 믿을 수밖에 없었다. 소향의 몸은 숫처녀의 몸처럼 단단했고 처음으로 겪는 여자처럼 고통을 참고 있었던 것이다.

"오늘 밤은 안 가도 되죠?"

"안 가도 좋아."

"그럼 아침까지 있다가 나랑 커피 같이 마시고 가세요."

"그렇게 하지."

안심을 했다는 듯 김소향은 갖은 테크닉을 다했다. 테크닉은 일류였는데 코이터스는 서툴렀다.

잭슨과의 교접이 없었던 것은 틀림없는 사실이었다.

그 이상한 밤을 지내고 아침 김소향과 토스트를 구워먹고 커피를 마시곤 신문사로 곧바로 출근했는데 그날 아침 결정적인 사건이 있었다.

내가 나간 뒤 내 아파트에 김소영이 찾아왔던 것이다.

일요일이고 해서 빨래라도 해줄 겸 왔던 모양인데 내가 오지 않으니 아파트에서 잤다. 그런데 아침에 차성희의 어머니가 들이닥쳤다.

나 때문에 차성희가 결혼 승낙을 못하는 것을 알아차린 그 어머니가 나와 담판도 할 겸, 또 내가 사는 꼴을 살피기도 할 겸 새벽같이 차성희를 데리고 내 아파트로 찾아온 것인데 거기에 김소영이 자고 있었던 것이다.

물론 내가 어딜 갔느냐고 물었다. 그때 김소영이 엉겁결에 한 말이,

"목욕탕에 갔어요."란 것이었다.

"기다려볼 필요도 없다. 이만했으면 알지 않았느냐." 그 어머니는 차성희를 족쳐 돌려세웠다.

차성희는 그날부터 출근하지 않았다. 결혼을 작정하고 사람을 시켜

사직원을 보내온 것은 그 이튿날. 내가 그 사건의 전모를 안 것도 그날이었다.

차성희의 결혼 상대는 물론 미스터 뉴욕이었다.

대화 한 지식인의 삶과 사상

한국출판문화대상(기획편집) | 예스24 네티즌 선정 올해의 책 | 출판저널 올해의 책 | 한겨레신문 올해의 책 | KBS TV 책을 말하다 방영 | 한국출판인회의 이달의 책 | 책따세 청소년 권장도서 | 간행물윤리위원회 청소년 권장도서

리영희 지음 | 임헌영 대담
46판 | 양장본 | 748쪽 | 값 22,000원

로마인 이야기 13 최후의 노력

더 이상 로마가 로마답지 않다

3세기의 위기. 국난극복에 나서는 로마인들의 최후의 노력이 펼쳐진다. 그러나 다가올 암흑의 중세는 피할 수 없고, '팍스 로마나'는 다시 돌아오지 않았으니.

시오노 나나미 지음 | 김석희 옮김
신국판 | 반양장 | 368쪽 | 값 12,000원

이이화 한국사 이야기 1~22

10년의 대장정, 마침내 가장 큰 한국통사 완성

돌아보면 길고도 긴 여정이었다. 수많은 독자들의 성원으로 나는 이 작업을 진행해나갈 수 있었다. 위대한 역사를 만들어낸 우리 민족에게 이 책을 헌정하고 싶다.

이이화 지음
신국판 | 반양장 | 각권 310~390쪽 | 값 10,000원

이탈리아에서 보내온 편지 1·2

시오노 나나미 에세이. 영원한 도시 로마로의 초대

뒷바라지해주는 남자가 부족해본 적 없는 아름다운 창부…… 타고난 낙천가. 로마는 그런 자유로운 여자만이 가지는 매력으로 언제나 남자의 마음을 흔들어놓는다.

시오노 나나미 지음 | 이현진 백은실 옮김
46판 | 양장본 | 232, 272쪽 | 각권 값 12,000원

간디 자서전

영원한 고전, 간디의 진리실험 이야기

당신도 나의 진리실험에 참여하기 바랍니다. 나에게 가능한 것이면 어린아이들에게도 가능하다는 확신이 날마다 당신의 마음속에 자라날 것입니다.

함석헌 옮김
46판 | 양장본 | 648쪽 | 값 13,000원

해방전후사의 인식 1~6

80년대 정신적 좌표, 해방전후사 연구에 한 획을 그은 고전

1979~89년에 걸쳐 전6권으로 완간된 이 책은 일명 '해전사'로 불리며 80년대 엄혹한 시대상황하에서 이 땅의 학생·지식인들에게 사상적·정신적 좌표 역할을 했다.

송건호 강만길 박현채 외 지음
신국판 | 반양장 | 296~572쪽 | 값 12,000~18,000원

뜻으로 본 한국역사

살아 있는 역사정신 함석헌을 만난다

역사를 아는 것은 지나간 날의 천만 가지 일을 뜻도 없이 그저 머릿속에 기억하는 것이 아니다. 값어치가 있는 일을 뜻이 있게 붙잡아내는 것이다.

함석헌 지음
신국판 | 반양장 | 504쪽 | 값 15,000원

다산 정약용 유배지에서 만나다

진보적 지식인 이면의 인간 정약용

국가와 민족의 고난을 이겨내는 위대한 사상과 이론을 창출해내고 인생의 위기를 기회로 만드는 삶의 지혜를 스스로 실천해낸 다산은 오늘 우리들에게 무엇을 말하는가.

박석무 지음
신국판 | 반양장 | 560쪽 | 값 17,000원

지식의 최전선

세상을 변화시키는 더 새롭고 창조적인 발상들

시사저널 올해의 책 | 조선일보 올해의 책 | 한국백상출판문화상 | 한국출판인회의 이달의 책 | 문화관광부 우수학술도서

김호기 임경순 최혜실 외 52인 공동집필
신국판 | 양장본 | 712쪽 | 값 30,000원

월경越境하는 지식의 모험자들

혁명적 발상으로 세상을 바꾸는 프런티어들

지식의 모험자들은 창조적 발상과 능동적인 실천력으로 미래의 시간을 앞당긴다. 그들이 보여주는 미래의 그림을 엿보면서 세계를 향해 지적 모험을 감행한다.

강봉균 박여성 이진우 외 53명 공동집필
신국판 | 양장본 | 888쪽 | 값 35,000원

슬픈 열대

레비 스트로스의 명저, 20세기 최고의 기행문학

저 생명력 넘치는 원시의 땅으로 배가 출항한다. 적도 무
풍대를 통과하면 신세계와 구세계 간의 희망과 몰락, 정열
과 무기력이 교차한다.

레비 스트로스 지음 | 박옥줄 옮김
신국판 | 양장본 | 768쪽 | 값 30,000원

정신현상학 1 · 2

인류 정신사의 위대한 성취, 헤겔 불후의 대작

헤겔은 특유의 치밀하고 심오한 사유논리로 인간과 신, 그
리고 자연을 포함한 존재 전체의 본질 규명을 향한 궁극의
경지를 아우르는 초인간적인 고투의 결실을 보여준다.

헤겔 지음 | 임석진 옮김
신국판 | 양장본 | 460, 376쪽 | 각권 값 25,000원, 22,000원

은밀한 몸

여성의 몸, 수치의 역사

'은밀한 그곳'에 대한 여성의 수치심과 그 본능의 역사.
시대와 지역, 민족을 초월하여 나타나는 여성들의 성기에
관한 수치심의 역사.

한스 페터 뒤르 지음 | 박계수 옮김
46판 | 양장본 | 672쪽 | 값 22,000원

음란과 폭력

성을 통해 본 인간 본능과 충동의 역사

쾌락과 공격의 두 얼굴로 사용된 '성', 그 폭력의 역사. 시
대와 지역, 민족을 초월하여 나타나는 인류 공동의 잔혹한
성 형태를 통해 본 음란과 폭력의 역사.

한스 페터 뒤르 지음 | 최상안 옮김
46판 | 양장본 | 864쪽 | 값 24,000원

책의 도시 리옹

잃어버린 책의 거리를 찾아서

르네상스 시대, 리옹은 찬란한 출판문화를 꽃피웠다. 파리
에 이어 명실상부 프랑스 제2의 도시로서 당대의 금서들
을 탄생시키며 출판문화의 독특한 명성을 쌓았다.

미야시타 지로 지음 | 오정환 옮김
46판 | 양장본 | 672쪽 | 값 22,000원

대서양 문명사 팽창, 침탈, 헤게모니

거친 바다를 건너 세계를 지배한 열강의 실체

광대한 대서양을 배경으로 벌어진 제국들 간의 치열한 경
주. 팽창 · 침탈 · 헤게모니의 역사로 물든 문명의 빛과 어
둠을 파헤친다.

김명섭 지음
신국판 | 양장본 | 760쪽 | 값 35,000원

눈의 역사 눈의 미학

인간의 눈, 그 사랑과 폭력의 역사에 대한 성찰

눈이 있다는 것은 본다는 것이며, 본다는 것은 인식한다는
것이며, 인식한다는 것은 전체 중의 부분만을 파악한다는
것이기에 눈이란 진정한 감옥이다.

임철규 지음
신국판 | 양장본 | 440쪽 | 값 22,000원

세계와 미국

20세기를 반성하고 21세기를 전망한다

미국과 세계에 관한 연구는 단순히 정치사나 외교사적 서
술로 끝날 수 없다. 그것은 우리의 존재양식, 우리의 사유
양식, 우리 자신의 연구일 수밖에 없다.

이삼성 지음
신국판 | 양장본 | 836쪽 | 값 30,000원

호모 에티쿠스

윤리적 인간의 탄생을 위하여

참으로 선하게 살기 위해 우리는 희망 없이 인간을 사랑하
는 법을, 보상에 대한 기대 없이 우리의 의무를 다하는 법
을 배우지 않으면 안 됩니다.

김상봉 지음
신국판 | 반양장 | 356쪽 | 값 10,000원

그림자

분석심리학의 탐구 제1부…우리 마음속의 어두운 반려자

인간의 내면, 그 어두운 측면을 성찰하는 시간을 갖는다는
것은 하나의 축복이다. 나는 융의 '그림자' 개념을 통해
우리의 마음과 사회현실을 비추어 본다.

이부영 지음
신국판 | 반양장 | 336쪽 | 값 10,000원